LE SILENCE SELON MANON

Du même auteur
chez le même éditeur

La Transparence selon Irina

BENJAMIN FOGEL

LE SILENCE SELON MANON

Collection fondée par François Guérif

RIVAGES/NOIR

Retrouvez l'ensemble des parutions
des Éditions Payot & Rivages sur

payot-rivages.fr

Collection dirigée par Jeanne Guyon et Valentin Baillehache

Pour Judith

NOTE DE L'AUTEUR

Les mouvements straight-edge et incel, ainsi que les événements antérieurs à 2020, y compris les attentats masculinistes, sont réels.

Les mouvements neo straight-edge et ultra-incel, ainsi que les événements postérieurs à 2020, sont fictionnels.

PROLOGUE

Introduction et sommaire de la fiche Wikipédia « Attentat de l'Absolute Club »

Attentat de l'Absolute Club

L'attentat de l'Absolute Club est une attaque terroriste masculiniste perpétrée en France le 13 juin 2025 dans la salle parisienne du même nom, lors d'un concert du groupe de rock Significant Youth, réputé pour ses prises de position féministes.

Vers 21 h 15, Kris Terneuil, un homme de 32 ans, a ouvert le feu dans la foule et fait cinq victimes, dont un gardien de la paix, Hamid Rechani. Il a été tué une quinzaine de minutes plus tard par les forces de l'ordre.

Dans un communiqué posté sur un forum avant de lancer l'assaut, Kris Terneuil explique avoir agi pour dénoncer le mépris des femmes à l'égard des hommes. Se revendiquant du mouvement incel – pour *involuntary celibates*, ou célibataires involontaires en français –, Kris Terneuil, sous couvert d'anonymat, harcelait depuis plusieurs années des personnes en ligne.

Les jours suivant l'attentat, de nombreux hommes se sont désolidarisés du mouvement incel, et plusieurs plateformes masculinistes ont fermé leurs portes.

Cet événement est l'un des éléments déclencheurs du grand débat sur l'anonymat en France, porté notamment par Yvan Langalter, le chanteur de Significant Youth.

Sommaire

Sébastien Mille

Trois mois avant l'attentat

13 mars 2025. Un homme a appelé la police. Il n'a pas voulu décliner son identité. Il a donné le nom d'une fille et une adresse. « Elle se fait harceler sur les réseaux sociaux. Je crois qu'elle risque de mettre fin à ses jours. » Puis il a raccroché. Une heure plus tard, Juliette Gosset, 22 ans, était retrouvée morte chez elle, étalée sur le lit qui occupait la majeure partie de son studio, plusieurs boîtes de médicaments posées sur sa table de nuit, la tête dans un sac plastique. Avant de se suicider, elle a posté un message sur Twitter : « Vous avez gagné. Je baisse les bras. » Une déferlante de commentaires fait suite à celui-ci. Le commissaire Sébastien Mille lit le premier d'entre eux, provenant d'un compte anonyme : « Demande à tes parents de nous prévenir quand ce sera fait. Je viendrai violer ton cadavre. »

Sébastien Mille vient d'avoir 50 ans. Au sein du Service central de documentation criminelle (SCDC), division phare du Service central de renseignement criminel (SCRC), il dirige une équipe d'archivistes et d'analystes de données dont la mission est d'identifier les fanatiques prêts à mourir pour leurs idées, désireux de déstabiliser l'ordre social. En parallèle de ses activités d'encadrement, Sébastien Mille rédige lui-même des notes sur les forces en présence, informe le ministère de l'Intérieur des dangers à venir et des risques de radicalisation.

Ces dernières semaines, il a suivi l'affaire Juliette Gosset de près, sans pouvoir intervenir. La jeune femme n'a jamais porté plainte. Les hommes qui ont mené une cabale contre elle étaient intraçables, protégés par les nouvelles techniques de camouflage garantissant un anonymat total sur Internet. Sébastien Mille s'est intéressé à son cas dans le cadre de sa veille sur les incels. À l'origine, le terme « incels » désignait des personnes incapables de trouver des partenaires amoureux, malgré leur désir de vivre en couple. Mais depuis 2014, les incels ont évolué en une communauté d'individus de sexe masculin esseulés, persuadés que la libération de la femme est à l'origine de leur célibat forcé. Haïssant les personnes sentimentalement et sexuellement épanouies, ils sévissent en ligne, principalement en Amérique du Nord et en Europe, se matérialisant parfois dans le monde réel pour commettre des crimes, voire des attentats.

Avant de s'étendre sur Twitter, la campagne de harcèlement à l'encontre de Juliette Gosset a démarré sur trois plateformes masculinistes : Une voix pour les hommes, un site qui se revendique comme un espace d'expression libre, mais ressemble à un dépotoir où l'on trouve des dossiers intitulés « Les putes de Facebook » ou « Cinq astuces pour manipuler les salopes » ; Équilibre et convergence, un forum organisant la coalition des hommes pour récupérer le pouvoir des mains des femmes ; et enfin sur *La Vérité nue*, revue en ligne regroupant des textes militants, dont le controversé « Le mensonge de la misogynie systémique », affirmant que la société ne favorise pas les hommes, que leur succès découle strictement de leur courage et qu'on ne saurait leur imputer le manque d'ambition des femmes. Point commun entre ces trois projets hébergés dans des pays qui refusent à la police française l'accès aux données numériques : ils ont tous été créés par KenKillER, un meneur de troupes, toujours présent lors des départs de feux, qui amènent les pires raclures du web à fondre en bande sur une proie commune. KenKillER signifie « tueur de Ken ». Ken est un des noms génériques par lesquels les incels désignent les mâles aplha qui ont du succès avec les femmes. Selon eux, les Ken, les Chad et les Jackson leur volent des conquêtes potentielles, contribuant à l'instar des Stacy, des Jessica et des Donna – les femmes qui couchent avec eux – à leur misère sexuelle. Le « ER » final en majuscules est, lui, une référence à Elliot Rodger, figure phare des incels. Aux yeux de Sébastien Mille, KenKillER est l'homme à abattre, celui qui fédère les incels au niveau national, leur fournit le terreau pour cultiver leur haine. Personne ne sait qui se cache derrière ce pseudonyme, ou du moins ceux qui savent gardent le secret précieusement.

Juliette Gosset, étudiante en école de commerce, tenait un blog cinéphile où elle aimait épingler la manière dont les réalisateurs traitaient leurs figures féminines. Le 14 novembre 2024, elle a reçu simultanément près de 200 notifications sur les réseaux sociaux, la traitant de mocheté déliquescente, de lesbienne crasseuse, brocardant sa chatte malpropre et ses réflexions geignardes. Elle n'a pas compris ce qu'il se passait. En tapant son nom dans Google, elle a découvert que KenKillER, un type qu'elle ne connaissait ni d'Ève ni d'Adam, venait de la jeter en pâture à une horde de loups, sur un forum masculiniste. Sébastien Mille imagine parfaitement sa stupeur – Pourquoi moi ? Pourquoi maintenant ? –, et sa relecture frénétique de tous ses derniers messages, tous ses derniers posts, pour comprendre lequel avait fait d'elle l'ennemie de toute une communauté.

Juliette Gosset s'est rebellée. Elle a montré les crocs, défendu ses positions. En réponse, elle a reçu des photos de femmes mutilées ou décapitées. Un mois durant, les insultes ont perduré. Épuisée par la lecture quotidienne de ces immondices, elle les a suppliés d'arrêter. « On arrêtera quand tu seras morte », a répondu l'un d'eux. Quand elle a menacé de porter plainte, KenKillER s'est fendu d'une déclaration publique à son égard : « Si tu n'as pas les épaules assez larges, dégage des réseaux. » Témoin silencieux des attaques, Sébastien Mille a fait autant de copies d'écran que nécessaire.

La première semaine de janvier 2025, Juliette Gosset a reçu un message privé d'un dénommé RedFrog : « Si tu admets être une pétasse misérable et que les incels te sont intellectuellement supérieurs, alors on te foutra la paix. » Elle a partagé le message sur son fil, complété de la mention : « Plutôt crever. » La riposte n'a pas tardé : « Tes vœux seront bientôt exaucés. » Des internautes prenaient la défense de la jeune femme. Mais ils étaient inoffensifs, désarmés et en minorité face aux nombres de comptes adverses, dont on ne savait s'il s'agissait de véritables humains ou de robots programmés pour accroître le volume de *tweets* fielleux.

Un mois plus tard, en février, un incel a découvert, via une question posée trois ans plus tôt sur un site d'entraide, qu'elle avait été sexuellement abusée par un voisin à l'âge de 15 ans. Ses tortionnaires se sont empressés de lui dire qu'une telle chose pouvait se reproduire, accompagnant leurs *tweets* de la preuve qu'ils connaissaient son adresse physique, mais aussi celle de certains membres de sa famille. « On va kidnapper tes parents et te baiser devant eux. Ne t'inquiète pas, on ne touchera pas à ta mère. Si elle a ta gueule avec 20 ans de plus, personne n'arrivera à bander », a écrit un type. « Mais on coupera peut-être la bite de ton père », a répondu un autre.

Sébastien Mille l'a contactée pour la convaincre de porter plainte. Elle a refusé, par peur d'envenimer la situation. « Les flics ne peuvent rien contre le cyber-harcèlement », arguait-elle. Lui-même savait la police démunie. « Vous n'êtes pas seule, lui disait-il. Si vous avez besoin de parler, je suis à votre disposition. On s'efforce de notre côté de découvrir qui se cache derrière ces comptes. » Sa sollicitude n'a fait qu'aggraver la situation. Juliette Gosset n'avait pas besoin d'une oreille compatissante. Elle avait besoin que ses harceleurs soient identifiés et neutralisés. Si un gradé comme Sébastien Mille était impuissant, personne ne pouvait rien pour elle. À partir de ce moment, Juliette Gosset a néanmoins envoyé à Sébastien Mille des comptes rendus détaillés de l'entreprise de destruction psychique menée contre elle, lui fournissant les messages privés auxquels il n'avait pas accès.

En stage au service communication de Ramage, une marque de baskets écoresponsables, Juliette Gosset a été convoquée un matin par son chef. Sur les réseaux, un internaute avait pris l'entreprise à partie : « Ça va Ravage ? Pas gênés d'employer Juliette Gosset, une pédophile qui tripote des garçons de 8 ans ? », accompagnant son *tweet* d'une photo de Juliette tenant son petit-neveu sur ses genoux, tous deux en maillot de bain – une photo personnelle, prise deux ans plus tôt au bord de la piscine du frère aîné de Juliette, exhumée du compte Facebook d'une tante présente cet été-là. Juliette, sous le choc, a raconté à son employeur le harcèlement dont elle était victime. Il s'est montré compréhensif, a fait une réponse cinglante à l'auteur du message. Quelques heures plus tard, un cliché de lui portant sa fille de cinq ans dans ses bras, récupéré dans les photos du mariage d'un ami, émergeait dans la conversation. « Ah ok, la pédophilie, c'est un sport collectif dans votre boîte », commentait le compte anonyme.

« On va dire que tu ne fais plus partie du personnel pour ne pas attirer les foudres des trolls sur l'entreprise, lui a dit son chef, après cet épisode. Ce n'est que de l'affichage. Rien ne change pour toi au quotidien. » Mais en réalité tout avait changé : le regard de ses collègues, l'importance des missions qu'on lui confiait. Les problèmes qui s'abattaient sur elle semblaient contagieux. Personne n'avait envie de se retrouver mêlé à un imbroglio numérique de cette envergure.

On lui souriait de loin. On l'évitait quand elle se rendait à la machine à café. Plus personne ne voulait faire équipe avec elle. Personne ne la croyait pédophile. Personne ne disait qu'il n'y avait pas de fumée sans feu. Mais tous craignaient qu'il leur arrive la même chose s'ils copinaient avec la cible de fous dangereux.

Les attaques visaient à l'user, à la faire dépérir.

« Poste des photos de toi nue, et promis on arrête. »

« Il plaisante. Si tu veux que ça s'arrête, suicide-toi ! »

Elle n'en pouvait plus. Elle a fermé son blog, s'est éloignée des réseaux. Le 11 mars 2025, sur le forum d'Une voix pour les hommes, on pouvait lire : « Des nouvelles de Juliette Gosset ? Elle va craquer. Faut pas relâcher la pression. » Le lendemain, elle se donnait la mort.

*

Le décès de Juliette Gosset, auquel il a assisté dans l'ombre, a bouleversé Sébastien Mille. Rien ne serait arrivé s'il avait réussi à mettre la main sur KenKillER, fantôme du web, sur lequel il ne possède que de maigres informations. La première fois qu'il a entendu parler de KenKillER, c'était à l'été 2022, déjà dans le cadre d'une sordide histoire de suicide : une lycéenne avait déclaré sur Twitter qu'elle regrettait l'époque des classes non mixtes, car elle ne pouvait s'empêcher de voir dans les garçons qu'elle croisait dans la cour, dans les couloirs, à la sortie de l'établissement, des agresseurs potentiels. Des comptes anonymes lui étaient tombés dessus, dénonçant son extrémisme et la gravité de ses propos séparatistes. Des faux comptes, se faisant passer pour ses camarades de cours, l'ont menacée de représailles physiques. La fille, devenue paranoïaque, suspectant chaque garçon du lycée d'être un de ses tortionnaires en ligne, avait fini par se trancher les veines dans sa chambre d'ado. Un scénario semblable s'était reproduit six mois plus tard avec une lycéenne qui affirmait que chaque homme, dans un contexte particulier, pouvait devenir un violeur. Harcelée, trainée dans la boue, obligée de fermer un compte Instagram qui contenait toute sa vie, laissant le champ libre à ses tortionaires pour créer des faux comptes à son nom, elle s'était pendue. Il s'agissait des cas les plus extrêmes, mais Sébastien Mille pouvait citer des dizaines d'histoires similaires, aux conséquences moins tragiques, où KenKillER avait mené la charge contre des filles, principalement des adolescentes, aux profils fragiles.

En février 2023, Sébastien Mille avait donné une interview à *Marianne* où il alertait sur le pouvoir de nuisance des incels. Les sphères masculinistes avaient immédiatement riposté. Hormis quelques messages désobligeants, on ne l'avait pas attaqué frontalement. On avait préféré s'en prendre à sa fille Holly, alors âgée de 18 ans. Sur Twitter et Facebook, des types prétendaient qu'elle couchait avec son père, que ce dernier devait en savoir plus sur la sexualité de sa fille que sur celle des incels. Sébastien Mille avait sensibilisé Holly au harcèlement en ligne dès son entrée au collège, s'assurant qu'elle ne considère jamais Internet comme un lieu aussi important que la réalité. Elle devait être prête à détruire son existence virtuelle à tout moment, sans regret. Une semaine après le début des attaques, elle avait quitté les réseaux sociaux comme on abandonne un compagnon toxique qui a dépassé les bornes. Sébastien Mille, aidé par ses collègues du SCDC, avait tenté par tous les moyens de découvrir l'identité des harceleurs. Comme dans le cas des suicides, le SCDC s'était heurté aux compétences techniques d'une génération rodée à la sécurité informatique, rendant inutiles les réquisitions judiciaires pour récupérer les adresses IP. Par chance, ils avaient réussi à remontrer la trace d'un compte qui tourmentait Holly, tenu par un quadragénaire béotien, dont le pseudonyme avait été utilisé sur des plateformes auxquelles il avait accédé sans couvrir ses traces. C'était du menu fretin. Il n'avait pas d'antécédents et s'en sortirait avec 1 500 euros d'amende. Mais il avait confié à Sébastien Mille une information importante : c'était KenKillER qui, sur un forum éphémère, avait incité les masculinistes de Twitter à s'en prendre à sa fille.

Pour traquer les anonymes en ligne qui propagent la haine et font l'apologie d'actes terroristes, le SCDC aurait besoin de plus de ressources. Il faudrait infiltrer leurs sphères. Mais pour vraiment inverser la tendance, il faudrait des prises de position fortes de l'État, encadrant le droit à l'anonymat, afin de lever l'impunité qui règne sur Internet. En attendant, Sébastien Mille doit faire avec les moyens du bord. Condamné à voir grossir le pouvoir de nuisance de KenKillER, il se retient de lui envoyer un message privé ou de le prendre à partie publiquement sur Twitter. Le mieux qu'il puisse faire, c'est informer sa hiérarchie et sensibiliser à la menace incel les sous-directions de la Police judiciaire.

*

Le lundi 24 mars 2025, Sébastien Mille pénètre dans la plus spacieuse salle de réunion du Service central de renseignement criminel. Il connecte son ordinateur au grand écran, attend l'arrivée de l'assemblée. Il salue Pierre Chambon, son supérieur, puis les gros bonnets du SCRC, dont Carole Granata et Nadège Casal, respectivement à la tête du Département sciences du comportement (DSC) et du Département coordination et appuis numériques (DCAN), ainsi qu'Yveline Brassart, directrice de l'Unité de coordination de la lutte antiterroriste (UCLAT), et Mickaël Arnaud de la Direction centrale de la Police judiciaire. Sa présentation s'intitule « Le péril incel ». Sur chacune de ses diapositives : un nom, une date, une photo, une tragédie.

Alors qu'un premier portrait s'affiche, Sébastien Mille prend la parole. « L'acte fondateur du mouvement incel, annonce-t-il, est la tuerie de masse perpétrée par Elliot Rodger en mai 2014, à Isla Vista en Californie. À 22 ans, il poignarde ses colocataires, puis ouvre le feu dans la rue depuis sa voiture, avant de se suicider. Bilan : six morts et quatorze blessés. Dans une vidéo enregistrée préalablement, il a affirmé : "Je massacrerai jusqu'à la dernière blonde gâtée pourrie et prétentieuse que je verrai. Toutes ces filles que j'ai tant désirées, elles m'ont toutes rejeté et regardé de haut comme si j'étais un sous-homme." »

Diapositive suivante : « Octobre 2015, Chris Harper-Mercer, 26 ans, frustré par son incapacité à trouver une petite amie, orchestre une fusillade sur le campus du Umpqua Community College à Roseburg en Oregon, avant de se suicider. Bilan : dix-sept victimes, dont neuf morts. »

Diapositive suivante : « Avril 2018, Alek Minassian, 25 ans, chauffeur de fourgonnette, fait vingt-quatre victimes (dix morts et quatorze blessés) à la voiture-bélier, à Toronto en Ontario. Avant l'attaque, il a écrit sur Facebook : "La rébellion incel a déjà commencé. Nous allons renverser tous les Chads et Stacys. Saluons tous le gentilhomme suprême Elliot Rodger." »

Diapositive suivante : « Novembre 2018, Scott Beierle, 40 ans, incel obsédé par le rejet des femmes, en particulier celles qui lui préféraient des hommes d'autres ethnies, fait six victimes (deux mortes et quatre blessées), en ouvrant le feu dans un cours de yoga, à Tallahassee en Floride.

« Même si le terme "incel" n'existait pas à l'époque, poursuit Sébastien Mille, on peut aussi relier au mouvement un autre événement, souvent valorisé par les masculinistes, qui a fait date dans l'histoire de l'antiféminisme : la tuerie de l'École polytechnique de Montréal au Québec, en décembre 1989, au cours de laquelle Marc Lépine a abattu quatorze femmes et fait quatorze blessés, avant de mettre fin à ses jours. À partir de 2022, les attentats misogynes se sont généralisés aux États-Unis et au Canada, faisant trente morts et une cinquantaine de blessés en 2023, et près du double en 2024. »

L'auditoire est familier du terme « incel », mais redécouvre la terrible récurrence des tueries. Un silence pesant est tombé sur la salle de réunion. Mis bout à bout, ces carnages font froid dans le dos. Sébastien Mille poursuit en détaillant le drame survenu la semaine dernière, cette jeune femme harcelée par des incels, pour qui la seule voie de sortie a été le suicide.

Diapositive suivante : pas de nom, pas de date, pas de photo. Juste un pseudo : KenKillER. « Nous ne savons rien de son identité, mais il revendique sur les réseaux la paternité de tous les sites incels actifs en France, dont des forums privés auxquels nous n'avons pas accès, comme linceul.fr, supremachisme.fr ou encore le repère des ultra incels : Intralluces. »

– Des ultra incels ? l'interrompt Yveline Brassart.

– Ce sont des incels qui refusent la compétition sexuelle. Ils veulent être aimés pour ce qu'ils sont, que les femmes les désirent, sans avoir à déployer des artifices de séduction, précise Sébastien Mille. Ils attirent beaucoup d'incels blasés, proches de la trentaine, qui ont perdu l'espoir de trouver l'âme sœur. Sur les réseaux sociaux, ils sont en conflit avec les membres de la scène neo straight edge, un courant musical pro féministe, qui les attaque nominalement dans ses chansons.

Pierre Chambon sait tout cela. Ça ne l'empêche pas d'être atterré. Yveline Brassart remercie Sébastien Mille. Mickaël Arnaud veut savoir comment ils peuvent l'aider.

– Idéalement, il faudrait qu'on ait les ressources nécessaires pour infiltrer ces milieux. Créer de faux profils, introduire des agents au sein des forums auxquels nous n'avons pas accès. C'est là que sont planifiées les attaques en ligne, ces raids coordonnés lors desquels les masculinistes harcèlent jusqu'à l'épuisement les cibles désignées par leurs leaders. Dans l'attente de nouveaux financements, nous sommes preneurs de toutes les informations que vous pouvez récupérer sur les incels. Il faudrait nous alerter quand ils sont impliqués dans des dossiers suivis par vos entités.

– Pouvez-vous nous préparer une note de synthèse sur le sujet, que l'on diffusera en interne ? demande Nadège Casal.

Sébastien Mille opine du chef. Préparer des notes de synthèse, c'est le cœur de son métier.

Kahina Val

Neo straight edge vs ultra incels

Les lumières se sont éteintes. Le groupe est entré sur scène, sous des applaudissements refrénés, le public ne voulant pas faire passer son enthousiasme pour de la ferveur. Un premier riff de guitare a résonné, très vite doublonné par la basse, puis soutenu par la batterie. Yvan Langalter, chanteur de Significant Youth, s'est emparé du micro, mais n'a pas encore prononcé le moindre mot. Il attend, les yeux dans le vague, comme s'il faisait le vide dans sa tête. Au moment où la musique de ses trois compères atteint un premier climax, il hurle et le show commence. La foule ne bouge pas. Malgré la violence du son, malgré les corps qui bouillonnent, les gens conservent leur calme. Conformément au souhait du groupe, ils resteront immobiles pendant tout le concert, impassibles face à la déferlante sonore. En lieu et place des pogos, des corps qui s'entrechoquent, des esprits qui communient habituellement dans les concerts de hardcore, se trouvent des hommes et des femmes concentrés sur le son et les discours du chanteur, refusant les exaltations bestiales qui pourraient les détourner de la musique.

Kahina a déjà assisté à ce spectacle des dizaines de fois. Rien ne l'avait prédestinée à passer ses nuits dans la chaleur des salles de concert, fondue dans la masse des activistes de la scène neo straight edge, en qualité de conjointe d'Yvan

Langalter, leader français du mouvement dont Significant Youth est la figure de proue. Elle a rencontré Yvan deux ans auparavant, en 2023 dans un bar de la rue Daunou, à deux pas du métro Opéra, après avoir échangé plusieurs nuits avec lui via la messagerie d'une application de rencontres. À 29 ans, elle venait de remporter le Grand prix Lamonica de neurologie pour ses travaux sur la dégradation des sens, et souhaitait profiter de cette accalmie dans sa vie professionnelle pour sortir de sa solitude. Elle aimait les hommes atypiques, ceux dont on peut se dire « ça devait être lui et pas un autre », sans jamais croiser de tels profils dans son quotidien. Il avait fallu ouvrir le champ des possibles, chercher un compagnon sur Internet, grâce aux critères de sélection. Yvan avait le visage allongé, une calvitie avancée et des traits anguleux. Il n'était pas beau garçon, mais avait su prolonger lors de cette première rencontre l'excitation ressentie durant leurs discussions nocturnes.

À l'époque, Yvan faisait les gros titres de la presse musicale. En parallèle, candidat aux élections européennes sur la liste des Nouveaux écologistes, il s'affirmait sur la sphère politique grâce à ses prises de parole sur la décroissance[1]. Sans le formuler à haute voix, Kahina et Yvan se sentaient liés par la même injustice : celle d'en être réduits à traquer l'amour en ligne, malgré leur réussite sociale. Il était une star de la musique alternative, elle, une chercheuse à la carrière prometteuse. Pour autant, les prétendants et prétendantes ne se bousculaient pas devant leur porte. Leur succès ne leur donnait droit à rien. Kahina était persuadée que ce ressentiment commun, impossible à partager avec autrui sans passer

1. Un extrait de son discours prononcé le 8 mars 2023 au CIPLE (Consortium international pour l'environnement), organisation internationale fondée en 2022 sous l'égide de l'ONU, est disponible en annexe 1. (*Toutes les notes sont de l'auteur.*)

pour un monstre de prétention, constituait le principal fondement de cette relation à l'avenir incertain, plombée par son incapacité chronique, depuis ses années d'étudiante, à aimer dans la durée.

Depuis la sortie de *The Fall of the Blind Wall*, leur troisième album, en janvier dernier, Significant Youth attire un public croissant, acquis à leur cause. Tatoués, arborant t-shirts cintrés ou attributs punks, vestes de costume ou sweats à capuche, les gens présents ce dimanche 6 avril 2025 dans l'EMB Sannois, salle de banlieue parisienne bien connue des amateurs de rock indépendant, forment une assemblée bienveillante et accueillante. Quelle que soit la salle ou la ville, Kahina se sent en sécurité dans les concerts neo straight edge. Quand on la drague, qu'on la complimente, il lui suffit de décliner poliment. Alors les importuns présentent leurs excuses pour l'avoir dérangée inutilement.

Kahina se demande ce que font Iris et Simon, partis remplir leurs thermos avant l'extinction des lumières. Du fond de la fosse, elle observe la prestation d'Yvan, le flegme de ses gestes qui contraste avec la démence de ses cris. À ses côtés, les jumelles Mei et Xiu, respectivement à la basse et à la guitare, stoïques et soucieuses de produire le meilleur son possible, suivent attentivement la rythmique de Gaspard, le batteur, lui aussi appliqué, dédié entièrement au show et à la satisfaction du public. Kahina se souvient des concerts auxquels elle assistait plus jeune, de l'abandon qui s'emparait des corps, de la joie qui se lisait sur les visages au fur et à mesure que les beats électroniques accéléraient, que les guitares s'intensifiaient et que chaque mélodie se retrouvait noyée sous une nouvelle. Rien de cela ici. Chez Significant Youth, l'âpreté est clinique, la passion, contenue. Seule la puissance de la musique compte, et rien ne doit venir la parasiter.

Kahina aimerait tenir une bière, ou encore mieux, une cigarette. Elle ne sait pas quoi faire de ses mains. Elle n'a jamais su. Mais l'alcool, le tabac, les vices et les addictions, c'était avant Yvan, chantre de la violence sonique et de la vie ascétique. Il ne lui a rien imposé. Il n'oblige jamais les autres à se conformer à sa manière de vivre. Les gens le prennent comme modèle parce qu'ils savent qu'il a raison.

Iris la rejoint enfin, les thermos remplis d'eau gazeuse.

– Ça t'en a pris du temps. Simon est resté au bar ? demande Kahina, haussant la voix pour se frayer un chemin à travers le bruit.

– Il est en ligne avec la police. En allant chercher à boire, on a remarqué un attroupement de gars sur le trottoir en face du bâtiment. Certains avec des battes.

– Des racailles ?

– On aurait préféré. Des ultra incels, une vingtaine, habillés comme s'ils appartenaient à la scène et venaient assister au concert.

– Ça m'étonnerait. Pas le genre à s'exposer. Encore moins à prendre le train pour venir en banlieue.

– C'est ce que j'ai tout de suite pensé, mais regarde, ça s'active depuis tout à l'heure sur le forum Intralluces. Tout y est expliqué et planifié, y compris comment ils doivent s'habiller pour passer inaperçus. Je n'ai pas tout lu, mais c'est là.

Iris tend son mobile à Kahina. Elle ne lit pas tout, survole des dizaines de messages où ces pauvres types expliquent comment ils vont humilier le public de Significant Youth et « montrer aux meufs présentes qui sont les vrais mecs ». Il y est question de logistique, de lieux de rendez-vous. De nouveaux posts apparaissent sous ses yeux, des membres précisent leur position, disent qu'ils seront là dans quelques minutes, avec des bières, des armes, parfois juste leurs poings. Un dénommé Jsmmjtbqm – pour « Je suis moche, mais je te baise quand même » – écrit : « Même si on se fait casser la gueule ce soir, je suis content d'être avec vous les gars. »

– Une patrouille de flics sera là dans une quinzaine de minutes, dit Simon qui vient de les rejoindre.

– Qu'est-ce qu'ils t'ont dit, s'enquiert Iris ?

– De bloquer la porte d'entrée et de ne pas nous inquiéter. Ils n'ont jamais entendu parler des incels, mais savent gérer les bandes du quartier.

La situation ne stresse pas Simon, le frère d'Yvan. Elle le réjouit plutôt : « Ces cons ont fait le déplacement pour se faire rembarrer illico par la police. On profite du concert maintenant. Pas question qu'ils nous gâchent la soirée. »

Kahina ne partage pas son flegme. Jusqu'à aujourd'hui, elle a fait abstraction de ceux qui prennent Yvan pour cible sur Internet – entre son travail et ses interrogations sur son couple, elle a d'autres préoccupations. Maintenant, elle s'inquiète de voir le virtuel déferler dans le réel. Elle remonte le fil des conversations, se confronte aux messages haineux, écrits par des blancs-becs persuadés d'être investis d'une mission. Il y en a des centaines. Elle ne peut pas tout lire. Yvan y est surnommé « couilles trouées », celui qui se tire des balles dans les gonades, et Significant Youth, renommé en « Insignifiante Tarlouze ». Son cœur se serre quand elle lit que « le chanteur se tape une négresse, une musulmane qui ne boit pas d'alcool pour faire plaisir à ses grands frères ». Elle ne sait pas s'il s'agit d'une insulte gratuite ou s'il y a un fond idéologique derrière. Elle a du mal à imaginer que l'on puisse être si bête. Sans parler du fait qu'elle est athée.

Comment Iris fait-elle pour s'immerger volontairement dans cette fange ? L'année dernière, elle s'est créé un faux profil en ligne et s'est fait coopter sur Intralluces, sous le nom d'Aldana, par des ultra incels crédules. Le site est en accès privé. C'était la seule solution pour les espionner, quitte à devoir cautionner leurs blagues avec des *smileys*.

Le concert bat son plein. Xiu joue intensément, l'énergie que le reste de son corps ne peut extérioriser se concentre au niveau de son poignet droit. Les allers-retours sur les cordes vont crescendo. Il n'est plus question de s'en tenir à une mélodie ou à une rythmique, mais de faire entrer le public dans une transe intérieure, le pousser à scander mentalement les slogans d'Yvan. Kahina reste insensible à la musique. Elle n'arrive plus à lâcher le mobile d'Iris. Les types qui les attendent dehors se gargarisent. « Ils ont fermé les portes de l'intérieur », écrit l'un d'eux. « Ils doivent flipper leur race », se réjouit Striker, un des leaders historiques d'Intralluces. Apparaît un nouveau post laissé par le dénommé Mialek : « Je suis toujours à l'intérieur avec Scot Buerl. Vous voulez qu'on tente de rouvrir la porte ? »

Kahina panique. Deux de ces enflures sont là, parmi eux. Elle remonte à nouveau le fil de discussion du forum. Plus lentement cette fois. Les noms de Mialek et Scot Buerl s'affichent à de multiples reprises. Vêtus de sweats à capuche, respectivement gris et noir, ils se sont mêlés à la foule dès l'ouverture des portes. Leur voiture est garée à quelques mètres de l'entrée du parking souterrain. Ils ont repéré les lieux : si ça tourne mal, ils sauront s'en tirer. Les ultra incels n'étaient qu'un concept pour elle, une entité cantonnée à Internet et aux médias. Elle n'avait jamais imaginé qu'ils puissent se matérialiser dans sa vie réelle. Elle s'apprête à alerter Simon et Iris, quand apparaît une succession de messages. Un ultra incel, qui faisait le guet, a repéré trois voitures de flics en direction de l'EMB. Les commentaires fusent, la retraite s'organise, le Céleste, un bar du 10e arrondissement, est donné comme point de ralliement.

Kahina raconte ce qu'elle vient de lire. Iris lui reprend son mobile. Simon balaye la salle du regard, comme s'il pouvait instinctivement dénicher les deux intrus parmi les cinq cents personnes présentes, alors que la moitié du public porte elle aussi des sweats à capuche. Le flux de commentaires ne s'arrête pas. Le dénommé Mialek se manifeste à nouveau : « On fait quoi ? Vous voulez qu'on tente quelque chose ? » Iris lit les messages à haute voix, a du mal à se faire entendre à cause de la puissance du son. Kahina et Simon se placent à ses côtés pour continuer de lire. Willburg, un des administrateurs du site, intime à Mialek de garder son sang-froid : « On était là pour les intimider, c'est réussi. Ne va rien tenter d'idiot maintenant. Avec Scot Buerl, assistez au concert comme si de rien n'était ! »

– Hors de question de laisser ces types s'en tirer comme ça, annonce Simon. Faut qu'on les chope.

– On ne va pas contrôler une par une toutes les personnes présentes, rétorque Kahina.

– Iris, est-ce que tu peux laisser un message sur Intralluces ? Demande-leur si quelqu'un s'est inquiété de leur présence. Essaye de récupérer des informations pour les localiser.

Iris s'exécute. Sous le nom d'Aldana, sans prendre le risque de griller sa couverture, elle pose une question vague et bien intentionnée, une discrète impulsion qui pourrait pousser Mialek à trahir leur position dans la salle. Simon ne décolle pas les yeux du téléphone.

« C'est marrant. Je viens de reconnaître quelqu'un dans la salle. Un fils à papa qui m'a pourri la vie au lycée, écrit Mialek, sans prêter d'attention à la sollicitude d'Aldana.

– Tu devrais aller lui casser la gueule, c'est une occasion qui ne se présentera peut-être plus jamais, répond un ultra incel.

– Attendez, vous n'allez pas le croire, dit Mialek. Le type, il est à moins d'un mètre de la pétasse du chanteur. Scot Buerl me dit que c'est son frère ! Le frère d'Yvan Langalter ! »

Une légère bousculade perturbe l'ambiance aseptisée de la salle. Avant même qu'ils saisissent la portée de ce dernier message, un homme encapuchonné apparaît dans le dos de Simon et le pousse de ses deux mains. Surpris par le choc, Simon se retourne. Le type, qui ne peut être que Mialek, lui décoche un coup de poing, une frappe sèche et sans recul qui projette Simon à terre. Personne ne bouge. L'audience est choquée. Kahina ne réfléchit pas, bondit face à l'agresseur, lui hurle dessus. Il reste un moment impassible, son corps trapu figé, sa mâchoire étroite contractée. Sans changer d'expression faciale, il pose ses mains de part et d'autre des oreilles de Kahina, comme s'il souhaitait la protéger du son. Sa tête part en arrière pour prendre de l'élan. Le coup de boule est terrible. Kahina sent son nez se briser sous l'impact. Elle tombe à la renverse. L'esprit embrouillé par la douleur, elle voit le second ultra incel, celui au sweat à capuche gris, tirer son ami par la manche en braillant qu'ils doivent se barrer d'ici. Ensuite le silence. Les musiciens ont lâché leurs instruments. Yvan doit accourir vers elle. Clouée au sol, la seule chose qu'elle voit, c'est Iris en train d'aider Simon à se relever.

Elle ferme les yeux, interroge sa douleur, cherche à la définir, la délimiter. Elle n'ose pas toucher son visage. Lorsqu'elle cille, elle entrevoit son compagnon penché sur elle. Il a enlevé son t-shirt, lui tamponne le visage pour éponger le sang. Elle sent sa sueur qui a imbibé le tissu, se dit qu'au moins son odorat est intact. Gaspard, le batteur, tente de maîtriser Simon. Il est fou de rage, veut se lancer à la poursuite des deux types. La voix de Xiu retentit dans la salle. Le concert est fini, elle invite les spectateurs à quitter les lieux. Significant Youth n'aura pas eu le temps de jouer « We're normies », son hymne anti incels.

Allongée sur le sol poisseux, à la merci des regards et des inquiétudes, Kahina se demande ce qu'elle fout là. « Ce n'est pas mon monde », pense-t-elle.

Simon de Christo

Un bruit dans la nuit

J'ouvre les yeux, ressens immédiatement un changement dans l'atmosphère, sans pouvoir en définir la teneur. La douleur à ma mâchoire est encore forte. La glace que j'ai maintenue contre mon visage après l'incident n'a pas permis de la contenir. Je tourne douloureusement la tête vers la droite. Iris n'est pas dans le lit. Elle doit encore être à l'hôpital avec Kahina et mon frère. Je n'ai pas pu rester avec eux, tant la force de la frappe de ce type, qui disait me connaître mais dont je n'ai aucun souvenir, m'a sonné. Ce n'est pas la douleur qui me dérange. J'éprouve une autre gêne, une modification de mon environnement que je finis par identifier : un son aigu, telle une alarme à la fois lointaine et proche, se propage dans l'espace de l'appartement. Un bruit vil et agressif, qui me donne presque la nausée. Je me lève, le corps lourd, les muscles endoloris, à la recherche de la source du son. Dans le silence de la nuit perverti par ce sifflement, j'inspecte brièvement la chambre et la salle de bains, avant de me rendre dans le séjour, pensant trouver l'origine du son au niveau des appareils électroménagers de la cuisine américaine. Pas tout à fait réveillé, à la lisière du rêve, je m'approche du réfrigérateur, qui par nature génère quantité de sons étranges – souffles, bourdonnements, cliquetis. L'intensité du son qui me déstabilise ne varie pas en fonction de mes déplacements. Je ne détecte rien en provenance du frigo, pas plus qu'au niveau du micro-ondes, du lave-vaisselle ou des plaques électriques. Ce chuintement strident pourrait-il venir de l'extérieur ou d'un appartement mitoyen ? J'ouvre la fenêtre. Nulle augmentation du son. L'air est doux, la rue, calme, à peine perturbée par les grondements des moteurs des voitures.

Je me tiens debout au milieu du salon. Je prends ma respiration, me bouche les oreilles. Le sifflement, dont je cherchais la source, double de volume, rugit dans mon cerveau. Je défaille à l'idée que je puisse moi-même produire cette cacophonie. J'ai déjà eu des acouphènes légers, des nuits difficiles où mes oreilles, fatiguées par mes soirées passées en concert, réclamaient un repos nécessaire. Mais jamais rien de tel. Ce que j'entends là, c'est le sifflement d'une bouilloire qu'on a laissée sur le feu, un ultrason qui me vrille le crâne, comme si l'on attaquait mon os temporal à la scie sauteuse. Je suis sous le choc. Le monde qui m'entoure ne génère aucun bruit, mais en lieu et place du silence règne un vacarme insensé. La respiration coupée, je m'écroule sur le canapé. Ma mâchoire ne me lance plus, mon corps n'est plus qu'un récepteur pur, une bobine d'enceinte qui lutte pour ne pas fondre à cause de la quantité de courant qui la traverse.

Désarçonné, je prends une aspirine, comme si l'on pouvait chasser le bruit telle une vulgaire migraine. J'hésite à appeler mes parents, demander conseil à ma mère. Il est 3 heures du matin. Ils sont dans le Var où ils font construire une maison à même la falaise qui domine le Verdon. Je ne peux pas les déranger, provoquer chez eux une inquiétude qu'ils n'auront aucun moyen d'apaiser. J'appelle Iris. Ils sortent des urgences. Kahina a le nez cassé.

– Elle doit attendre cinq jours que l'œdème dégonfle avant de voir un ORL pour planifier l'opération. Ils lui ont filé des calmants.

– Comment va-t-elle ?

– Elle regrette d'être allée à l'hôpital, savait pertinemment ce qu'elle avait. Elle a besoin d'être seule maintenant. Ton frère va la raccompagner, mais ne restera pas dormir. Et toi, tu as un peu moins mal ? Tu as pu te reposer un peu ?

– Je viens de me réveiller. J'ai un souci.

Iris m'écoute, cherche à me rassurer, minimise la gravité de la situation. « Ça va sûrement passer, me dit-elle. Tout ira bien demain matin. » Elle sera à l'appart dans une trentaine de minutes. Elle me demande si je veux parler à mon frère, je prends sur moi, réponds que je ne veux pas l'ennuyer avec mes problèmes. Iris a toujours su prendre soin de moi. C'est la principale raison pour laquelle je suis encore avec elle.

L'agressivité de l'acouphène alimente mon anxiété, qui en retour nourrit elle-même l'acouphène. Ai-je pu subir un traumatisme sonore ? Des années que j'assiste à des concerts en me tenant à distance des enceintes, sans autres effets qu'une légère fatigue passagère, accompagnée de discrets sifflements. L'évidence m'apparaît. Le coup de poing de l'ultra incel a provoqué cet état. Cette perspective me rassure. Le son pourrait s'atténuer conjointement à la disparition de l'hématome. Sur mon mobile, je fais défiler mon historique Facebook, recherche dans mes photos du lycée un visage qui pourrait être celui de notre agresseur. Sans succès. À l'école, je traînais avec les gens populaires, parce qu'ils m'avaient reconnu comme l'un des leurs, sans pour autant m'intéresser à eux. J'étais hautain, méprisant, préférais la compagnie de mon frère et de ses potes. J'écoutais de la musique dans mon coin, me foutais de la gueule des gamins immatures.

Je ne remets pas en question l'affirmation de ce Mialek. J'ai fait chier tellement de gens à cette époque que je mérite sûrement de me faire frapper. Rétrospectivement, je déteste la personne que j'étais. Je me souviens de mon air blasé, de mon look de petit bourgeois, de mes vannes humiliantes sur les autres élèves, lancées du fond de la classe, ou gravées dans le marbre sur les réseaux sociaux. Je portais des t-shirts ornés de phrases cool, des vestes cintrées, des baskets blanches et vertes. Je m'habillais comme ça, sans y faire attention. Parce que c'était les fringues qu'on m'offrait à Noël – ma mère suivait les tendances. Je pensais ressembler à tout le monde, sans réaliser que c'étaient les autres qui cherchaient à me ressembler. Je ne réfléchissais pas à l'image que je renvoyais. Je n'avais pas besoin de faire d'effort, pas besoin d'être cool. J'étais beau, ça suffisait. Je me moquais des élèves prêts à tout pour se différencier, obsédés par l'idée de trouver leur place dans le monde. Je ne mettais rien en perspective, me laissais porter par le quotidien facile qui s'offrait à moi. Il a fallu attendre la terminale pour que je comprenne la nécessité de prendre position.

Il y avait deux punks qui traînaient toujours ensemble : piercing, maquillage, épingles à nourrice, fringues avec des logos de vieux groupes, comme The Exploited ou les Dead Kennedys. On ne pouvait pas les louper. J'étais déjà calé en musique, écoutais de l'indie rock, de l'electro, du rap, du métal et du hardcore. Yvan me faisait sans cesse découvrir de nouveaux groupes. Jamais pourtant, je ne me serais habillé en fonction de mes goûts musicaux, pas plus que je n'aurais porté les mêmes fringues que mes cinéastes, auteurs et autrices préférés. Chez moi, la musique n'impliquait aucune revendication, pas de positionnement social ou politique. Quand je croisais les deux punks dans un couloir ou à la cantine, je me disais qu'ils étaient asociaux, que c'était des *losers* incapables de s'intégrer, qu'ils s'inventaient une vie, où ils n'étaient plus rejetés, mais rejetaient les autres. J'avais en partie raison. On s'intéresse toujours au punk pour se positionner « contre ». Ce que je n'avais pas anticipé, c'était que moi aussi je voudrais être « contre ».

Un samedi soir, quelques mois avant de rencontrer Iris, je me suis rendu à une soirée organisée par une fille de ma classe – impossible de me souvenir de son nom. J'avais 18 ans, je n'étais pas encore neo straight edge. Ce genre de fête, c'était la garantie de baiser facilement. Quand je suis arrivé, j'ai été surpris de trouver les deux punks sur le canapé, en train d'enquiller les bières, en se foutant de la gueule des gamines en talons et des ados qui s'habillaient comme des patrons de *start-up*. « Même ce connard de Simon de Christo est là », a dit l'un d'eux quand je suis passé à proximité. La journée avait été mauvaise. Je m'étais pris la tête avec mes parents qui me poussaient à faire une prépa scientifique, alors que je voulais intégrer l'École 42, devenir développeur web le plus vite possible. Je refusais de me laisser emmerder par deux maigrichons, sûrement dégoûtés que personne ne s'intéresse à eux. J'étais déjà bagarreur, un des traits de ma personnalité qui n'a pas changé. Je ne voulais pas réfléchir, juste cogner les types, pour me faire respecter. Mais je ne voulais pas foutre une sale ambiance. En plus, je ne savais pas lequel des deux avait parlé. Je n'allais pas les frapper chacun son tour. Je crois aussi que j'étais curieux. Quand on me traitait de connard, c'était soit des gars jaloux, soit des filles avec qui j'avais couché sans donner suite. Mais ces deux gamins, ils avaient de bons goûts musicaux, je les sentais sincères dans leur démarche. Je me suis approché, et j'ai sorti un truc un peu pédant, du genre : « On ne vous a pas dit que le punk, ça s'est arrêté en 1977, qu'après c'est juste un truc marketing avec des gamins friqués qui se la jouent rebelles, sans rien connaître à la musique ? » Je ne les avais pas impressionnés. Ils étaient juste surpris que je leur adresse la parole.

– T'es pas le premier à geindre que le punk, c'est un truc commercial, sans rien capter au mouvement, a répondu le plus grand des deux. Tu vas nous dire quoi après ? Que toute contre-culture devient une culture ? Que le punk s'arrête avec la fin des Sex Pistols, ou quand Howard Devoto quitte les Buzzcocks ? Tu te prends pour un prof d'histoire, c'est ça ?

Le mec m'avait mouché, parce que c'était exactement ce que je m'apprêtais à leur dire. Je me suis senti con, j'ai voulu rattraper le coup. Je leur ai demandé ce qu'ils écoutaient : on aimait vraiment les mêmes groupes. Ils m'ont décapsulé une bière – c'était une période où je buvais pas mal –, et on a parlé de The Armed, de Turnstile, d'American Nightmare et des vétérans de Rancid qui ne lâchaient pas l'affaire. Je leur ai dit que mon frère était branché straight edge. Ils connaissaient mal, à part Minor Threat, mais ça les intéressait grave. J'ai proposé de leur faire une playlist Spotify. Ils étaient emballés. On a causé comme ça pendant des heures, confrontant nos points de vue sur la place de la musique dans nos vies. Pour eux, elle avait un rôle politique. Pour la première fois, j'ai eu envie d'écouter de la musique pour autre chose que mon plaisir. Ce soir-là, je n'ai pas baisé, mais je me suis fait deux potes. Le premier s'appelle Gaspard Lalande, il est devenu le batteur de Significant Youth. Le second, Yoav Radur, traîne souvent ses guêtres dans les concerts de punk hardcore, où on le croise au bar, en costume, en train de boire des bières au comptoir.

On a commencé à traîner ensemble et j'ai délaissé mes anciennes fréquentations. Gaspard et Yoav me racontaient leur quotidien, me donnaient une autre version de la vie lycéenne que celle que je connaissais, une autre vision de moi-même aussi. Grâce à eux, j'ai commencé à voir les *freaks* et les *geeks* différemment, à assimiler pourquoi ils vivaient leurs passions à fond, pourquoi ils avaient besoin de signes de ralliement. Ça m'a aussi rapproché de mon frère à qui je piquais des fringues et demandais conseil pour radicaliser mon look. J'ai mûri, trouvé ma voie, rencontré Iris. Deux ans plus tard, quand Yvan, fraîchement diplômé, a tout plaqué pour se consacrer à la musique, je me suis fait tatouer un énorme X straight edge[1]

1. Le courant straight edge, sous-genre musical de la scène punk hardcore, est souvent abrégé par le sigle « sXe », voire par un « X »

dans le dos. Je suis devenu punk comme on entre en religion, avec la certitude d'y trouver le sens de la vie.

Je n'ai jamais présenté mes excuses à ceux que j'ai humiliés avant cette période. Qu'un ultra incel me balance ce passé à la gueule me perturbe. Dans un sens, ce sont les types comme moi qui créent les types comme eux.

Le sifflement m'empêche de réfléchir. Je dois dormir, oublier ce son, et me réveiller demain matin vierge comme une partition sans note. Dans l'armoire à pharmacie, je trouve du Lexomil, glisse un comprimé directement sous ma langue pour qu'il agisse plus vite. De retour au lit, je parcours des forums sur les acouphènes, leurs causes, les moyens d'en guérir, de diminuer la gêne. Les témoignages sont alarmants. Je ferme mon navigateur avant de sombrer dans un abîme d'inquiétude. Heureusement que c'est férié demain et que je ne travaille pas. Je m'endors avant le retour d'Iris.

---

unique. Ce « X » fait référence au signe tamponné par les videurs, à l'entrée des concerts, sur les avant-bras des mineurs, pour indiquer au personnel du bar qu'ils n'ont pas le droit de consommer de l'alcool.

Tristan Largile

Famille de substitution

Une fois rentré chez lui, Tristan n'arrive pas à dormir. Malgré l'avancée de la nuit, il est derrière son ordinateur, concentré sur l'afflux de messages auxquels il doit répondre. Depuis que Scot Buerl a raconté comment Mialek a cassé la gueule à Simon de Christo et Kahina Val, il est devenu la star du forum Intralluces. Des centaines de types le congratulent, le valorisent.

Après avoir fui par le parking de l'EMB Sannois, Tristan Largile, connu des incels sous le nom de Mialek, a raccompagné Scot Buerl dans le sud de Paris, pendant que ce dernier racontait ses exploits sur Intralluces.

– Tu es sûr que tu ne veux pas venir boire un verre avec nous ? a-t-il demandé à Scot.

– J'ai une grosse journée de travail demain. Je veux éviter de rentrer à pas d'heure.

– Tu fais quoi dans la vie ?

– Si ça ne te dérange pas, je préfère garder la frontière étanche entre mon pseudonyme et mon identité.

– Je comprends. C'est pareil pour moi.

C'était la première fois que Tristan rencontrait un ultra incel dans le monde réel. Ils n'ont pas l'habitude de se fréquenter en chair et en os, de mettre des visages sur des noms.

Ils valorisent la liberté de s'exprimer derrière un écran, sans avoir de comptes à rendre, sans voir leur parole entravée par les affres de leur existence *in real life*[1].

Tristan n'imaginait pas Scot Buerl ainsi : normal, dénué de tares physiques, de défauts disgracieux, occupant l'espace naturellement, sans remettre en question sa place, sans s'inquiéter des jugements que susciteront ses phrases. Il pensait qu'il serait comme lui : emprunté, soucieux de son image, inapte à l'expérience sociale. Il ne sait pas s'il doit lui faire confiance ou, au contraire, s'en méfier.

Au moment de rejoindre les autres au Céleste, rue de Paradis, Tristan Largile a été pris d'un doute : « Et si les ultra incels étaient majoritairement comme Scot Buerl, et non comme moi ? » En arrivant à leur table, il a tout de suite été rassuré. Ils étaient une douzaine, garçons mal fagotés, mal dans leur peau, maladivement maladroits. Parmi eux, deux des trois administrateurs d'Intralluces : Striker, gueule patibulaire, yeux creusés, regard frénétique, et Willburg, un grand type décharné qui ne savait pas quoi faire de ses longs bras. KenKillER, le troisième administrateur, qui a également créé le forum, était absent. C'est une célébrité dans le milieu incel, qui accorde trop d'importance à son anonymat pour se manifester dans le monde réel. Tristan Largile a été accueilli avec les honneurs. On lui a offert à boire, on l'a félicité, on lui a demandé de livrer sa propre version des événements. Striker lui faisait peur. Il parlait fort, faisait des gestes brusques, mentionnait la « rébellion incel » comme s'ils étaient une armée, s'apprêtant à renverser le pouvoir. Malgré cela, Tristan a laissé la bière couler dans son gosier, détendre ses muscles, apaiser son estomac noué. Il s'est fondu dans ce groupe d'hommes, où il était aisé de disparaître, de s'oublier.

1. Abrégé en IRL.

Sur Intralluces, Striker écrit : « Nous étions venus confronter les neo straight edge au-delà d'Internet, mais quand les flics sont arrivés, nous avons fui comme des gonzesses. Seul Mialek n'a pas lâché l'affaire et nous a sorti un doublé gagnant. Il a frappé Langalter dans ce qu'il a de plus précieux : sa meuf et son frère. C'est un putain de héros. » Tristan ne sait pas comment réagir. L'exaltation qu'il suscite chez les ultra incels a beau le galvaniser, il la trouve disproportionnée, lui qui n'a rien pensé, qui s'est juste laissé porter par la pulsion de l'instant. Cette idée de s'introduire dans le concert n'était pas la sienne. C'est Scot Buerl qui lui avait proposé de se mêler aux neo straight edge, pour avoir un pied à l'intérieur si ça dégénérait.

– Chiche ? avait dit Tristan, persuadé que Scot Buerl n'était pas sérieux.

– On ne risque pas grand-chose à vrai dire, avait répondu Buerl. On serait plus en sécurité à l'intérieur qu'à l'extérieur.

Jamais Tristan n'avait planifié de mener une action seul, de devenir un modèle pour ceux qui haïssent les neo straight edge, leur ton moralisateur et leur féminisme exacerbé. Il regrette d'avoir frappé Kahina Val. Simon de Christo, si c'était à refaire, il le referait. Dès qu'il l'a reconnu – il n'oublie jamais un visage –, son sang n'a fait qu'un tour. Il avait des flashs des humiliations publiques qu'il lui avait fait subir. Trois ans durant, il avait été son souffre-douleur. Simon le dénigrait, moquait son double menton, ponctuait ses phrases de « débile comme Largile », sans autre justification qu'il était une cible facile. À cause de lui, tout au long de ses années lycée, il avait été un sujet de blague, le type à côté duquel on ne voulait pas s'asseoir à la cantine. Tristan se souvient d'un TD de chimie un samedi matin en effectif restreint. Il pleuvait. Sa classe était la seule à avoir cours à cette heure-là et les élèves arrivés en avance attendaient en cercle sous le préau. Lorsqu'il s'était immiscé au sein du groupe, les rires s'étaient tus, remplacés par un silence gênant. Alors, Simon de Christo avait dit : « Il n'y aurait pas un intrus parmi nous ? » Un autre élève l'avait bousculé hors du cercle, et il s'était retrouvé à attendre seul le début du cours, pendant que les filles de sa classe écoutaient hilares Simon se foutre de sa gueule. Il avait 17 ans à cette époque. Il ne considère pas cet événement comme un traumatisme adolescent, mais comme une blessure d'adulte. Des anecdotes de ce genre, il en a des dizaines à raconter. Tristan s'est rapproché des ultra incels pour combattre ces types populaires qui, après avoir passé le collège et le lycée à rabaisser et opprimer les plus faibles, se revendiquent aujourd'hui du féminisme et de la bienveillance, séduisent des filles en se faisant passer pour des chevaliers blancs. Découvrir que Simon de Christo est devenu un neo straight edge s'inscrit dans la logique des choses. Tristan ne s'est pas trompé de combat.

Un ultra incel écrit : « Maintenant, quand on niquera un Ken ou une Stacy, on dira qu'on lui a "mialeké" la gueule. » Aldana veut lui offrir un verre dans la réalité pour le féliciter. Puis ce qu'il craignait arrive. Les messages racistes s'intensifient. « J'aurais voulu voir la tête de cette guenon quand tu lui as explosé le groin », dit Maldor. « Son joli minois défiguré, peu de chance de revoir cette négresse aux côtés de Langalter », renchérit Tranleur, nouvellement coopté sur le forum. Voilà pourquoi Tristan s'en veut d'avoir touché à Kahina Val. Son geste permet aux nazillons d'Intralluces de s'en donner à cœur joie. Il exècre ceux qui mêlent reconquête du pouvoir face à la menace féministe et discours xénophobes. Ça le fout en rogne que les Noirs, les Arabes et les Asiatiques ne soient pas les bienvenus sur Intralluces. Pour Striker et ses sbires, les étrangers leur « volent » des filles, de la même manière qu'ils piquent le travail des bons Français aux yeux de l'extrême droite. Ils assimilent les non-Blancs à « des racailles qui font mouiller les pétasses », à « des Pygmées pour salopes ». Tristan, qui s'est toujours senti proche des hommes issus des minorités ethniques, connaît la vérité : eux aussi sont injustement rejetés par des femmes, habitées par un racisme latent. Pour des questions indépendantes de leur volonté – des caractéristiques physiques –, ils ne pourront jamais sortir avec des 8 ou des 9 sur 10[1]. Tristan ne se trompe pas de combat. Les hommes doivent s'unir pour retrouver leur place dans la société, quelles que soient leur couleur de peau et celle de la pétasse hautaine qui leur fait face.

Les ultra incels restent une communauté hétérogène. Tristan est souvent atterré par la bêtise, l'abrutissement et le conspirationnisme qui y règnent. Mais il y a trouvé une famille. Des types qui comprennent et partagent sa souffrance. Qui, comme lui, ont passé la vingtaine, parfois la trentaine, sans jamais avoir touché un vagin, portant leur pucelage telle une malédiction, dépités face aux échecs accumulés, n'adressant plus la parole aux filles baisables, de peur de lire le rejet dans leurs yeux. Causer avec des extrémistes de droite ne l'enchante guère, mais c'est mieux que de râler seul, planqué sur Twitter derrière des dizaines de comptes différents.

Tristan ferme son ordinateur, se lève péniblement, le corps affaibli par l'excitation et l'alcool, la culpabilité et le manque de sommeil. Il prend un verre d'eau, s'assied sur le canapé. Le cuir colle à sa peau. Il n'a jamais su s'il aimait ou détestait cette sensation. Il regarde l'écran d'accueil de son mobile : 3 h 49 – lundi 7 avril 2025. C'est le lundi de Pâques. Personne ne bossera aujourd'hui, à part des *free-lances*

1. Les sphères incels classifient les femmes en fonction de notes sur 10 relatives à leur physique. Celles notées de 0 à 4 sont invisibilisées, celles de 5 à 6 jugées « baisables ». Les 7 sur 10 sont particulièrement recherchées. Au-delà, elles sont considérées comme des putes inaccessibles.

comme lui pour qui le travail n'est plus conditionné par des horaires, mais uniquement par la charge. Ses prestations de *community manager* apportent beaucoup de satisfaction à ses clients. Sous le pseudonyme d'Inès Coste, il a commencé à se faire un nom. Il s'invente des collègues, crée de faux profils, donne l'illusion que sa structure grandit, devient un véritable cabinet. Tristan possède des dizaines d'identités. Chaque fois qu'il doit interagir en ligne ou s'inscrire à un nouveau service, il s'en crée une nouvelle : un nom, un mail, des comptes sur les principaux réseaux sociaux. Il n'utilise jamais deux fois le même nom pour se prémunir des recoupements des algorithmes, masque son adresse IP grâce à un VPN, a recours à toutes sortes de technologies permettant d'effacer l'homme derrière la machine. Il a installé des robots qui alimentent automatiquement en contenus – articles de presse, vidéos humoristiques, citations connues, sélections musicales – ses différents comptes en ligne, afin de donner l'illusion que quelqu'un se cache bien derrière chacun d'eux. Tristan compartimente, crée des barrières entre ses avatars pour qu'on ne puisse jamais remonter à lui. C'est pour cela que ses campagnes en ligne sont si efficaces : il contrôle à lui seul suffisamment de profils pour donner l'impression que la moindre de ses communications ruisselle sur Twitter, Facebook et Instagram.

Tristan n'a toujours pas envie de dormir. Il retourne au lit, entreprend de se masturber devant des vidéos pornographiques, mais ça ne vient pas. Plus le temps passe, moins il arrive à se branler. Chaque image projetée à l'écran, chaque visage déformé par un plaisir simulé, chaque bout de seins ou de fesses lui rappelle ce qu'il n'a pas, ce qu'il n'a jamais eu. Désabusé, ressassant les mêmes rengaines, son sexe rétrécit dans sa main. Il aimerait se sentir fort et viril après ce qui s'est passé cette nuit, mais la conviction d'être un raté prend le dessus.

Alors il regarde sur YouTube des vidéos de concerts de Significant Youth. Dans la fosse, il identifie quasi systématiquement Kahina, Simon et une autre femme, charmante, gracieuse, insaisissable. Sa tendresse et ses gestes envers le frère de Langalter la désignent comme sa petite amie. Tristan a le cœur qui saigne en imaginant ce fumier s'endormir tous les soirs à côté d'elle.

Il se demande si Kahina et Simon porteront plainte. Il ne risque pas grand-chose. Il était méconnaissable au concert et personne ne fera le lien entre lui et ce Mialek proclamé nouveau roi d'Intralluces.

La détestation de soi l'enveloppe comme une couverture. Il laisse son esprit vagabonder dans cette bulle. Au moment où il va sombrer dans le sommeil, son téléphone sonne. C'est Scot Buerl. Il voudrait lui parler d'une grande idée.

Iris Velba

Carrières modernes

Sur le seuil de la porte, Iris tourne la clef le plus discrètement possible. Simon avait l'air mal au téléphone, paniqué par cet acouphène qui s'est déclenché en pleine nuit. Elle ne veut pas le réveiller, moins parce qu'il a besoin de se reposer que parce qu'elle n'aura pas la force de lui parler et de le réconforter. L'appartement est silencieux. Elle accroche sa veste en cuir au portemanteau, enlève ses bottines, pénètre sur la pointe des pieds dans la chambre, laisse tomber sa robe au pied du lit, se glisse sous les draps. Simon est recroquevillé sur lui-même, les poings serrés, rabattus sous le visage. Malgré la fatigue extrême, la tension causée par l'agression et les heures passées dans la salle d'attente des urgences ORL, Iris ne trouve pas le sommeil. Elle a lu dans les yeux de Kahina le dégoût et l'envie de fuir le monde des neo straight edge ; et la peur de perdre Kahina dans ceux d'Yvan. Pendant les examens du nez de leur amie, elle s'est retrouvée seule avec le frère de Simon. Assis sur les chaises en métal de l'hôpital Lariboisière, éclairés par des néons blafards, Yvan lui a confié sa crainte que Kahina le quitte. Elle lui dit qu'elle l'aime, mais l'austérité de ses traits et la dureté de son regard contredisent ses mots. Elle vit à la lisière de leur couple, et il doit la maintenir du bon côté. Ne jamais la brusquer, ne pas générer de disputes qui pourraient servir de détonateur.

Iris connaît l'intensité des sentiments d'Yvan, sait qu'ils ne sont pas partagés par Kahina.

– Tu ne peux pas continuer ainsi. Est-ce que tu en as parlé avec elle ? lui a-t-elle demandé.

– Non. Aborder frontalement la question, c'est lui donner l'occasion de me quitter.

– Comment une personne aussi engagée que toi, présente sur tous les fronts politiques, peut-elle se mettre la tête dans le sable dès qu'il s'agit d'amour ?

– Je ne veux pas voir mes angoisses prendre forme. D'ailleurs, si elle t'a dit quelque chose, je préfère ne rien savoir.

– Kahina ne me parle jamais de ses sentiments. Sa sphère d'intimité est aussi grande que la tienne est restreinte.

– Je suis foutu si elle me plaque. Il m'a fallu trente ans pour rencontrer une telle fille. Je n'aurais jamais la force de retomber amoureux après ça.

– On n'en est pas là, Yvan.

– J'ai peur que les événements de ce soir provoquent un déclic. Qu'elle ne veuille plus de cette vie-là.

Immobile dans le lit, Iris a de la peine pour Yvan. Si elle avait été attentive aux mouvements sur Intralluces, rien de tout ça ne serait arrivé. La seule chose qu'elle peut faire désormais, c'est retrouver ce Mialek et l'affronter.

Iris avait rencontré Yvan il y a une douzaine d'années. Ils étaient tous deux en classe préparatoire aux écoles de commerce. Yvan l'avait initiée aux musiques extrêmes et à la scène hardcore. Une fois entré à ESCP Europe, écœuré parce qu'on lui y enseignait – les opportunités de la fintech, le capitalisme vert, la bienveillance au service de l'économie –, Yvan avait abandonné les études pour se consacrer à la musique et monter ce qui deviendrait le groupe d'une génération. Depuis, il avait délaissé son patronyme (de Christo) au profit de son nom de scène (Langalter), et s'était lancé en politique. De son côté, Iris avait tenté de rester dans les clous, fait son stage de fin d'études dans un cabinet de conseil, lancé sa carrière comme *business analyst* chez Cap Gemini, grimpé rapidement les échelons, travaillé jour et nuit pour des résultats jugés toujours insatisfaisants, encaissé la pression propre aux managers intermédiaires, protégé ses équipes face aux injonctions à faire plus et plus vite, supporté les coups bas, serré les dents face à la domination des carriéristes prêts à essorer leurs collègues pour prouver leur supériorité, leurs aptitudes à mener les projets, persuadés de posséder du *leadership*, alors qu'ils n'inspiraient que du mépris. Au printemps 2019, alors qu'elle travaillait chez Hutcher-Ashton & Partners, une agence spécialisée en stratégies de croissance et en *pricing*, elle avait explosé en plein vol : le fossé entre les exigences de ses supérieurs et sa capacité à produire, l'installation de la fatigue psychique et physique, la boule au ventre dès que le téléphone sonnait ou qu'une tâche, aussi minime soit-elle, se rajoutait à sa *to-do-list*. Enfin, un matin, l'incapacité de se lever, d'affronter le monde, de répondre à un mail de plus. En synthèse : le *burn-out*. Quand son médecin avait employé le mot, elle avait cru vomir, non pas parce que l'on nommait sa maladie, mais parce qu'il s'agissait d'un anglicisme évoquant implicitement l'univers professionnel qui l'avait asséchée.

Elle avait réussi à remonter la pente grâce à Simon. Elle avait 20 ans quand elle a fait sa connaissance chez Yvan. À 18 ans, Simon était d'une beauté affolante. Arrogant, mais n'ayant rien à prouver avec les filles, il lui avait tout de suite plu. On racontait qu'elle était tombée amoureuse de lui pour son physique, après avoir repoussé les avances du grand frère de Simon, Yvan, aux traits ingrats malgré un charisme évident. On disait que leur relation ne tiendrait pas. Qu'ils étaient trop beaux, trop jeunes, pour se lancer dans une histoire longue. L'avenir avait donné tort aux mauvaises langues. Dix ans plus tard, Iris et Simon sont toujours ensemble. Ils ont grandi côte à côte, partageant une admiration commune pour Yvan, qu'ils ont suivi dans son aventure musicale – ils sont les deux premiers fans de Significant Youth – et dans son engagement politique : l'écologie, le féminisme et toute la philosophie neo straight edge.

*

Lorsque Iris se réveille vers 10 heures du matin, elle trouve Simon, le buste redressé, la tête calée dans les mains, le bout des doigts massant alternativement ses tempes et les lobes de ses oreilles. Quand elle pose sa main sur sa cuisse, il se retourne, l'air implorant. Iris tend ses bras, le ramène contre elle. Elle lui passe la main dans les cheveux, caresse son front moite.

– Ça siffle fort.

– Aucune amélioration depuis cette nuit ?

– Non. L'acouphène absorbe tout l'espace sonore. Je n'entends que ça.

– Tu vas rester au calme aujourd'hui, laisser ton oreille se reposer.

– J'ai un mauvais pressentiment, l'impression que ce son ne s'arrêtera jamais.

– Tu n'as encore vu aucun médecin. On va vite trouver une solution. Tu vas faire les examens qu'il faut.

Simon se relaxe, cherche sans succès à se rendormir. Ils finissent par se lever. Pendant qu'Iris prépare du café, Simon choisit un disque. Il opte pour des sonorités douces et apaisantes – *Shepherd In A Sheepskin Vest* de Bill Callahan –, mais la musique l'agace. L'acouphène l'empêche d'en profiter, il préfère souffrir seul face à son sifflement plutôt que de voir celui-ci gâcher la musique. Iris l'installe sous une grande couverture en laine. Depuis sa rupture avec le monde de l'entreprise, leur appartement, autrefois minimaliste, où chaque objet avait un rôle et une place, s'est doté de bibelots, d'appareils vintage, de tissus aux multiples couleurs, tous achetés en brocante, dans l'optique de recycler le passé. Simon, toujours en quête de perfection et d'épure, s'est souvent moqué du goût d'Iris pour les vieilles choses depuis son *burn-out*. À ses yeux, il faut arrêter de consommer, pas réutiliser ce qui a déjà été inutilement produit. Question de *mindset* comme ils disaient chez Hutcher-Ashton. Là, en voyant Simon apeuré comme elle ne l'a jamais vu, emmitouflé dans le plaid, les mains agrippées à la tasse chaude, elle espère qu'il changera d'avis. Qu'il admettra que le rôle premier du chez-soi est de générer du réconfort.

Son compagnon retrouvant son calme, elle rallume son téléphone mobile. Elle a reçu un message vocal de Kahina. Le ton est détaché, comme si les événements de la veille n'avaient laissé aucune trace psychologique. : « J'ai écrit à ton amie Manon, lui dit-elle. Je devrais la recevoir en consultation le mois prochain. Merci encore d'être restée à mes côtés cette nuit. » Elle ne lui donne pas de nouvelles de son état, n'évoque pas ce qu'elle ressent. Kahina mentionne juste Manon, la meilleure amie d'Iris, qui, sourde depuis ses dix ans, souhaite s'entretenir avec elle des avancées neurologiques sur l'audition. Sous le pseudo d'Aldana, Iris se rend sur Intralluces pour voir si Mialek a répondu à sa proposition de rencontre. L'homme à la capuche noire ne s'est pas manifesté, mais une nouvelle vague d'effervescence anime le forum. Kahina Val vient de publier un communiqué sur Facebook pour dénoncer l'agression d'hier. Du pain bénit pour les ultra incels qui tournent déjà ses propos en ridicule et s'organisent pour contre-attaquer en ligne. Iris se rend sur le profil de Kahina, espérant qu'elle n'a pas trahi sa couverture.

Kahina Val

Faire des vagues

Installée sur un tabouret au comptoir de sa cuisine américaine, le dos droit et la posture parfaite, Kahina parcourt les dernières publications scientifiques de ses collègues, répond à des mails en retard. Elle s'est déconnectée de tous les réseaux sociaux, a coupé les ponts avec la déferlante de commentaires, acrimonieux comme bien intentionnés, qui doivent apparaître sous son statut. Elle n'a plus le courage de parler à Yvan. Déjà trois appels et quatre messages laissés sans réponse. La douleur est intense et la migraine tenace. Elle saigne à nouveau du nez, s'essuie nonchalamment, ne regarde pas la quantité de sang sur le mouchoir, reste focalisée sur son travail.

Lorsqu'elle s'est réveillée ce matin, elle a su qu'elle n'avait pas le choix. D'une nature introspective, Kahina laisse à Yvan le monopole des prises de position publiques, privilégie l'action plutôt que les discours, s'exprime par ses réalisations. Elle connaît néanmoins ses obligations. Ces moments où il faut sortir du rang et regarder les salauds dans les yeux. Après avoir pris une douche en évitant de mouiller son bandage, elle a enfilé un t-shirt le plus neutre possible, s'est positionnée au centre du salon, le mur blanc dans son dos, et a pris un *selfie*. L'éclairage était parfait, son visage congestionné exposé naturellement, sans nécessité de recourir à un filtre. Sur ses différents comptes, elle a posté la photo accompagnée du commentaire suivant : « Je suis Kahina Val, compagne d'Yvan Langalter, activiste politique et chanteur de Significant Youth. Hier, lors d'un concert du groupe à l'EMB Sannois auquel j'assistais accompagnée d'amis, dont Simon, le frère d'Yvan, une personne dans le public nous a annoncé qu'un attroupement d'ultra incels s'était formé devant la salle. Peu après, un homme cagoulé s'est approché de nous et a frappé Simon. Quand j'ai essayé de m'interposer, il m'a donné un violent coup de tête. Ma visite aux urgences a confirmé que j'avais le nez cassé. Ce matin, le dénommé Striker ("Straï Koeur" sur Facebook), connu pour être un des leaders des ultra incels français, a publié ce message : "Hier soir, les oubliés de la modernité, des jeunes hommes honnêtes dont les féministes et les bien-pensants du mouvement neo straight edge ont fait des parias, ont pris leur revanche en sabotant une messe propagandiste du groupe Significant Youth et de son fondateur Yvan Langalter. Ce n'est que le début. Les Jessica et les Jackson vont encore entendre parler de nous." Je ne ferai pas d'explication de texte. Je ne listerai pas les menaces proférées par les ultra incels. Je tairai aussi les commentaires racistes. Mais je veux que vous sachiez qu'en 2025, des femmes et des hommes se font encore taper dessus, parce qu'ils sont féministes ou pro féministes. » Après avoir appuyé sur « entrée », elle a enfilé un jean, un manteau léger, chaussé ses baskets, vérifié qu'elle avait bien son certificat médical fixant son incapacité temporaire de travail (ITT), et s'est rendue au commissariat le plus proche, celui du 17e arrondissement, pour porter plainte contre X, où un policier baraqué arborant une petite moustache – Octave Malot, indiquait son badge – a pris sa déposition, sans la juger, l'air compatissant.

Elle a toujours réglé les problèmes de cette manière : lister les tâches qui lui incombent et, une fois rayées, considérer qu'elle a fait ce qu'il fallait, qu'elle a assumé son rôle. Dès qu'elle ne peut plus agir dessus, les préoccupations s'estompent.

Yvan Langalter

Flux et reflux

Il est 18 heures passées quand il raccroche avec Kahina. Elle n'a rien voulu savoir des conséquences de son statut : ni les messages de soutien, ni les torrents d'insultes, ni les partages massifs sur les réseaux. Elle a simplement répondu : « Tant mieux si le message est diffusé, c'était le but. » Quand il l'a interrogée sur son silence, sur ses appels sans réponse, elle est restée évasive, a prétendu vouloir profiter du jour férié pour rattraper son retard dans son travail.

Toute la journée, Yvan est resté prostré chez lui, physiquement seul, mais en interaction permanente avec le monde. Bien qu'aspirant à l'isolement, scotché à ses écrans, il vérifiait compulsivement s'il n'avait pas reçu de message de Kahina, focalisé sur les horreurs qui se disaient sur lui et sa compagne. La confusion régnait. On le traitait simultanément de pédale et de mâle alpha. On reprochait à Kahina sa beauté, tout en dénigrant sa couleur de peau. À partir de midi, les appels se sont enchaînés. Ses proches voulaient prendre des nouvelles de Kahina. Il ne savait pas quoi leur répondre. Lui-même n'en avait pas.

Les membres du groupe sont en rogne. Gaspard et les jumelles veulent se battre, aller casser de l'ultra incel. Fabrice, leur manager, a suggéré de ne pas riposter. Yvan a parlé longuement avec son frère. Simon s'est confié sur cet acouphène qui résonne dans son crâne : il est terrorisé, peine à dissimuler combien il souffre. Yvan a essayé de l'apaiser, lui promettant que ça ne durerait pas, sans savoir si une telle promesse était raisonnable. Puis, il a appelé ses parents, Daniel et Laurence, sans leur raconter ce qu'il s'était passé, laissant à Simon le privilège de le faire. Il les a laissés se réjouir de l'avancée des travaux dans le Verdon, où ils font construire la villa de luxe dont ils rêvent depuis toujours, et dont le coût astronomique indigne Yvan.

Le statut de Kahina ne cesse d'être commenté. On le partage et on s'indigne. Des médias reprennent l'info, cherchent à générer du clic, sans prendre parti. Les ultra incels captent ce qu'ils peuvent de lumière. Ils pointent la méconnaissance des journalistes, s'agacent qu'on les rabaisse à des misogynes d'extrême droite. Ils moquent le texte de Kahina. « "J'ai essayé de m'interposer" is the new "Je suis devenue hystérique" », peut-on lire sur Twitter. Le passage qui fait le plus réagir est celui où elle dit qu'elle ne fera pas d'explications de texte. KenKillER écrit : « Ne rien expliquer et prétendre avoir raison au nom de la morale, voilà la technique des neo straight edge. » Les parodies des mots de Kahina se multiplient, inspirent les amuseurs du web apolitiques. On poste des portraits *photoshopés* de Kahina : dans un auditorium devant un schéma complexe illustrant les mécanismes du réchauffement climatique ; dans une école face à des étudiants, avec dans son dos un tableau noir où est écrit à la craie *Voyage au bout de la nuit* de Céline ; dans un musée debout devant le *Monochrome bleu* d'Yves Klein ; ou encore avec sa tête à la place de celle d'Albert Einstein sur la fameuse photo où il pose devant l'équation $E = mc^2$. Dans tous les cas, la photo est accompagnée de la citation suivante : « Je ne ferai pas d'explication de texte. »

En parallèle, Iris envoie à Yvan des captures d'écran du forum Intralluces. Il est déstabilisé par la pauvreté d'esprit de ces hommes, persuadés de la légitimité de leurs revendications, à deux doigts de se prendre pour des héros révolutionnaires. Longtemps, les intellectuels ont cru que la bêtise humaine provenait de l'ignorance. Mais que penser de sa prolifération à l'heure où le savoir est accessible à tous sur Internet ? Pour Yvan, il faudrait obliger les gens à apprendre, qu'ils soient notés tout au long de leur vie, qu'on suive leurs progrès en ligne, que les idiots se sentent jugés, n'osent plus prendre la parole.

Son dégoût du monde ne masque pas l'évidence. Ce qui l'attriste, c'est l'attitude de Kahina, sa froideur et son indifférence. Il ne comprend pas qu'elle ait fait cette déclaration sans lui en parler, sans la faire relire par Iris, qu'elle ait porté plainte sans prévenir Simon. Depuis leurs premières étreintes en mai 2023, Kahina souffle le chaud et le froid. Elle lui envoie des signes d'engagement concrets, organise sa vie en fonction de leur couple, refuse de passer des nuits loin de lui, se projette dans l'avenir, s'enthousiasme pour leurs prochaines vacances, les imagine même mariés. Le soir, au moment de s'endormir, elle cale sa tête dans le creux de son cou, l'enlace en lui disant qu'elle l'aime. Au quotidien, cependant, son visage crispé, ses gestes dénués d'affection, ses respirations appuyées, pleines d'agacement, prouvent combien sa présence lui pèse. Quand il la questionne sur ces marqueurs du désamour, elle invoque la fatigue, des soucis professionnels, décrit une sensation de mal-être périodique dont il ne serait pas la cause. Yvan admire l'indépendance de Kahina et se délecte de son côté mystérieux, tout en craignant ces deux facettes de sa personnalité, préférant ne jamais les sonder.

Souvent, Kahina refuse qu'il la touche. Il souffre de la voir si belle, lointaine et inaccessible. Quand il la contemple nue dans la salle de bains, son corps parfait l'émeut, avant qu'un malaise ne l'étreigne, provoqué par la privation. Cela le tire dans le bas-ventre, et il ressent le besoin irrépressible de l'enlacer, ne serait-ce que chastement. Son obsession pour ce corps offert à ses yeux, mais impalpable, presque évanescent, le ronge à petit feu. « À quoi bon sortir avec une beauté parfaite si je ne peux la toucher », se demande-t-il. Kahina évite ses regards, lui tourne le dos, s'éloigne parfois en le contournant, comme s'il était un obstacle inanimé, posé fortuitement sur son chemin.

Il devrait sortir, aller voir son frère, ou mieux, débarquer chez Kahina, mettre les choses au clair, la serrer dans ses bras. Au lieu de ça, il reste rivé à son ordinateur. Il lance *You Fail Me* de Converge, le disque le plus violent à portée de main, cherche du réconfort dans les riffs de guitare viciés du plus grand groupe de métal-hardcore.

Le *Huffington Post* met en ligne un article intitulé « Qui sont les neo straight edge, ce mouvement musical cible des masculinistes ? » Kahina et lui sont cités dès le chapeau :

« Dimanche 6 avril, des ultra incels se sont infiltrés dans un concert du groupe neo straight edge Significant Youth, mené par Yvan Langalter. Sa compagne, Kahina Val, a été blessée au visage.

1980 : le groupe américain Minor Threat sort une chanson intitulée « Straight Edge » où son chanteur Ian MacKaye explique qu'il a mieux à faire que de fumer et prendre de la drogue. Cette chanson donne naissance, par inadvertance, à ce qui deviendra un courant à part entière : le straight edge, une musique punk hardcore qui invite à bannir substances illicites, alcool et relations sexuelles dénuées de sentiments, pour se consacrer à la pensée et à l'engagement politique. 2021 : le groupe français Significant Youth sort une chanson intitulée « Neo Straight Edge » où son chanteur Yvan Langalter incite les auditeurs à faire de l'écologie et des luttes féministes leurs chevaux de bataille. Depuis, le neo straight edge est devenu un style à part entière, qui fédère un public important, et crée des vocations chez les musiciens français, nordiques, anglais et américains.

Les neo straight edge prennent régulièrement pour cible les ultra incels, groupuscules misogynes, qui condamnent la prise du pouvoir par les femmes, estiment les hommes méprisés et l'équilibre sociétal menacé. Moqués dans les chansons de Significant Youth, où ils sont qualifiés de résidus néfastes de l'ancien monde, les ultra incels ont fait du neo straight edge, et des idées qu'il véhicule, l'ennemi à abattre. Dans ce contexte, les deux factions se livrent depuis des mois à une guerre des gangs, à coups d'insultes, de prises de position et maintenant d'agressions physiques, rappelant les bagarres entre punks-skinheads antiracistes aux lacets rouges et skinheads fascistes aux lacets blancs, dans les années 1970 et 1980. »

La suite du papier raconte en détail les événements de la veille : l'attroupement des ultra incels, leur fuite avant l'arrivée de la police, la présence de deux d'entre eux dans la salle, l'agression de Simon et Kahina. À aucun moment, Iris, Mialek ou le forum Intralluces ne sont évoqués. L'affaire intéresse le grand public. De nombreux commentaires apparaissent sous l'article. Une heure plus tard, *Slate* publie un papier expliquant la différence entre les incels et les ultra incels :

« Les ultra incels sont des célibataires involontaires qui refusent de changer pour plaire aux femmes. Depuis quelques années, les incels historiques s'entraident pour réussir à coucher avec des filles. Ils s'inspirent des techniques des "coachs en séduction", font de la musculation, améliorent leur look, s'essayent à la drague de rue et "s'entraînent" à désirer les filles "moins jolies", jugées plus "accessibles". Serge, 35 ans, ancien membre du forum incels.me qui a perdu son pucelage l'année dernière, explique : "J'ai trouvé chez les incels des hommes qui me comprenaient, qui avaient un parcours similaire. J'ai réalisé que je n'étais pas seul, j'ai repris confiance en moi. On partage nos expériences, on échange des conseils, on se retrouve pour faire du sport. Ce que j'ai appris, c'est qu'il y a des salopes partout, qu'elles sont fragiles, affaiblies par la solitude et l'absence de bite. Il faut être pragmatique, bien choisir ses cibles. Mon mantra aujourd'hui, c'est qu'un vrai hétéro doit être capable de bander sur des filles de seconde zone." Interrogé sur la culture du viol qui irrigue ses paroles, Serge se défend : "On ne viole personne. On donne aux femmes ce qu'elles attendent." »

Cette appétence des incels à se transformer en ceux qu'ils méprisaient hier – « des séducteurs capables de voler le cœur des femmes » – a créé une scission au sein du mouvement. Une partie des membres refuse catégoriquement cette orientation. Pas question pour eux de nier leur nature, de se rabaisser à coucher avec "des mochetés". "On revendique le droit à être aimés pour ce que nous sommes et à baiser les filles que nous choisissons. On ne se contentera jamais des restes", raconte

Pierre, 27 ans, dégoûté de ce que sont devenus ses anciens camarades. En Europe, les incels désireux de conserver la ligne originelle se sont regroupés sous la terminologie ultra incels et communiquent principalement au travers de canaux privés et sécurisés. Interrogées sur le sujet, les autorités prennent au sérieux cette radicalisation. Pour Sébastien Mille, spécialiste des cellules masculinistes au sein du SCDC (Service central de documentation criminelle), il est capital de "surveiller ces mouvements pour se prémunir d'attentats terroristes comme en connaît l'Amérique du Nord". Le regroupement des incels les plus virulents, privés du contrepoids incarné par les modérés, constitue d'après lui une véritable menace. »

Yvan jette un œil à sa boîte mail. Elle déborde de demandes d'interview qui resteront sans réponse. Il n'alimentera pas le cirque médiatique. Épuisé par ces articles et les *tweets* lus sans discontinuité, il pénètre dans la douche, colle son dos contre le carrelage, se laisse glisser jusqu'au sol. Assis dans le bac en tailleur, il savoure l'eau chaude qui coule abondamment sur ses épaules, s'assoupit quelques secondes, le temps que sonne l'alarme indiquant que sa consommation d'eau quotidienne a été atteinte. À peine sorti de la salle de bains, la serviette autour du bassin, il se replonge dans les réseaux sociaux.

Sur Facebook, Striker vient de réagir à l'article de *Slate*, en fustige les approximations, explique que les ultra incels sont les vrais incels, qu'il ne s'agit pas d'une radicalisation. « Une fois de plus, écrit-il, les neo straight edge sont allés pleurer dans les jupes des journalopes. Tant de lâcheté me donne la nausée. » Yvan essaye de se contrôler. Les clashs avec les incels sont contre-productifs. Il se remémore les fois où il a invectivé KenKillER, après que celui-ci a menacé de s'en prendre à sa famille et à ses proches. Il n'a jamais réussi à le faire taire, ressortant toujours sali de ces engueulades. Mais se répéter qu'il ne doit pas répondre n'y change rien. Hors de lui, il tape sous le statut le commentaire suivant : « En matière de lâcheté, nous n'avons pas de leçon à recevoir d'un type planqué derrière son ordinateur et son pseudonyme. Si vous voulez régler ça en face-à-face, les dates de la tournée de Significant Youth sont connues. Nous jouerons notamment à Paris à l'Absolute Club, le vendredi 13 juin. »

Le message envoyé, il éteint tout : ordinateur, portable, débranche même sa box Internet. Il sait que la première réponse à son commentaire lui reprochera de profiter de la situation pour promouvoir la tournée de Significant Youth. Il n'a pas le courage de lire ça.

Tristan Largile

Entrer dans la danse

Scot Buerl lui a donné rendez-vous au Dernier Métro, boulevard de Grenelle. D'après lui, on y trouve facilement de la place le lundi soir, et le volume de la musique est suffisamment élevé pour ne pas entendre les conversations voisines. Il arrive au bar à 20 heures. Ses traits sont tirés. Les cernes sous ses yeux dévoilent le manque de sommeil. Scot Buerl est déjà là. Il s'installe péniblement, commande une bière. « Comment te sens-tu ? », lui demande l'homme qu'il a rencontré IRL pour la première fois hier. Tristan fait le fier, s'enorgueillit de son action de la veille, raconte sa journée de travail. Malgré une quasi-nuit blanche, il a été très productif. « Avoir frappé de Christo et la pétasse de son frère a libéré quelque chose en moi », affirme-t-il.

– Tu n'es pas obligé de faire semblant avec moi, lui répond Scot Buerl.

– Comment ça ?

– Se révéler après avoir frappé ses oppresseurs, c'est un mythe. Blesser un homme et encore plus une femme, ce n'est jamais agréable. Ça laisse des traces. On se sent mal après.

Tristan acquiesce. Il n'osait pas en parler. Il y a un fossé entre ce qu'il ressent et l'image qu'on a de lui sur Intralluces.

– C'est pour cela que tu es un vrai héros, reprend Buerl. Tu as agi, sans te soucier des conséquences. Tu portes le poids de la responsabilité au nom du groupe. Le buzz autour de ton action a pris des proportions inespérées. Une première étape a été franchie. Maintenant, il faut enfoncer le clou.

– Ça a fait parler de nous, mais pas forcément en bien, souligne Tristan.

– Justement, il faut profiter de cet éclairage pour rétablir la vérité, que les gens prennent la pilule rouge[1].

– Des années que l'on prêche la vérité sans que personne n'écoute. Ce n'est pas un coup de poing et un coup de tête qui vont y changer quoi que ce soit. Tu as vu les papiers dans la presse cet après-midi ?

– Ils m'ont scandalisé, atteste Scot Buerl. Les journalistes mélangent tout. Parler de radicalisation chez les ultra incels, c'est se méprendre sur nos intentions. Il est facile de vérifier que notre faction n'a jamais été impliquée dans un attentat. Il suffit de faire son travail. Nous devons nous positionner sur l'échiquier politique pour empêcher de telles confusions.

– À quoi penses-tu ?

– Laisse-moi te poser une question avant de te répondre. Quel est le point commun entre les différents courants féministes, les neo straight edge, les incels, les ultra incels, les mouvements Men Go Their Own Way et Men's Rights Movement, ou encore la National Coalition for Men[2] ?

---

1. Au début du film *Matrix*, de Lana et Lilly Wachowski (1999), Morpheus propose à Neo de choisir entre la pilule bleue et la pilule rouge. Gober la pilule bleue implique de continuer de vivre dans le monde factice de la Matrice, alors que l'ingestion de la pilule rouge offre l'éveil et permet de revenir dans le monde réel. Pour les incels, « prendre la pilule rouge » signifie sortir de l'illusion, créée par les femmes et les études de genre, selon laquelle le monde vivrait dans un système strictement patriarcal. Ce sens donné à la « pilule rouge » est d'autant plus absurde que l'œuvre des Wachowski se focalise sur l'émancipation des femmes et des minorités.

2. Voir lexique pour les spécifités et enjeux des mouvements Men Go Their Own Way, Men's Rights Movement et National Coalition for Men.

– Ils se positionnent tous par rapport à la place de la femme dans la société ?

– C'est exactement ça. Et tu sais pourquoi ? Parce que c'est la seule question qui compte ! Toute société se structure autour du rapport de force entre hommes et femmes. Dans le futur, on ne parlera plus de la gauche et de la droite, des démocrates et des républicains, des travaillistes et des conservateurs. Tous les partis se positionneront en fonction d'une unique question.

– Où placer le curseur entre les hommes et les femmes…

– Voilà. Et c'est aujourd'hui qu'il faut poser les fondations de la politique de demain. Les ultra incels doivent sortir de la contre-culture et s'organiser en force politique. Les gens doivent savoir que nous ne sommes pas des extrémistes, que nous condamnons les tueries de masse et les violences conjugales, que nous défendons l'égalité salariale et la parité. Notre discours s'appuiera sur quatre idées fortes : l'oppression systématique des femmes est une théorie du complot façonnée par les féministes ; les concepts de « domination masculine » et de « masculinité toxique » sont fallacieux ; les rapports entre hommes et femmes sont complexes et il n'est pas possible de présenter les hommes sous un angle gynocentré systématiquement négatif ; les hommes comme les femmes sont victimes d'oppressions, même si celles-ci ont touché plus sévèrement les femmes lors de périodes où la survie de l'espèce, d'un point de vue biologique, économique et politique, nécessitait des décisions drastiques. Il faudra être stratégiques. Se montrer modérés, rassembleurs et convaincants. Ainsi redonnerons-nous sa place à l'homme dans le XXIe siècle.

– Et mon rôle dans cette histoire ? demande Tristan, suspicieux.

– Ce qui s'est passé hier est l'impulsion qu'il nous faut. L'agression de Kahina Val passionne les foules, et tu peux compter sur les neo straight edge pour faire monter la sauce. C'est une occasion unique de prendre la parole.

– Mais qui prendrait la parole ? Moi ?

– Oui. Il faut que les gens comprennent ton histoire, le cheminement qui amène un gentil garçon à frapper des gens. Qu'ils ressentent ton amertume. On ne peut pas laisser la parole à des chiens fous comme Striker.

– Je ne veux pas m'afficher publiquement. Il y aurait des conséquences judiciaires. Et puis, je refuse catégoriquement de dévoiler mon nom. Des années à constituer une armée de pseudonymes derrière laquelle me cacher pour tout perdre maintenant ? Hors de question.

– Il ne se passera rien au niveau légal. Classé sans suite à coup sûr, ou alors une contravention de 1 500 euros si Kahina Val dégote une ITT d'une semaine signée par le médecin. Je suis même prêt à prendre à ma charge cette hypothétique amende. Quant à la question de l'anonymat, désolé de te le dire sèchement, mais il est temps de grandir. Tu as quel âge ? 28 ans ? N'est-ce pas le moment de t'engager dans le monde avec ton patronyme ?

Tristan n'aime pas la tournure que prennent les choses. Il revoit Scot Buerl lui proposer de s'infiltrer au concert, répéter sans cesse qu'ils doivent se battre. Alors, pour la première fois, il observe cet homme en détail : la mâchoire carrée, le regard perçant, la peau bien entretenue. Ses cheveux gras n'y changent rien, c'est un très bel homme d'un mètre quatre-vingts, à mille lieues d'un type comme Tristan, bouffi, trapu et terne.

– Il y a quelque chose que je ne comprends pas, dit Tristan. Comment un homme comme toi, qui ressemble plus à un Ken qu'à un ultra incel, pourrait-il être rejeté par les femmes ?

– Je suis content que tu poses la question, répond Scot Buerl. Je voulais justement aborder le sujet.

Tristan le regarde sortir son portefeuille, en tirer une photo en pied d'une jeune femme blonde aux pommettes saillantes et à la silhouette longiligne. Perchée sur des talons, elle porte une robe de soirée stricte et raffinée. Ce n'est pas une Donna ou une Stacy. C'est autre chose. Le genre de fille que même la majorité des mâles alpha ne conquiert jamais.

– Elle s'appelle Pénélope, déclare Scot Buerl.

– Qui est-ce ? s'enquiert Tristan.

– C'est ma femme. Nous sommes mariés depuis quatre ans.

Il tombe des nues, anxieux à l'idée de s'être fait manipuler, sort dix euros de sa poche, les jette sur la table pour payer sa bière, et s'apprête à partir.

– Je m'appelle Luc Bortes, lui dit Scot Buerl en le regardant droit dans les yeux.

– Luc Bortes, répète Tristan. Ton pseudonyme est une simple anagramme de ton patronyme ? Je croyais que c'était une référence à Scott Beierle.

– Je n'avais pas l'intention de cacher mon vrai nom indéfiniment. Je suis député au sein du groupe Les Républicains. Je ne suis pas très connu, mais tu peux retrouver ma trace sur Google. Mon combat, c'est la place de l'homme hétérosexuel dans nos sociétés modernes.

– Tu t'encanailles chez les ultra incels pour gagner en crédibilité ?

– Vous êtes représentatifs de la détresse de beaucoup de citoyens. Il faut mettre votre souffrance en lumière. Je veux y contribuer, sans tomber dans la récupération politique. C'est comme cela que je me suis retrouvé sur Intralluces à partager vos combats, à me renseigner sur vos ennemis.

– Ils pensent quoi de tout ça dans ton parti ?

– Ils sont à côté de la plaque. Ils n'anticipent que superficiellement les dangers du féminisme et de *#metoo*. Ils s'inquiètent pour leur pouvoir, leur mainmise sur les femmes, mais se fichent des conséquences pour les types comme toi.

On a besoin de jeunes gars qui donnent un visage aux ultra incels. Il faut accompagner la vague de fond qui arrive.

– J'ai besoin de temps pour réfléchir à tout ça, répond Tristan déconcerté, toujours décidé à partir.

– Peux-tu me dire ton nom pour finaliser les présentations ?

– Tu connais déjà mon nom. Je m'appelle Mialek.

Simon de Christo

Le silence est mort

Huit jours se sont écoulés depuis le concert de dimanche dernier, les pires de mon existence. L'hématome a dégonflé et ça n'a rien changé. L'acouphène s'est ancré en moi comme un parasite, qui me dévore de l'intérieur. Peu importe où je suis, où je vais, quel que soit l'environnement sonore, la première chose qui se manifeste à moi est ce couinement insupportable. Je me sens comme un terroriste, emprisonné dans un cachot américain, à qui on ferait écouter en boucle *Metal Machine* de Lou Reed à un volume indécent, pour l'empêcher de penser et de dormir, lui retirer toute dignité humaine.

J'ai demandé conseil à Kahina, qui travaille sur les liens entre l'ouïe et le cerveau. Les acouphènes ne font pas partie de son champ de compétence. Elle m'a renvoyé vers une amie ORL, qui m'a ausculté mercredi dernier. J'ai subi une batterie d'examens qui n'ont rien donné. Mon audition est parfaite, mes tympans intacts, ce qui est un soulagement. L'ORL ne pense pas qu'un coup de poing ait pu provoquer ce sifflement, privilégie la thèse du stress et de la fatigue – alors qu'une semaine plus tôt, je n'étais ni stressé ni fatigué –, m'a prescrit des vitamines et du magnésium. Les gélules n'ont aucun effet. Je m'efforce de vivre normalement, focalisé sur la perspective d'aller mieux le lendemain. Les journées me paraissent interminables. Mais ça va aller mieux. Le silence va revenir. Il se cache, attend le bon moment pour réapparaître. Le silence ne peut pas disparaître : un monde sans silence, c'est comme un monde sans oxygène, ça n'existe pas.

Je n'arrive pas à exprimer ce que je ressens. Je me plains auprès d'Iris, appelle mes parents plusieurs fois par jour, sans réussir à exorciser mon mal-être. Avec Yvan, j'élude le sujet, parle d'une gêne passagère. Notre fraternité est trop liée aux concerts pour évoquer l'idée que je ne puisse plus y remettre les pieds. L'opération du nez de Kahina est programmée mercredi prochain, le 16 avril. Selon Iris, bien qu'affectée par l'agression, elle n'est pas du genre à regarder en arrière. Ce n'est pas mon cas. Dès que je ferme les yeux, je m'imagine défoncer la gueule de ce Mialek. Yvan est hors de lui. Quand il a écrit sur Facebook qu'il attendait Striker et ses sbires au concert du 13 juin, je crois qu'il le pensait vraiment.

*

Le quotidien est difficile à supporter. Le jour, l'acouphène m'empêche de travailler, et la nuit, de dormir. Je ne peux pas pour autant me laisser aller, mettre mon travail en *stand-by*. Depuis plusieurs années, je suis l'architecte web de My French Réseau, initiative de l'État français, développée dans le giron de la DINSIC (Direction interministérielle du numérique et du système d'information et de communication de l'État) en coopération avec l'ANSSI (Agence nationale de la sécurité des systèmes d'information). Il s'agit d'un prototype de réseau social français, destiné à réduire l'hégémonie de Facebook, et sur lequel tous les regards sont tournés. Installé, dans l'*open space* de My French Réseau, j'entends l'acouphène surnager par-dessus le brouhaha et les souffleries. Il ne se mélange pas aux sons extérieurs. Rien ne le masque. Il flotte au-dessus des autres bruits, comme s'ils évoluaient sur deux plans différents : d'un côté le monde réel, de l'autre le monde mental, dont je serais maintenant prisonnier, n'observant la réalité qu'à travers un voile sonore m'empêchant d'apprécier la subtilité des formes, l'éclat des couleurs, et plus généralement de prendre plaisir à la vie. J'ai ma première crise de panique. Alors que j'échange avec le *tech lead* sur le modèle de données, mon corps me lâche, je n'arrive plus à encaisser le son. Je ne sais pas si je dois hurler ou fondre en larmes. Je prétexte un malaise, me précipite dans les toilettes, pousse le verrou, ouvre le robinet, m'écroule le long du mur, prêt à prendre toutes les drogues possibles pour me soulager.

Quand j'arrive à l'appartement, je suis à bout de forces. Je n'ai rien avalé à midi. J'ai consacré toute mon énergie à lutter contre le son. Je ne pourrai pas revivre une telle journée, prends la décision de limiter mes venues au bureau au maximum. Depuis la crise du Covid-19, les employés sont libres d'opter pour du télétravail à temps plein ou à temps partiel. Iris est là, prête à me soutenir, m'accueillant dans ses bras. Je l'ai tenue au courant heure par heure du supplice que je subissais. Elle est généreuse, combative, intègre, à la fois punk et pragmatique. Il fallait la voir à l'époque, tout juste sortie du travail, écumant les salles de concert en tailleur chic. Depuis l'épisode du *burn-out*, elle a appris à s'écouter, résonne avec le monde, sait prendre soin des autres. Son visage légèrement anguleux, ses cheveux bruns, ses yeux bleus subtilement allongés par le maquillage, ses joues rebondies par ses sourires, sa taille svelte, ses muscles dessinés : Iris est un être magnifique. Ce constat est factuel, dépassionné. Il n'implique aucun désir, mon drame étant de ne plus l'aimer depuis des années, sans pouvoir le dire à personne.

Adolescent, je rêvais de sortir avec la femme parfaite. Je suis avec elle depuis dix ans, et elle ne m'émeut plus. Je ne me suis pas lassé d'elle. Je suis devenu insensible à la beauté des gens. Les corps m'apparaissent pour ce qu'ils sont, de la tuyauterie et des neurones, présentés dans un emballage plus ou moins fignolé. Souvent, je regarde les filles dans la rue, le métro ou à la terrasse d'un café. J'essaye de déterminer lesquelles sont les plus jolies et de décortiquer les critères qui m'ont permis d'arriver à cette conclusion. Pourquoi une peau lisse serait-elle plus émouvante qu'une peau crevassée ? Un nez fin plus attirant qu'un nez busqué ? Pourquoi une couleur d'yeux prévaudrait sur une autre ? Tout me paraît interchangeable, y compris les personnalités. Je me dis que je pourrais sortir avec n'importe quelle femme au monde, pour peu que le hasard m'y conduise.

En 2021, quand mon frère est devenu un gourou politico-pop, porte-étendard de l'étiquette neo straight edge, je me suis rangé derrière ses convictions. Ça a été facile : je partageais ses valeurs sur l'écologie et le féminisme, détestais la cigarette, réagissais mal aux drogues, j'avais perdu trop de soirées à me saouler et de matinées à cuver. Privilégier une vie saine où je pourrais me consacrer au travail et à ma passion pour la musique me convenait. J'aimais l'ascèse et l'idée de vivre selon des règles destinées à me rendre meilleur. Fan de la scène straight edge des années 1980 – y compris des groupes les moins connus comme Chain of Strength, Uniform Choice et Slapshot – sans en avoir jamais appliqué les principes, je participais enfin à quelque chose de plus grand que moi, j'étais au cœur d'un mouvement, un mouvement mené par mon propre frère, un mouvement dont je crains que l'acouphène m'éloigne.

Seule la question du refus de la sexualité en dehors d'un lien amoureux sincère me gênait. Je ne ressentais déjà plus rien à l'égard d'Iris, sortais avec elle par confort, habitude et sécurité. Je ne voulais pas renoncer à cette vie sans passion au prétexte qu'elle aurait été malhonnête. Lors d'un café avec Yvan, j'avais essayé sans succès de légitimer ma position.

– La question de l'engagement amoureux est encore plus prégnante qu'il y a quarante ans, avais-je dit. Aujourd'hui, les gens perdent trop de temps à chercher des coups d'un soir sur les applications de rencontres.

– C'est dingue, avait acquiescé Yvan. Sur Tinder, les hommes se connectent en moyenne onze fois par jour, à raison de sept minutes par session. D'un outil pour accroître les chances de trouver l'âme sœur, on a fait un nouveau facteur d'abêtissement des mâles.

– Toute cette énergie dépensée pour un ridicule orgasme. Au fond, on s'en fout que les gens soient amoureux ou pas. Le danger, c'est cette quête vaine de partenaires sexuels.

– Non, on ne s'en fiche pas, avait répondu Yvan. Ce n'est pas qu'une question d'optimisation du temps. Sinon, il suffirait de privilégier des relations-cocons, se mettre en couple avec la première personne venue qui prendrait soin de nous et nous libérerait du temps. Quand je condamne le sexe sans amour, je parle aussi de la génération de papa, de ces hommes qui s'accouplent pour refiler la charge mentale à leur femme, qui voient en leur compagne dévouée une aide de vie qui leur permettra de se consacrer à leur carrière, avec qui ils coucheront de temps à autre pour entretenir l'illusion du couple. Je n'ai que du mépris pour ces hommes. Je crois en la passion, au fait de ne jamais se contenter de peu.

Ce jour-là, j'avais décidé de maintenir, coûte que coûte, l'illusion de mon amour pour Iris. Pour ne pas décevoir mon frère. Pour ne pas trahir l'idéal neo straight edge.

Blotti dans les bras d'Iris, je me réjouis de cette décision. Affaibli par l'acouphène, mon mal-être ravive mes sentiments pour elle. Je n'ai pas honte d'avoir besoin d'une infirmière pour survivre.

– Je ne peux pas rester là à te regarder souffrir les bras croisés, me dit-elle. Il n'y a vraiment rien que je puisse faire ?

– Si. Il y a bien une chose. Un truc qui me soulagerait vraiment.

– Tu veux que je trouve l'identité du type qui t'a frappé ?

– Oui. Et que tu m'organises une rencontre avec lui.

– J'avais anticipé, répond-elle en m'embrassant. Aldana est sur le coup.

Kahina Val

Un homme idéal

Le chirurgien lui avait expliqué l'opération en détail : la réduction de la fracture par voie naturelle, les mèches à l'intérieur du nez, le plâtre posé dessus. Appréciant ses efforts de pédagogie, elle n'avait pas osé l'interrompre, bien qu'elle connaisse le procédé par cœur. Au réveil de l'anesthésie générale, il l'a rassurée. Tout s'est très bien passé. Elle reste un moment dans la salle de réveil, les sens endoloris, profitant du calme, redoutant le moment où on la ramènera dans sa chambre.

Elle ne voulait pas qu'Ivan l'accompagne. Elle lui a répété mille fois, mais il n'a pas écouté, refusait de la laisser traverser seule cette épreuve. « Je serais un compagnon indigne, si je n'étais pas là pour te tenir la main », a-t-il dit sans comprendre que Kahina préfère se cacher le temps de la cicatrisation, pour ne pas lire de la pitié dans le regard de l'autre.

Le brancardier reparti, Yvan s'inquiète de la douleur, lui demande ce dont elle a besoin. Il est aux petits soins. D'un regard vitreux et d'une main levée, elle lui fait comprendre sa fatigue, puis ferme les yeux. Yvan s'enquiert de comment elle va, jamais de ce qu'elle ressent. Après l'agression, il s'en est tenu aux conséquences avérées : sa blessure et la guerre contre les ultra incels. Quand elle a voulu lui dire que ce n'était pas son monde, qu'agression ou pas, elle n'avait rien à faire dans ces concerts, il a changé de sujet, s'est lancé dans une analyse de la place de la musique dans les révolutions culturelles. À chaque fois qu'elle évoque leur couple, il fait mine de ne pas comprendre, use de dérivatifs, éloigne la discussion d'eux, là où des événements factuels et des idées concrètes empêchent Kahina de sous-entendre qu'elle n'est pas heureuse.

*

Le soir, il la ramène chez lui. Il a fait les courses la veille, lui prépare à dîner. Elle l'observe s'activer dans sa cuisine tout équipée, incluse dans un salon à la décoration raffinée, lui-même pièce centrale d'un appartement de gosse de riches. Il est sec, élancé, pas une once de graisse. Depuis leur rencontre, il s'est rasé le crâne, porte la barbe taillée, légèrement plus épaisse au niveau de la moustache, valorisant ses traits virils et émaciés. Quand il sourit – ce qui arrive occasionnellement –, son visage perd sa rigidité, dévoile une bouille quasi enfantine et des airs de bon vivant. Lorsqu'elle l'a vu nu pour la première fois, Kahina l'a trouvé sexy. Elle était attirée par son côté punk hygiéniste, dont tout le corps était sculpté, soit par le travail des muscles, soit par le dermographe du tatoueur. Elle n'a jamais compris pourquoi Yvan déteste son corps, se trouve rachitique, s'étonne qu'une si belle femme sorte avec lui. Icône de la contre-culture, promis à une belle carrière politique, Yvan Langalter ne prend jamais les gens de haut, se montre cordial, attentionné, et, avec elle, d'une gentillesse extrême. Elle adore sa famille, admire son engagement. Même si elle n'entend rien au hardcore et à la violence sonique, il faut le reconnaître : elle a une chance inouïe d'être tombée sur lui. Dès qu'elle en doute, son entourage est là pour le lui rappeler.

« On ne quitte pas un tel homme, on ne fait pas sa capricieuse », se répète-t-elle en boucle. Elle se sait chanceuse, n'oublie pas les baltringues qu'il a fallu fréquenter des semaines, des mois, voire des années, avant de tomber sur un amant comme Yvan. Mais une gêne gâche son bonheur, un tiraillement dans le ventre dès qu'Yvan lui parle, impose leur couple comme une réalité immuable. Elle n'a pas peur de l'engagement, mais s'inquiète de l'intensité de ses sentiments. Quand elle essaye de se rappeler si elle a déjà été amoureuse, rien ne lui vient. Elle a connu beaucoup d'hommes. Les rares avec qui elle aurait pu imaginer un avenir l'ont quittée sans explication. Yvan est le premier amour de sa vie d'adulte, celui qui a du sens. Mais ça ne suffit pas. L'amour n'est pas assez fort pour oublier l'incommodité, l'agacement, pour supporter la présence de l'autre, ses tics, ses reproches, ses conseils, pour s'accommoder d'une vie respectant les principes neo straight edge.

Alors qu'Yvan la couvre de caresses, Kahina se dit à nouveau qu'elle doit tenir, que sa défiance s'estompera avec le temps, qu'elle finira par être vraiment amoureuse. Lundi matin, il partira en tournée (une quinzaine de dates en province et deux dates en Angleterre). Elle aura un mois complet pour laisser l'absence de son compagnon générer le manque.

*

Si le plâtre est le seul stigmate physique des violences subies, les commentaires en ligne la concernant se poursuivent, déclinant lentement à l'heure où tout est censé aller vite. Le mot-dièse *#kahinaval* est utilisé dans les deux camps, soit pour dénoncer les femmes noires frappées par des suprématistes blancs, soit par la sphère incel pour souligner qu'une fille aurait bien mérité un sort « à la *#kahinaval* ». Elle se demande à quoi pensent les gens. S'imaginent-ils qu'elle ne verra jamais passer son nom sous forme de mot-dièse, qu'elle n'aura pas le cœur serré en lisant les *tweets* qui la mentionnent ? Elle ne veut pas devenir l'un des visages de la cause. Yvan lui dit qu'elle n'a pas le choix : être prise pour cible, c'est devenir actrice de la rébellion, qu'elle le veuille ou non. Elle reçoit un SMS d'un collègue de travail : « Tu es peut-être déjà au courant, mais tu as été victime d'un *deepfake.* » Elle clique sur le lien. Un onglet s'ouvre sur une plateforme de vidéos pornographiques en *streaming*. Elle appuie sur *play*, voit son visage greffé numériquement sur un corps qui n'est pas le sien. L'illusion est parfaite. On pourrait croire que c'est de sa bouche que sortent ces gémissements grotesques. Elle s'était préparée à une telle chose. Être transformées en actrices porno est devenu un passage obligé pour les filles qui se dressent face aux masculinistes. Ces derniers ne savent pas se masturber sans support vidéo, mais considèrent la pornographie comme une pratique rabaissante et humiliante. Kahina se rassure. Elle sait que personne n'est dupe – le message de son collègue dénué de toute suspicion en est la preuve. Quand ils l'apprennent, Yvan et les autres ne sont pas plus surpris qu'elle.

Kahina reçoit Manon Parvel, l'amie d'enfance d'Iris, dans son bureau du laboratoire Neuroscience Paris Seine, hébergé sur le campus Pierre et Marie Curie, de Sorbonne Université. Puis, les trois femmes se retrouvent à La Cachette, rue Mandar, un traiteur italien possédant dans son arrière-boutique un salon où l'on peut discuter à l'abri des regards, parler en langue des signes et écrire des petits mots, compte tenu de la surdité de Manon. À l'âge de 11 ans, Manon a contracté une méningite bactérienne, une infection aboutissant à une inflammation et une infection des méninges, l'enveloppe qui entoure le cerveau et le système nerveux central. Elle est restée en soins intensifs, entre la vie et la mort, pendant une dizaine de jours. Elle s'en est sortie, mais l'oreille interne, contiguë au cerveau, a été atteinte, et la cochlée, qui transforme les ondes sonores en information, endommagée.

Elle n'a plus jamais entendu depuis. Les implants cochléaires n'ont pas fonctionné – ce qui s'avérerait plus tard être une chance. Soutenue par ses parents, Manon a abandonné l'oralité pour la langue des signes. Aujourd'hui, elle est graphiste dans une agence web, principalement en télétravail, et dirige une association qui milite pour la reconnaissance de la LSF, la langue des signes française, parlée par 100 000 personnes en France et quasiment par le double dans le monde, comme une langue parmi tant d'autres.

Au collège, Iris a été la seule amie de Manon à apprendre la langue des signes, ce qui les a liées pour la vie. Kahina a également quelques notions en LSF, datant de ses premiers stages, quand elle a commencé à travailler sur la région du cerveau qui traite l'audition, recyclée chez les sujets sourds par une autre modalité sensorielle, celle de la sphère visuelle. Dans le cas de Manon, on peut même parler d'hyperadaptation : les fonctions du langage parlé ont laissé place à une vitesse de lecture et d'écriture hors du commun.

Le département de Kahina travaille sur une nouvelle technologie, à base d'implants à même de remodeler la plasticité du cerveau et de stimuler l'audition chez celles et ceux qui l'ont perdue. Manon est venue la voir pour faire un point sur sa surdité. Mais après lui avoir fait passer une batterie de tests, Kahina lui a annoncé qu'elle n'était malheureusement pas éligible à l'expérience. Chez Manon, l'abandon des fonctions auditives par le cerveau est irréversible.

Malgré la douleur dans son nez et le plâtre sur son visage, qui limite ses expressions faciales, la conversation est plaisante. Kahina aime parler en LSF. Chaque mot compte, rien n'est superflu. Lorsque la discussion s'enraye, par la faute des faiblesses en langue de Kahina, Manon lance sur son mobile une application qui transcrit ses mots à l'écrit. Kahina parle et ses paroles s'affichent sur l'écran du téléphone. Elles évoquent l'agression, l'acouphène de Simon. Manon suggère qu'il vienne aux réunions de son association : toute personne ayant un rapport différent à l'espace sonore est la bienvenue et ils accueillent souvent des acouphéniques. Iris acquiesce, tout en tripotant son mobile. Elle a l'air ailleurs, tape des messages. Quand Kahina la regarde avec insistance, Iris rougit, comme prise en flagrant délit d'échanges interdits, et repose son téléphone. Manon propose de commander une bouteille de blanc. Elle sait que les filles ont adopté le mode de vie neo straight edge, mais aussi que les frères Langalter / de Christo ne sont pas prosélytes, qu'elles sont libres et s'autorisent des écarts. Il suffira juste de ne pas mentionner l'événement.

Tristan Largile

Rester vivant

Tristan n'arrive pas à se concentrer, passe ses journées sur Intralluces au lieu de travailler. Depuis quelques jours, il discute en ligne avec Aldana, un jeune membre du forum, particulièrement marqué par son action lors du concert de Significant Youth, et qui voit en lui un grand frère, un référent à même de l'aider à supporter la solitude et les moqueries des femmes. Il aime bien ce gosse, qui prétend avoir dix-sept ans et lui rappelle le jeune homme qu'il a été : futé, conscient de ses limites, résigné à l'idée de rester vierge, mais avec un soupçon de pugnacité et d'envie d'y croire. « Tu peux te réjouir d'avoir atterri chez les ultra incels, de ne pas traverser l'adolescence seul, lui dit Tristan. Je n'ai pas eu cette chance. ».

Tristan se souvient quand il a compris qu'il était différent. C'était au moment de son entrée à la fac. Après avoir été rejeté tout au long du collège et du lycée, il s'était imaginé que son arrivée dans un nouvel établissement signifierait un nouveau départ, que la bêtise des enfants qui l'avaient injustement jugé, rangé dans la case des *losers* infréquentables, ne serait plus qu'un mauvais souvenir. Mais tout a recommencé, la violence laissant la place à l'indifférence. Sa démarche lourde, ses cheveux clairsemés, son teint rougeaud et ses yeux injectés de sang, évoquant une conjonctivite permanente, repoussaient les hommes comme les femmes. On s'étonnait qu'il sente naturellement bon, sans qu'il s'agisse d'un critère d'attractivité. Sort-on avec quelqu'un parce qu'il sent bon ? Les filles préfèrent les hommes aux odeurs corporelles fortes et viriles, mais qui prennent soin d'eux, masquent leurs effluves avec du déodorant et du parfum. On peut modifier son odeur, pas sa morphologie. Comme il était laid, les gens s'attendaient à ce qu'il soit drôle, gentil et plein d'esprit. Pour les Ken et les Stacy, il est naturel de compenser un physique disgracieux. Mais il n'était rien de cela.

Il y a quatre ans, sur Internet, il était tombé sur un poème de Michel Houellebecq intitulé *L'amour, l'amour*, qui contenait ces vers :

« Certains sont séduisants et partant très aimés ;
Ils connaîtront l'orgasme.
Mais tant d'autres sont las et n'ont rien à cacher,
Même plus de fantasmes ;
Juste une solitude aggravée par la joie
Impudique des femmes ;
Juste une certitude : "Cela n'est pas pour moi",
Un obscur petit drame.
Ils mourront c'est certain un peu désabusés,
Sans illusions lyriques ;
Ils pratiqueront à fond l'art de se mépriser ;
Ce sera mécanique. »

À sa lecture, Tristan a eu l'impression que ces mots s'adressaient à lui. L'internaute qui les avait postés présentait l'auteur français comme le plus fin observateur de la souffrance incel. Tristan ne connaissait pas ce terme, mais savait qu'il touchait du doigt quelque chose qui le concernait directement. Il s'est inscrit sur incels.me, a découvert un groupe soudé, composé de connards et de chics types, qui s'épaulaient pour être un peu moins malheureux, même s'ils devaient pour cela verser dans la haine. Voilà pourquoi il compte prendre cet Aldana sous son aile. C'est le rôle des incels de s'occuper des gars comme lui.

Au fil des échanges, une intimité est née entre eux, de celles que Tristan n'a connues qu'entre mâles tristes. Tristan se confie à Aldana, raconte ses échecs et ses déceptions, finit par rapporter sa conversation avec Scot Buerl, demande conseil. Sur Internet, il prend la parole au nom de différentes marques, mais serait-il un bon représentant des ultra incels dans la réalité ?

– Je ne peux pas dévoiler son nom, écrit Aldana, mais mon oncle est un vieux roublard de la politique. Il me raconte souvent ses histoires. Peut-être que je pourrais t'aider à prendre ta décision.

– C'est compliqué ce qui se passe dans ma tête sur le sujet, affirme Tristan. Ça remue beaucoup de choses en moi.

– On pourrait en parler autour d'une bière si ça te tente.

– D'accord, répond-il après une courte hésitation. Est-ce que tu serais libre le lundi 12 mai vers 16 heures ?

– Oui. Ce n'est pas comme si j'avais des amis à voir.

– On se donne rendez-vous au parc Monceau, propose Tristan, soucieux d'observer le gamin de loin avant de le rejoindre. Attends-moi sur le banc le plus proche de la statue de Guy de Maupassant. Je viendrai avec un pack de bières.

Simon de Christo

Le train sifflera trois fois

Plus d'un mois que l'acouphène est apparu. Cette semaine encore, j'ai enchaîné les rendez-vous chez les praticiens : ostéopathe, acupuncteur, sophrologue. Tous pensaient pouvoir m'aider, tous sont restés penauds, m'expliquant qu'il fallait du temps, que les effets positifs de leurs actions se révèleraient plus tard, quand je serais loin d'eux, là où ils ne verraient pas la déception dans mes yeux.

Je suis dans la salle d'attente d'une ORL spécialisée dans le traitement des acouphènes. Le rendez-vous a été compliqué à obtenir, il a fallu faire jouer le réseau de mon père, ancien avocat d'affaires qui connaît le Tout-Paris. Iris me tient la main. Elle a une bonne nouvelle à m'annoncer, attend qu'on sorte de chez le médecin pour m'en parler. Je suis trop stressé pour l'écouter. J'ai un mauvais pressentiment. J'aurais aimé qu'Yvan soit là. À l'heure qu'il est, son groupe traverse le Languedoc-Roussillon, jouera ce soir près de Toulouse au Eres Théâtre, ex-Le Bikini, qui a été racheté récemment par la marque de maillots de bain Eres.

Mon parcours médical décortiqué, le docteur Ohresser, une femme d'une soixantaine d'années au visage doux et au discours franc, pose son diagnostic : « Si le son n'a pas diminué au cours des premières semaines suivant le traumatisme, il ne diminuera jamais. Désormais, une seule voie s'ouvre à vous :

apprendre à cohabiter avec l'acouphène. » Elle me prescrit un traitement radical à base de Rivotril, un antiépileptique qui atténuera mon attention, limitera l'acuité de mes sens, m'empêchera de me focaliser sur le son.

Lors du trajet nous ramenant de l'AERA (Association d'étude et de recherche en acouphénologie) située dans le 15e à notre domicile rue du Général-Blaise dans le 11e, je reste prostré dans le métro. Le docteur Ohresser est catégorique : je ne dois plus m'exposer au son momentanément, qu'il s'agisse des concerts, des bars bruyants, ou des sources sonores à proximité des oreilles, telles que les écouteurs. Est-ce que je serai encore capable d'apprécier un disque à sa juste valeur ? On sait l'importance des silences en musique : ce sont eux qui créent les ruptures, qui offrent des respirations et des contre-pieds. Que va devenir la musique sans soupir et sans pause ? Chaque fois que j'écouterai de la musique, il faudra ajouter un nouvel instrument, l'acouphène, qui s'efforcera de prendre le dessus sur la batterie, la guitare, la basse, qui dénaturera les nappes électroniques.

*

Je suis responsable de mon état, de m'être exposé au son plus que de raison, d'avoir provoqué au lycée ce type que je suis infoutu de me remémorer. En choisissant un disque que j'espère apprécier malgré la situation, je demande à Iris quelle est la bonne nouvelle qu'elle voulait m'annoncer.

– J'ai réussi à convaincre Mialek de rencontrer Aldana. Tu le trouveras au parc Monceau à 16 heures lundi prochain.

– Merci Iris, dis-je en lui prenant affectueusement la main. Casser la gueule à ce type sera une maigre compensation, mais une compensation tout de même.

– En revanche, hors de question que les ultra incels découvrent qu'Aldana est un espion. On a besoin d'avoir un pied dans Intralluces, encore plus depuis que ton frère les a incités à venir se battre à l'Absolute Club.

– Tu as un plan ?

– Évidemment, déclare Iris. Mialek pense qu'Aldana est un adolescent de 17 ans qui l'attendra sagement sur un banc près de la statue de Maupassant. Mais il aura des doutes, s'assurera que ce n'est pas un piège avant d'approcher le garçon. On a besoin d'un complice qui joue le rôle d'Aldana.

– Tu penses à quelqu'un ?

– À Ismaël, cet adolescent qui assiste à presque tous les concerts parisiens de Significant Youth.

– Ça pourrait marcher. Personne ne le connaît, et il n'était pas là à l'EMB Sannois.

– Je lui ai déjà écrit. Il est emballé à l'idée d'aider à casser la gueule à la raclure qui a frappé Kahina.

– Et moi ! Faudrait pas que les gens oublient que je morfle aussi.

– Il faut dire que tu as moins communiqué.

– Par pudeur. Donc Ismaël se fait passer pour Aldana, il s'assoit à côté de Mialek, ils papotent. Moi je suis en train de me balader dans le parc. Je reconnais Mialek, le chope à la gorge, Ismaël prend peur, s'enfuit, me laisse seul avec ce salopard.

– Voilà. Et dès qu'Ismaël me confirme qu'il est hors de vue, je me connecte sur Intralluces et laisse un commentaire comme quoi Simon de Christo est en train de s'en prendre à Mialek, avec les coordonnées du rendez-vous.

– Et si des ultra incels sont dans le coin et débarquent ?

– Je laisserai passer cinq minutes avant de poster le message. Personne ne se pointera avant au pire dix, quinze minutes. Ça te laissera le temps de faire ce que tu as à faire.

– J'espère qu'il n'y aura pas trop de gamins dans le coin. Pas envie d'effrayer tout le quartier et que quelqu'un appelle les flics.

– Je suis sûre que tu sauras te montrer discret.

*

Le soir, au lit, Iris s'approche de moi, glisse sa main dans mon boxer, et me caresse en m'embrassant à pleine bouche. Mon sexe ne durcit pas. La crispation générée par l'acouphène empêche toute réaction spontanée. Le son devient un mur infranchissable qui sépare mes pensées de mon corps. Je réalise que je n'ai pas bandé depuis l'incident. Je n'ai pas cherché à faire l'amour avec Iris ou à me masturber, comme si l'acouphène avait annihilé ma libido.

Malgré les gouttes médicamenteuses, je n'arrive pas à dormir. L'absence de bruit à même de dialoguer avec l'acouphène m'angoisse. « Si vous n'en pouvez plus, cherchez des dérivatifs sonores, des bruits sur lesquels concentrer votre esprit », m'a dit le docteur Ohresser. Laissant Iris seule dans le lit, je colle mon oreille aux appareils ménagers, analyse les souffleries, pars en quête de sons qui se confondraient avec l'acouphène, dans lesquels il pourrait se noyer. J'allume l'unité centrale de mon ancien PC, délaissé au profit de mon ordinateur portable. Dès que le ventilateur se met en marche, je ressens un soulagement. S'il ne masque pas le son, le vacarme généré par la vieille machine se lie à l'acouphène pour créer un environnement supportable. Alors je vais chercher mon oreiller, m'allonge sur le parquet, et, dorloté par la berceuse mécanique de ce vieux compagnon sur lequel j'ai appris à coder, trouve le sommeil.

Au matin, Iris me découvre dans cette position inconfortable, s'étonne de me voir préférer la dureté du sol à notre couche. Elle ne peut pas comprendre. L'acouphène est une invention de mon cerveau, un son autogénéré qu'elle ne percevra jamais. C'est injuste, mais je lui en veux de ne pas ressentir ce que je ressens. Ma mâchoire me fait mal. Toute la nuit, j'ai serré les dents, espérant qu'à force de mordre l'acouphène, il lâcherait prise. Je me lève, me passe de l'eau glacée sur le visage. Mes oreilles sont rouge vif, comme si le sang bouillonnait à l'intérieur.

La frappe de Mialek a-t-elle pu donner naissance à mon acouphène ? Ohresser est restée vague sur le sujet. « Les origines de l'acouphène sont souvent un mystère, seules comptent les conséquences », a-t-elle conclu. J'ai besoin d'identifier un déclencheur, pointer un responsable sur qui décharger ma colère. Je me fie aux faits, au rapport de cause à effet, à la concomitance de son coup et de l'apparition du son. On réglera ça dans trois jours.

*

Le jour J, tout se passe comme prévu. Ismaël joue son rôle, boit une bière avec Mialek, fait semblant d'aimer ça. Vêtu d'un t-shirt blanc avec écrit « Pas de drogues, pas de maîtres », le cou entouré dans un foulard noir, et arborant un bracelet à clous au poignet droit, je marche dans le parc, l'acouphène titillant mes nerfs. À cause de la chaleur, le parc est peu fréquenté.

La statue de Guy de Maupassant représente un buste de l'auteur surplombant une jeune femme dans une position lascive, dont on ne sait si elle est une lectrice amourachée ou l'héroïne d'un roman. Je m'arrête devant le banc à proximité, fixe Mialek les yeux plissés, le vois me reconnaître, fonce sur lui, l'empoigne, le soulève, puis le rejette brutalement contre l'armature en fer. Aucun faux pas. Ismaël simule la panique, prend la fuite. Je plante mon regard dans celui de Mialek, lui dis que nous devons parler. Il n'a pas peur, répond qu'il est content d'avoir l'occasion de s'expliquer face à face.

– Je ne te propose pas une bière, je suppose ? me demande-t-il.

J'hésite à répondre oui, et à la lui vider sur la gueule.

– Pas de souci si je m'en prends une ?

– Fais-toi plaisir.

– Je suis désolé d'avoir frappé Kahina Val, s'excuse-t-il en ouvrant sa canette.

– En revanche, pas de regret d'avoir failli me casser les dents ?

– Non, toi, c'est différent.

Mialek me raconte ses années lycée, ce que je lui aurais fait subir. Il est plein de rancœur, vide son sac sans quitter le sol des yeux, s'interrompant pour boire une gorgée ou s'éviter de pleurer.

– Tu avais d'autres cibles aussi, dit-il. Tu étais un vrai connard avec les faibles, les chétifs, les débonnaires, précise-t-il. Les moches, les ringards, les impopulaires ne pouvaient croiser ta route sans se prendre une réflexion humiliante.

Il a raison. J'étais égoïste, renfermé, dédié à mon univers. Je méprisais les immatures qui ne mettaient rien en perspective, consacraient leur vie à minauder, espérant séduire une fille, un garçon, alors qu'ils n'avaient rien à offrir. Je n'étais ni accessible ni sympathique, balançais des vannes pour passer le temps, avec un vrai fond de méchanceté. Je ne le nie pas. Mais je n'étais qu'un connard populaire parmi tant d'autres. Les gens comme Mialek auraient voulu être aimés sans raison, sans faire le moindre effort, sans démontrer qu'ils étaient des adolescents dignes d'intérêt, s'imaginant être la cible de conspirations, alors qu'il s'agissait juste de dédain ou de condamnation de leur bêtise.

– Je te présente mes excuses si j'ai gâché une partie de ton adolescence, dis-je avec condescendance, sachant pertinemment que je n'ai rien gâché du tout – je veux donner un signe de bonne volonté, une main tendue pour ne pas envenimer la situation, à l'image de ses regrets concernant le coup porté à Kahina.

– Je n'en crois pas un mot. Les types comme toi sont des beaux parleurs. Vous faites les vierges effarouchées dès qu'on vous met le nez dans votre merde. La vérité, c'est que vous débordez de mépris de classe. Vous haïssez les pauvres types qui, trop occupés à se faire accepter par les autres, n'arrivent jamais à briller ou à se démarquer.

– Mieux vaut mépriser les pauvres types, que haïr les femmes et ceux qui les valorisent.

– Facile à dire quand on a le monde à ses pieds. Ce qui me fait marrer, c'est que tu ne te souviens pas de moi. Chaque jour, je flippais que tu me prennes pour cible et toi tu as oublié jusqu'à mon prénom.

– Je te dirais bien de me le rappeler, mais je suppose que tu vas rester planqué derrière un pseudo.

– Détrompe-toi. Je viens justement de comprendre qu'il était vain de rester dans l'ombre. Je m'appelle Tristan Largile.

Des souvenirs me reviennent. « Débile comme Tristan Largile », une expression qu'on utilisait entre nous pour parler des petits gros qui ne se prenaient pas en main. J'ai honte. Mialek, enfin Tristan, est face à moi, abattu, le regard triste.

– Que va-t-il se passer maintenant ? demande-t-il.

Je suis à deux doigts d'abandonner, mais le sifflement qui rugit dans ma tête m'empêche de me laisser attendrir.

– Je vais être obligé de te casser la gueule, dis-je.

– Je m'en doutais, répond Tristan, résigné. Fais ce que t'as à faire.

Je cache la partie inférieure de mon visage sous mon foulard. Mon premier coup de poing manque de lui déboîter la mâchoire, mon second fait gicler une gerbe de sang. La sensation de sa peau qui s'enfonce sous ma frappe est agréable. Je lui donne un troisième coup. L'acouphène braille comme jamais, m'incite à continuer de le frapper. Je me raisonne pour ne pas le battre à mort. Je prends une photo de son visage contusionné, l'envoie dans la boucle Whatsapp partagée avec Iris, Kahina et mon frère, lui dis que nous sommes quittes et m'enfuis à mon tour.

Tristan Largile

Storytelling

La canicule se rapproche. Elle arrive de plus en plus tôt chaque année. Tristan sort un mouchoir de son sac, crache du sang par terre, essuie ce qui lui reste autour de la bouche. Un gamin de 10 ans, qui a bravé la chaleur pour jouer au foot avec des copains, le regarde, effrayé. Tristan se demande pourquoi on craint le sang des victimes, alors que l'on admire la force des dominants. Il ouvre sa troisième bière, colle une autre, encore fraîche, contre sa plaie, puis allume une clope.

Des années qu'il attendait cette rencontre. Dans son esprit, il visualisait la scène, s'imaginait Simon de Christo s'excuser, admettre qu'adolescent il avait blessé des gens. Ils auraient parlé, peut-être seraient-ils devenus amis. Mais dans les yeux de Simon, il n'y avait que de l'arrogance, une déconsidération totale de l'autre. Tristan sort son mobile, passe l'appareil photo en mode *selfie*, observe son visage disgracieux. Sa lèvre saigne, il prend une photo qu'il partage sur Intralluces. Sur le forum, on s'inquiète pour lui. Aldana a prévenu la communauté. Certains voulaient venir à sa rescousse, mais le temps qu'ils s'organisent, Tristan a déjà agrémenté sa photo d'un commentaire : « Simon de Christo m'est tombé dessus. Je lui ai tenu tête, et il m'a décoché trois droites avant de partir en courant. Je vais bien, mais je ne compte pas en rester là. » Dans l'attente, il leur demande de garder cette information pour eux. Il ne veut pas passer pour un faible, qui chiale sur les réseaux au premier coup reçu.

Il consulte ses messages privés. Aldana est désolé. « J'aurais dû rester me battre à tes côtés. J'ai pris peur », écrit-il. Tristan ne lui en veut pas. C'est un gamin chétif qui n'aurait rien changé au déroulement des événements. Willburg prend de ses nouvelles, lui suggère d'aller à l'hôpital, pour faire un contrôle.

Puis, il prend sa décision, informe Luc Bortes / Scot Buerl qu'il est partant, qu'il prendra la parole au nom des ultra incels.

*

Le politicien prend les choses en main. Le soir même, il prépare un discours que Tristan relit pendant la nuit. Il voudrait l'améliorer, y apporter sa touche, mais rien ne lui vient. « C'est parfait comme ça », finit-il par répondre. Dès le lendemain, Luc Bortes débarque chez lui avec un vidéaste et le matériel nécessaire pour filmer son intervention. Tristan s'installe sur un tabouret, avec en fond un mur blanc où est accroché un unique tableau, la photographie d'une femme esseulée, achetée chez un galeriste proposant des tirages à prix modestes. Tristan Largile, qui ne veut pas passer pour une victime, a masqué les bleus laissés par les coups de Simon sous du fond de teint. Un micro accroché sur une chemise blanche – il faut faire « sobre et normal », a précisé Bortes –, il déclame son texte dont la première phrase est : « Je m'appelle Tristan Largile. Je suis responsable de l'agression de deux personnes lors d'un concert du groupe de musique extrême Significant Youth. » Il raconte enfance et adolescence, parle de son « expulsion non consentie des rapports humains », dédiabolise les ultra incels, présentés comme un regroupement de garçons malheureux, exclus du système, auxquels il est facile de s'identifier. Le discours, bien rodé, souligne sa détresse, tout en faisant passer les neo straight edge pour des militants radicaux et oppressifs. « Je regrette mon geste, répondrai de mes actes devant la justice, conclut-il. Je ne cherche pas de circonstances atténuantes. Les traumatismes et les pulsions ne justifient pas la violence. Si j'expose les faits en toute transparence, c'est pour alerter l'opinion publique sur les ravages du féminisme et de cette société où seuls les plus chanceux et les plus riches peuvent aspirer à une vie sexuelle épanouie. Je ne viens pas avec des réponses, mais des questions. Quel avenir offrons-nous aux jeunes hommes de la nouvelle génération ? »

Le tournage finalisé, Luc Bortes l'invite à déjeuner, pendant que l'homme à la caméra dérushe et synchronise le son. Bortes voit grand pour les ultra incels, espère que Les Républicains s'empareront du sujet. Après la publication de la vidéo de Tristan, si elle a l'écho attendu, il sollicitera ses soutiens politiques, se positionnera lui-même sur le sujet. Tristan a du mal à l'écouter, s'attend à voir débarquer la police d'un instant à l'autre. « On se calme, lui répète Luc. Je te l'ai déjà dit, il ne va rien se passer. J'ai déjà contacté un avocat. Voici son numéro. Le cas échéant, il s'occupera de tout. » Tristan sait qu'il est instrumentalisé, mais le tolère. C'est pour une bonne cause.

L'après-midi, ils regardent la vidéo, dont le montage vient d'être terminé. Bortes est satisfait. Image nette, son propre, luminosité approximative : on sent le travail sérieux réalisé avec peu de moyens. Tristan charge la vidéo sur Intralluces et demande aux ultra incels de la relayer sur les réseaux sociaux. Les réactions sont partagées. On lui reproche de reconnaître ses fautes. Striker, le premier, ne comprend pas : « Tu viens de te faire niquer par l'autre fils de pute, et tu expliques que tu regrettes ton geste ? Tu te mets à genoux devant ces pédés ? » Scot Buerl intervient sans se dévoiler, vante la stratégie de communication cachée derrière les mots de Tristan. KenKillER se dit convaincu, enjoint les ultra incels à soutenir la démarche. De nombreux membres commentent le physique de Tristan. Après avoir découvert son visage la veille, c'est la première fois qu'ils le voient en grand-angle. Certains l'ont toujours imaginé ainsi, d'autres le voyaient plus frêle. L'assemblée s'accorde sur la marche à suivre, et une heure plus tard, la confession de Tristan apparaît simultanément sur une centaine de comptes Facebook et Twitter.

Après le départ du vidéaste, Luc Bortes lui propose de rester à ses côtés pour suivre la réception de la vidéo. Installés dans son canapé, paquets de clopes posés sur la table basse, le mobile à la main, ils lisent à haute voix les messages de soutien et les levées de boucliers provoqués par les mots de Tristan, diffusés massivement sur les réseaux sociaux par les alliés, les ennemis, et surtout ceux qui n'ont pas d'avis, qui attendent les réactions de leur sphère pour se positionner. Les neo straight edge dénoncent cette vidéo qui cherche à inverser les rôles. Divers courants féministes appellent à ne pas tomber dans le piège. La réalité de la condition des femmes en France est rappelée : 80 % des salariées régulièrement confrontées à des attitudes ou décisions sexistes ; 100 % des utilisatrices des transports en commun victimes de harcèlement sexiste et sexuel au moins une fois au cours de leur vie ; 140 000 plaintes déposées par an par des femmes pour des infractions sexistes ; 94 000 femmes par an majeures qui déclarent avoir été victimes de viols ou de tentatives de viol… L'extrême droite s'en mêle, jette de l'huile sur le feu. Les médias, rompus à l'exercice, couvrent la polémique, sollicitent des experts, illustrent leurs articles avec des *tweets* et des captures d'écran. On se fiche bien de Tristan Largile, Simon de Christo et Kahina Val. L'essentiel n'est pas là. Il faut réduire le débat à sa plus simple expression pour maximiser le nombre de personnes concernées, résumer la question à un « pour ou contre le féminisme ». Luc Bortes se frotte les mains comme s'il venait de lancer sur le marché un produit à la croissance exponentielle. Tristan connaît Internet par cœur, sait combien les tornades médiatiques s'essoufflent rapidement, remplacées par d'autres esclandres. Il se fout du bruit et du jeu politique, mais jubile à la lecture des commentaires présentant les neo straight edge comme des extrémistes qui condamnent le plaisir, bannissent le sexe et l'alcool. Il imagine les frères Langalter / de Christo abasourdis, choqués de se faire traiter de fascistes. Il est heureux.

KenKillER en rajoute une couche. Il dévoile comment Simon de Christo est tombé sur Tristan Largile dans le parc Monceau : « Les neo straight edge sont de gros lâches. En apparence, ils dénoncent la violence, mais sont les premiers à s'en prendre à plus faible qu'eux, à revendiquer leur statut de mâles alpha, devant lesquels il faudrait se mettre à genoux. » Sur Intralluces, Tristan reproche à KenKillER d'avoir mentionné son agression sur Twitter contre sa volonté. KenKillER s'énerve : « Ce n'est pas toi qui décides, Mialek. Je fais ce que je veux des informations en ma possession. Je n'ai pas de comptes à te rendre. » Willburg et Striker approuvent. KenKillER est un gourou pour la majorité des incels. S'il leur disait de se filmer la bite à l'air et de poster la vidéo sur TikTok, ils le feraient.

Mei Cixin

La fosse aux lions

Mercredi 14 mai 2025 : Significant Youth joue à la Coopérative de Mai à Clermont-Ferrand – aucune marque ne s'est manifestée pour racheter la salle de concert, qui conserve son nom historique. L'ambiance est maussade. Des ultra incels de la région de Clermont envisagent de se pointer au concert. Le discours de Tristan Largile a monté beaucoup de gens contre Significant Youth. Yvan, écœuré, fragilisé par la bêtise de ses contemporains, passe son temps au téléphone avec son frère et Iris pour suivre ce qui se dit sur Intralluces. Mei a peur des conséquences de son engagement musical et politique. Progressiste, ouverte sur le monde, désireuse d'améliorer la marche des choses, rodée aux railleries du patriarcat et des conservateurs, elle ne s'attendait pas à subir l'opprobre public, à se faire traiter de fasciste, de moraliste, d'ennemie de la démocratie. Mei avait imaginé qu'Internet deviendrait la plus grande place de discussion jamais créée, une université gigantesque où circulerait librement l'information et où se régleraient les problèmes du monde. Adolescente, elle avait pour héros les hackers des années 2000, Aaron Schwartz et Edward Snowden en tête. Aujourd'hui, la cacophonie, les sophismes et les guerres de chapelle qui règnent sur Internet, la répugnent. Même l'anonymat qu'elle chérissait tant lui apparaît comme un agent phare de la confusion générale.

Dans les loges, les balances finies, Mei reste scotchée à l'écran, suit les coups bas qui font passer les neo straight edge pour des tarés mettant en péril « un art de vivre à la française ». Elle lit les fils Twitter de KenKillER, Willburg, RedFrog, ou encore Tranleur, où haine et *lol* se confondent, où le complotisme s'agrège à des faits réels. KenKillER a dans le collimateur une neo straight edge qui remet en question la pénétration systématique lors des rapports sexuels, prône une sexualité fondée sur les caresses, privilégiant l'orgasme clitoridien. Il lui rétorque que la pénétration est naturelle, que tous les mammifères la pratiquent, qu'elle est l'emblème du sacro-saint orgasme simultané. Que seules les gouines refoulées la condamnent, que ça ira mieux quand lui et ses copains lui auront mis un bon coup de bite. « Alors que lui-même doit être un gros puceau », songe Mei. La fille ne se laisse pas faire. Plus elle lutte, plus la masse de détracteurs grossit, telle une armée dont KenKillER solliciterait sans cesse de nouveaux bataillons. Elle se fait insulter de toute part. Mei a mal pour elle, se souvient du jour où les ultra incels l'ont prise pour cible en la traitant de « pute niakouée », la poussant à fermer son compte des semaines durant. Elle se sent désarmée face à ces escadrons de l'ombre. Même si elle y consacrait ses journées, elle ne saurait comment contrer ces types invisibles, impalpables, dénués de corps et de matière. Xiu, sa sœur jumelle, lui dit de s'en foutre : « Coupe Internet ! On ne peut pas se laisser parasiter par ces connards. » Aux yeux de Xiu, la sphère médiatique en ligne, qui se déploie sur les sites de presse et sur les réseaux sociaux, est une annexe de la réalité, un monde avec ses propres règles, dont il faut se tenir éloigné. C'est le seul moyen de survivre.

À 19 h 30, la première partie – Linxtenstein, un groupe de métal local – monte sur scène. Les deux vigiles ont été prévenus des risques d'intrusion des ultra incels. Leur marge de manœuvre est limitée. Comment distinguer un blanc-bec d'un autre blanc-bec ? Ils auraient aimé que les ultra incels arborent un signe distinctif, aient le crâne rasé ou portent des fringues spécifiques. Au contraire, dénués d'attributs visuels particuliers, ils peuvent aisément imiter le look neo straight edge. Mei écoute le concert depuis le côté de la scène, observe la foule réagir à la musique, les têtes suivre la cadence, les corps concentrer leur énergie, avant la grande messe calme que constituera le show de Significant Youth.

Le changement de plateau réalisé, les lumières s'éteignent à nouveau. Comme à son habitude, Yvan prend le micro, seul dans le noir, annonce à l'auditoire qu'il devra rester figé, focalisé sur la musique. Mei rentre sur scène avec sa basse portée dans le dos comme une arme. Quand sa sœur entame son premier riff et que la scène s'éclaire, elle fait pivoter son instrument d'un grand geste – seule excentricité qu'elle s'autorise –, crante ses pieds dans le sol et se concentre. Sur les visages, elle lit l'embrasement à l'écoute des morceaux de *The Fall of the Blind Wall*, leur nouvel album, encensé par la presse – les seuls retours négatifs sur l'album proviennent de commentaires sur les sites marchands, probablement laissés par des incels sous pseudonymes. Depuis qu'ils ont fait la couverture du magazine *New Noise* et eu un article élogieux dans le webzine américain *Pitchfork*[1], ils jouent en province à guichets fermés, les dernières places finissant toujours par se vendre le jour J. Chaque soir, Yvan fait preuve d'un professionnalisme exemplaire. Stoïque, dévoué à la musique, il met de côté ses préoccupations, livre le meilleur concert possible, soucieux de respecter leur public.

1. Une traduction de l'article est disponible en annexe 2.

Au bout de quelques titres, Mei aperçoit aux premiers rangs une demi-douzaine d'hommes qui commencent à pogoter, à pousser violemment les autres membres du public, braillant par-dessus la musique. Elle s'arrête de jouer, fait un signe à Yvan qui appelle au calme. L'un des types lui hurle en retour : « Ta gueule, sale nazi. » Elle comprend qu'il s'agit d'ultra incels infiltrés. Mei pose sa basse à ses pieds, saute dans la fosse, s'approche du connard en question et lui envoie un puissant coup de genou dans les couilles. À peine s'écroule-t-il, replié en position fœtale, qu'un de ses collègues agrippe Mei et la jette à son tour à terre. Elle se réceptionne comme elle peut, prend appui sur ses cuisses pour rebondir, décroche son porte-monnaie autodéfense, une poche en tissu lestée du poids des pièces de monnaie, qui une fois dépliée devient une arme de 32 cm, à l'image d'une pierre dans une chaussette – parfaitement légal, Mei le trimballe avec elle pour se défendre en cas d'agression –, et frappe le premier assaillant venu, tandis que Gaspard et Yvan se jettent dans l'arène, tentent de maîtriser les types, se retrouvent à se battre, donnent des directs, encaissent des mandales. Des neo straight edge viennent leur prêter main forte, il fait sombre, on ne sait plus qui tape qui, les vigiles sont débordés, la police ne tarde pas à débarquer. Les trois quarts de Significant Youth se retrouvent en garde à vue.

Mei se sent fautive. Yvan et Gaspard ne lui en veulent pas. Elle aurait dû garder son calme, craint les répercussions pour le groupe, que leurs concerts soient réputés dangereux, que le public déserte. Les ultra incels auraient réussi leur coup. Mais comment regretter son geste, le groupe revendiquant le goût pour l'action, la prise de position, le fait de ne jamais s'écraser devant les néfastes, les funestes, les réfractaires aux changements, les partisans du « on ne peut plus rien dire » et du « c'était mieux avant », les racistes, les homophobes, les climatosceptiques et surtout les misogynes. Peu importe les conséquences, être neo straight edge, c'est se foutre de son confort, de sa carrière, de sa richesse, s'engager pour un monde meilleur en tenant tête à tous les opposants. Ne plus faire de compromis. Accumuler de l'énergie via la musique et la déverser à la gueule des salauds.

Tristan Largile

Plan de continuité d'activité

Marqué par les événements de la journée, Tristan fume une cigarette à la fenêtre. Tout Intralluces le soutient. Même Striker, réticent à privilégier la communication à la lutte frontale, reconnaît que c'est un joli coup. « Ces salopes de neo straight edge doivent pisser dans leur froc », écrit-il. Quant à Luc Bortes, il s'est réjoui sur les réseaux sociaux que des jeunes ouvrent les yeux, imposent des limites au féminisme et à l'hédonisme des puissants. Il a conclu sa série de *tweets* en prônant « l'égalité entre les hommes et les femmes, la réévaluation des souffrances masculines, et la réconciliation entre les sexes ». Tristan n'est pas assez cynique pour apprécier cette transformation de leur rage en noble combat.

La chaleur est suffocante. Il se souvient du 25 juillet 2019 : 42 degrés à Paris. Il avait cru mourir en se rendant à la supérette se ravitailler en eau. Pour la première fois, il avait respiré de l'air brûlant, avec cette impression désagréable qu'un souffle chaud lui cramait l'intérieur du nez. Une personne dans la queue à la caisse lui avait dit qu'elle n'avait connu ça que dans la Vallée de la Mort. Il n'est jamais allé aux États-Unis, mais depuis, chaque fois qu'il fait plus de 30 degrés à Paris, il imagine le désert des Mojaves s'étendre sur toute la planète.

Face à la crise écologique, il mise sur l'autorégulation de la planète et sur des découvertes scientifiques à même d'inverser la tendance. Au pire, il crèvera seul, déshydraté, les poumons emplis d'un air toxique. Compte tenu du vide affectif qui l'habite, ce ne serait pas un drame.

Sur Intralluces, Tranleur publie un message qui attire l'attention de Tristan : « Je suis tombé sur cette interview d'Yvan Langalter, publiée en janvier sur le site des *Inrocks*, où il dit vivre dans le 11e, non loin de ses parents et de son frère. Si Simon de Christo habite l'Est parisien, que foutait-il seul au parc Monceau un lundi ? » Tristan repense à son altercation avec Simon. Il avait déboulé de nulle part, avec à son cou un foulard – un accessoire incongru, inhabituel chez les neo straight edge –, prêt à cacher son visage. Peut-être n'était-il pas là par hasard ? Tristan reconstitue la scène, se remémore le visage d'Aldana, avec l'impression diffuse de l'avoir déjà croisé quelque part. Il sort peu de chez lui, ne fréquente aucun adolescent IRL. Où aurait-il pu le croiser ? Il repense aux dernières vidéos qu'il a vues, parcourt son historique sur son ordinateur, retombe sur les captations des concerts de Significant Youth. Les neurones en ébullition, il recherche les gros plans sur la foule, voit apparaître Kahina et Simon, et là en arrière-plan, les yeux brillants, la coupe hirsute, la peau rongée par l'acné : Aldana ! La fureur monte en lui. Il regarde d'autres extraits de concerts parisiens, y entraperçoit quasi systématiquement le garçon dans le public.

Ces bâtards lui ont tendu un piège. Il fonce sur Intralluces : deux ans qu'Aldana les espionne. Deux ans qu'un neo straight edge est parmi eux ! N'importe qui pourrait se cacher derrière ce pseudonyme, y compris Simon lui-même. Le gamin sur le banc, celui des concerts, était une simple couverture, un corps destiné à incarner le personnage dans la réalité. « Comment ai-je pu être si naïf ? » se dit Tristan, rodé à l'usage d'avatars sur Internet, se faisant alternativement passer pour des hommes et des femmes de tous âges, inventant des rôles et des profils à tour de bras.

Il écrit aux trois administrateurs d'Intralluces et aux membres phares du forum. Ils doivent réagir vite : il faut déménager le site, fermer Intralluces, et le rouvrir sous un autre nom. Si la police veut fouiner, ils ne trouveront rien à l'adresse « intralluc.es ». KenKillER coupe les accès à Aldana, récupère les informations liées à son compte : le mail utilisé lors de l'inscription (richard.aldana@gmail.com) ; son mot de passe (iG25#Y09#B93#EsA), volontairement non chiffré en base de données ; et la liste des IP associées à ses connexions. Dans la foulée, Striker laisse un message sur Intralluces, explique qu'ils ont été infiltrés. « Interdiction d'avoir le moindre contact avec Aldana, écrit-il. Intralluces va disparaître. Vous recevrez plus d'informations par mail. »

Tristan a désormais tout ce qu'il lui faut pour travailler. Il ouvre une bière, allume une clope et explore les adresses IP via lesquelles Aldana accédait au forum. Parmi une liste hétérogène, une adresse revient régulièrement et, via un service de géolocalisation, il apprend qu'elle provient d'un serveur situé dans le 11e (qui dessert peut-être l'appartement de Simon de Christo). Ensuite, il tape « richard aldana » dans Google, découvre qu'il s'agit du personnage principal d'une bande dessinée intitulée *Lastman* – lui ne lit ni BD ni manga, ne joue pas aux jeux vidéo, considère qu'il s'agit d'activités de puceaux, ce qu'il est, mais voudrait ne plus être. Tristan a l'habitude de choisir des pseudonymes. Il connaît les associations d'idées qui amènent à choisir tel avatar plutôt qu'un autre. Il lit la fiche Wikipédia de *Lastman*, note le nom des autres personnages : Adrian et Marianne Velba, Tomie Katana, Milo Zotis, Jansen, Cristo Canyon… Il se pourrait que Simon de Christo soit fan de l'œuvre, voie une connotation entre son patronyme et ce « Cristo Canyon », et, par glissement, ait choisi de se cacher derrière le nom d'Aldana. Non,

Simon n'a pas le profil d'un agent double. Au bout d'une semaine, il aurait cramé sa couverture et serait rentré dans le lard des ultra incels.

Il s'intéresse ensuite au mot de passe : iG08#Y09#B93#EsA. Malgré sa complexité, il ne s'agit pas d'un code généré par un gestionnaire de mot de passe : la récurrence des dièses laisse supposer qu'il s'agit d'une trame normée, un ensemble d'éléments permettant de recomposer le mot de passe grâce à des moyens mnémotechniques. Tristan identifie le « i » et le « s », première et dernière lettre d'Intralluces. Créer des mots de passe spécifiques pour chaque service en intégrant dans une séquence fixe des lettres du site en question est une pratique courante. Il teste son hypothèse, se rend sur Gmail, tente de s'authentifier avec le couple richard.aldana@gmail.com et gG25#Y09#B93#ElA (avec un « g » et un « l », en lieu en place du « i » et du « s »). Premier succès : la connexion fonctionne. Dans la boîte de réception, les seuls mails proviennent d'Intralluces, prouvant que le compte a été créé pour un usage unique. Tristan se demande si le « A » final pourrait se référer à « Aldana », puis extrait les chiffres et les lettres, les déplace, y cherche un sens. « GYBE » correspond aux initiales de Godspeed You ! Black Emperor, un groupe de post rock, qu'il a écouté à une époque, et dont il imagine les neo straight edge friands. « 250993 » pourrait bien sûr faire écho à une date de naissance : le 25 septembre 1993 ; mais il pourrait aussi s'agir de références à d'autres groupes de musique : 25 Ta Life, Nine Inch Nails et Current 93 par exemple.

Dans tous les cas, la personne se cachant derrière le pseudo d'Aldana est suffisamment proche de Simon de Christo pour avoir dénoncé Mialek et organisé la rencontre. Tristan se rend sur Facebook, parcourt la liste d'amis de Simon, accessible en public, contrairement à ses statuts. Il ne tarde pas à trouver ce qu'il cherche : Iris Velba – Velba comme Marianne Velba dans *Lastman* –, une jeune femme dont la photo de profil en noir et blanc, prise de trois quarts, lui rappelle la beauté au bras de Simon de Christo dans les concerts de Significant Youth. Avec un faux profil créé il y a longtemps, il ajoute tous les amis d'Iris : une trentaine acceptent son invitation – les gens acceptent n'importe qui comme ami sur les réseaux sociaux. Auréolé de « 33 amis en commun », Tristan demande à son tour Iris en ami. Elle accepte quelques minutes plus tard. Son compte est vierge de photos où l'on voit parfaitement son visage, ses statuts parlent exclusivement de musique, mais, dans la rubrique « À propos », il trouve le sésame, sa date de naissance : 25 septembre 1993. Iris Velba est Aldana, et inversement !

Il ne compte pas s'arrêter en si bon chemin. Il retourne sur Gmail, tente cette fois de se connecter avec le couple iris.velba@gmail.com et gG25#Y09#B93#ElV (il remplace juste le « A » d'Aldana par le « V » de Velba). Échec. Il retente avec gG25#Y09#B93#El, sans le « V », se disant qu'elle aura simplement rajouté un « A » à la fin du mot de passe qu'elle utilise pour son propre compte, et là bingo : il pénètre sa boîte mail, enivré par son propre génie et consterné par la nullité de ses contemporains en matière de sécurité informatique. Double jackpot : des documents administratifs lui révèlent qu'Iris Velba est bien la compagne de Simon de Christo, mais aussi leur adresse : 5 rue du Général-Blaise à Paris. Par le même procédé, il pirate ses comptes Facebook, Twitter, Instagram, mais, n'y trouvant aucune information utile, devine qu'elle communique avec ses proches par Whatsapp, une application qui dépend du téléphone mobile et à laquelle il ne peut accéder. Il se dépêche, sait qu'Iris va recevoir des mails d'alerte lui indiquant des « connexions inhabituelles ».

À partir de l'adresse d'Aldana, il écrit un mail à Iris : « Je sais qui tu es et ce que tu as fait. » Il laisse passer un peu de temps. Toujours connecté à la boîte d'Iris, il constate que le mail a bien été ouvert, imagine sa stupeur face à ces quelques mots. Puis, il enfonce le clou, envoie un message en provenance du compte d'Iris à elle-même : « Si tu ne me crois pas, le fait que j'ai piraté ta boîte mail devrait suffire à te convaincre. » Son dernier message indiqué comme lu, devinant la peur s'emparer de celle qui l'a manipulé, il passe à la dernière étape : il modifie le mot de passe de tous ses comptes, lui coupe ses accès.

Après avoir partagé ses découvertes avec les administrateurs du forum – Striker, KenKillER et Willburg –, il se glisse sous les draps, serein, avec le sens du devoir accompli. Il poste quelques messages, attend les réactions. La douleur consécutive aux coups de Simon de Christo a disparu.

Iris Velba

L’intimité transgressée

Affolée, Iris essaye de se reconnecter à ses comptes Gmail, Facebook, Twitter. Le même message apparaît partout : « Identifiants de connexion incorrects ». Sans accès à sa boîte mail, elle ne peut pas utiliser la fonctionnalité « Mot de passe oublié ». Elle réveille Simon, qui, la tête accolée à son vieil ordinateur, trônant désormais sur sa table de nuit, a trouvé le sommeil en noyant l’acouphène dans le bruit de cette machinerie d’un autre temps.

– Que se passe-t-il ? demande Simon, entre l’agacement et l’inquiétude.

– On a un gros problème. J’ai reçu deux mails consécutifs, un depuis l’adresse d’Aldana, l’autre depuis ma propre adresse Gmail, d’une personne disant savoir qui j’étais, ce que j’avais fait. Puis plus rien. Tous mes mots de passe ont été réinitialisés, je n’ai plus accès à rien.

– Putain ! Comment est-ce possible ? Tu utilises bien des mots de passe différents pour tous les sites ?

– Oui, mais c’est une structure que je fais varier. Un ultra incel a dû découvrir mon identité, remonter le fil d’Aldana jusqu’à moi. Ont-ils pu récupérer mon mot de passe sur Intralluces ?

– Bien sûr qu’ils ont pu. Les mots de passe peuvent être stockés en clair, d’où les scandales de fuites de données. Ne me dis pas que tu utilisais la même structure de mot de passe pour tes comptes personnels que pour ceux d'Aldana ?

– Ils ne connaissaient pas mon identité, n'avaient pas mon adresse mail. Je ne savais même pas qu'un administrateur pouvait les récupérer. Où était le risque ?

Simon la regarde comme si elle était la dernière des connes. Il ne la réconforte pas, l'enfonce. Elle se sent humiliée.

– Pas la peine de me rabaisser. On n'en serait pas là si on avait laissé Aldana en dehors de tout ça.

– Le coup de poing de Tristan Largile m'a bousillé les neurones, a foutu ma vie en l'air. Je ne regretterai pas de lui avoir cassé la gueule.

– Tu penses que c'est lui qui est derrière tout ça ?

– Qui d'autre ?

– Qu'est-ce que je peux faire ? Il doit bien y avoir un moyen de récupérer mes comptes ?

– Qu'est-ce que tu crois ? Que les mots de passe, c'est comme les clefs, que si on te les vole il suffit de changer de serrure ? Vingt fois je t'ai expliqué que c'est important de les sécuriser.

– Je ne peux pas porter plainte ? Écrire à Google, dire qu'on a usurpé mon identité ?

– Ouais, il y a une procédure. Google a mis en place un formulaire de récupération de compte. Tu donnes des informations prouvant que tu en es bien la propriétaire : ton ancien mot de passe, la date d'inscription au service, les personnes à qui tu écris le plus, des exemples de mails que tu as reçus récemment… Ils enquêteront, vérifieront les IP et si les éléments fournis concordent, tu récupéreras ton compte.

– Ça prendrait combien de temps ?

– Entre une heure et cinq jours, je crois. Dès que tu le récupères, tu fais « mot de passe oublié » sur tous les autres services, et tu modifies tous tes mots de passe.

Pendant qu'Iris s'exécute, Simon observe l'étendue des dégâts. L'usurpateur a posté un statut sur la page Facebook d'Iris : « Comme vous le savez, le mois dernier, mon amie Kahina Val s'est fait casser le nez par un jeune homme, lors d'un concert de Significant Youth. J'ai qualifié les faits d'odieuse agression, sans connaître le contexte, sans rien savoir de son auteur. Et puis, j'ai écouté la déclaration de Tristan Largile qui a revendiqué l'acte. Il ne cherchait pas d'excuses, expliquait factuellement comment il en était arrivé là. Je peux vous le dire : en le lisant, j'ai eu honte de moi. Honte de mon comportement à l'égard de ceux qui ne sont pas des mâles alpha, honte de la manière dont j'ai dénigré toute ma vie des chics types, au motif qu'ils étaient trop petits, trop gros, trop pauvres, trop naïfs. Je réalise combien j'ai été une pétasse égocentrique, obsédée par le pouvoir et la beauté. J'espère qu'il n'est pas trop tard pour changer. »

Simon tape du poing sur la table. « Et moi qui pensais l'avoir intimidé », dit-il. Mialek est futé – Iris a encore du mal à l'appeler Tristan –, son texte, pensé, maîtrisé, désarçonnant. À sa lecture, le doute peut s'installer. Des amis d'Iris *likent*, laissent un smiley hilare. Son cousin, Denis Velba, écrit : « C'est pas faux. » Sous le statut, Simon annonce que le compte d'Iris a été usurpé. Son commentaire immédiatement supprimé, il le reposte sur sa propre page. Ils constatent que le même message a été envoyé à tous les contacts mail d'Iris. Elle ne sait plus où se mettre. Sur son compte Twitter, s'affiche désormais une photo d'elle, volée sur Facebook, sur laquelle est écrit : « Je suis incel. »

Iris et Simon préviennent leur réseau, tentent de contenir les débordements. Il est une heure du matin, les rares connectés s'en foutent, ou ont cru qu'il s'agissait d'un statut ironique. Ce qui est bien avec la confusion en ligne, c'est qu'elle fonctionne dans les deux sens. Ils retournent au lit. Iris se sent obligée de s'excuser auprès de Simon. Elle n'a rien fait de mal, mais se sent fautive. Au lieu de la rassurer, de la prendre dans ses bras, Simon l'enjoint à plus de vigilance. « Je n'avais pas besoin de ça, je souffre déjà suffisamment avec mon acouphène », conclut-il avant de reposer sa tête à proximité du ronronnement bruyant de son ordinateur.

Vers 9 heures du matin, une vibration réveille Iris. Un texto de Google lui apprend la bonne nouvelle : son compte lui a été réattribué. Elle redéfinit un mot de passe, active la double-authentification, supprime les messages postés par Largile, reprend le contrôle de sa vie numérique.

*

Les jours suivants, Simon, obligé de se rendre chez My French Réseau pour des ateliers de travail en présentiel, l'appelle toutes les heures. Il craint que des ultra incels débarquent chez eux. Le forum Intralluces a disparu des radars. Lorsque l'on tape l'URL, le navigateur indique que le site est inaccessible. D'après lui, ils préparent un sale coup. Iris lui dit de se calmer, lui reproche sa paranoïa. Tristan Largile s'est dévoilé publiquement. Il ne risque pas de s'en prendre à elle.

Les événements du début de semaine l'ont laissée vide. Elle n'arrive pas à se concentrer, n'a pas le cœur à traîner sur les réseaux sociaux, décide d'appeler Yvan. La tournée continue, malgré la bagarre de samedi soir et leur nuit en garde à vue. Le moral est bon. Le groupe ne baisse pas les bras, s'inquiète surtout des conséquences sur la fréquentation des concerts.

Cela fait trois ans qu'elle ne travaille plus, passe ses journées à défendre la pensée neo straight edge, à écouter de la musique, à prendre soin d'elle. À la rentrée, il faudra qu'elle réfléchisse à la suite, redonne du sens à sa vie. Son expérience chez Hutcher-Ashton & Partners l'a lessivée, elle ne sait pas si elle supporterait encore les *deadlines*, les objectifs intenables, les collègues harassés, harcelés, à bout de nerfs, les petits chefs rêvant de gloire, en quête de pouvoir au sein d'entreprises qui ne produisent rien, qui n'ont aucun impact positif sur le monde. Il faudrait faire autre chose, trouver un travail utile, mais sait-elle produire autre chose que des *slides* sur PowerPoint ?

Iris se prépare un thé, lance le nouvel album de Deafheaven. Arpenter Intralluces lui manque. Espionner cette fabrique à ordures l'amusait. Elle prenait un plaisir malsain à nager dans la crétinerie, à se faire passer pour un garçon frustré, convaincu de la gravité de sa misère sexuelle, voyant en elle une injustice plus grande que celle des migrants qui meurent en mer. Elle se délectait de l'absence de perspective dans leurs blagues, de leurs schémas de pensée malhonnêtes. Pour les ultra incels, seules existent les femmes ayant 7 sur 10 ou plus sur leur échelle de classification physique. Les autres ne rentrent pas dans leur champ de vision. Ils accusent les femmes de rejeter les hommes à cause de leurs corps jugés petits, frêles ou fragiles, alors qu'eux-mêmes ne s'intéressent qu'au physique. Ils inventent des règles qui régiraient le monde, puis se plaignent de l'existence de ces règles. Ils composent sans le vouloir un spectacle comique, qui serait aussi jouissif que les élucubrations des platistes, ces partisans persuadés que la Terre est plate, si leurs croyances en un impérialisme féminin ne les rendaient pas dangereux.

Lorsque le disque s'arrête, elle entend des bruissements au niveau de la porte d'entrée, puis des bruits légers d'outils maniés délicatement. Discrètement, elle avance dans le couloir, plaque son visage contre la porte, observe le palier par le judas. Deux hommes cagoulés, les traits cachés par des masques FFP2, sont accroupis autour d'un pot de peinture et d'un sac militaire. D'un coup sec, elle ouvre la porte en leur demandant ce qu'ils foutent là. L'un des deux, vif, agile, se relève, se rue vers Iris, la projette à l'intérieur de l'appartement, plaque une main contre sa bouche, glisse l'autre sous sa chemise de nuit, lui tripote les fesses, cherche son anus à travers sa culotte, et susurre à son oreille : « Tu t'ennuyais seule chez toi ? On devrait pouvoir te trouver une occupation. » Iris panique. Ils pourraient la violer tout l'après-midi sans que personne n'intervienne. Mais l'autre gars agrippe son comparse, le tire vers lui, pivote et le jette hors du domicile, en criant : « T'es taré, qu'est-ce qui te prend ? Ramasse tes affaires, on se casse. » Iris ne reconnaît pas sa voix, n'identifie aucun signe distinctif. Le second type retourne ses paumes gantées, l'air de dire qu'il est désolé, qu'il ne cautionne pas l'attitude de son pote.

Alors qu'ils dévalent les escaliers, Iris s'effondre sur le sol, ramène ses jambes contre elle, respire vite pour ne pas pleurer. Sur la porte d'entrée restée ouverte, elle découvre une croix gammée peinte en blanc, précédée du mot « nazis ». Elle reste immobile, incapable de se mouvoir, les yeux rivés sur un filet de peinture qui coule le long du bois. Quand il atteint le sol, elle se lève et appelle Simon.

Kahina Val

L'honneur des garçons

Dans leur boucle commune sur Whatsapp, Kahina lit le récit des événements rapportés par Iris. Simon est furieux, prêt à retrouver Tristan pour lui exploser les dents. Gaspard suggère d'en appeler à la communauté neo straight edge : « C'est une déclaration de guerre, on ne doit pas se laisser faire. » Yvan parle d'annuler la tournée en Angleterre, de rentrer une semaine plus tôt pour participer aux actions qui seront menées. Mei est d'accord. Elle n'en peut plus de ces connards, veut monter au créneau, organiser des manifestations. Xiu, d'habitude en retrait, parle de démasquer les ultra incels, d'afficher leur nom publiquement sur Internet, que les gens sachent à qui ils ont affaire. Iris reste silencieuse, s'en remet aux décisions de ses amis. Yvan en rajoute une couche sur la croix gammée et le terme « nazis », trouve leur stratégie ignoble, vilipende cette manière de jouer avec les symboles, d'inverser leur signification. Simon raconte que le syndic de copropriété lui a déjà intimé de nettoyer cet immondice, et que la voisine du quatrième a baissé les yeux en le croisant dans l'escalier, comme s'il était responsable du tag. « Te plains pas, rétorque Mei, elle aurait pu te faire un salut nazi. » Gaspard maintient qu'il faut se venger, propose de s'armer en prévision du concert du 13 juin à l'Absolute Club.

Kahina, excédée, s'impose dans la discussion : « Vous réalisez ce que vous êtes en train d'écrire ? Ça suffit maintenant les enfantillages, vous n'êtes pas un groupe de rap de la *West Coast* dans les années 1990. Iris, je passe te prendre dans une heure, on va chez les flics, tu vas tout leur raconter : Intralluces, Mialek, le piège que vous lui avez tendu, le piratage de tes comptes et l'agression d'aujourd'hui ! » Simon cherche à négocier, aimerait qu'Iris ne mentionne pas les coups portés à Tristan Largile. Kahina se montre ferme : « On ne dissimule rien. On reste droits dans nos bottes. On empêche ces types de nuire en s'appuyant sur la loi. »

Dans la ligne 9, en direction de la station Saint-Ambroise, Kahina étouffe, se sent prise en tenaille entre des gentils chevaliers blancs et des monstres, blancs également, les premiers voyant dans les femmes des trophées à défendre, les seconds, des objets à conquérir. Yvan, son frère, et les neo straight edge en général, lui inspirent un sentiment de rejet croissant. Pourtant elle laisse traîner les choses, ne rompt pas avec Yvan, craignant ne jamais retrouver un compagnon à sa hauteur. Elle attend le point de non-retour, ce moment où son corps lâchera et expulsera son désamour à la gueule de son mec qui, elle en est sûre, s'effondrera et la suppliera de rester. Ce sera long et pénible. Il demandera des explications, voudra savoir quand ses sentiments ont disparu. Elle dira la vérité, qu'ils ne sont jamais apparus, qu'elle ment depuis le début, priant chaque nuit pour ressentir un amour qui ne vient pas. Ou bien, elle perdra ses moyens, improvisera un mensonge, tempérera pour le protéger, sans pour autant lui laisser le moindre espoir. Par respect pour lui, elle ne fera pas traîner les choses. Une fois séparés, c'est Iris qui lui manquera le plus : les clopes qu'elles fument en cachette, la certitude de pouvoir compter l'une sur l'autre, les regards complices quand au restaurant les frères Langalter / de Christo monopolisent la parole, ressassent les mêmes sujets, parlent politique pendant des heures, sans jamais aborder leur vie, sans jamais se demander comment ils vont. Au début, elle trouvait Iris naïve, belle et effacée. Sa gentillesse à l'égard de Simon l'agaçait, peut-être parce qu'elle soulignait sa froideur envers Yvan. Mais, avec le temps, Kahina s'est mise à admirer Iris : son rejet du monde du travail, sa volonté de comprendre les gens, d'affiner ses jugements. Sans l'avoir anticipé, c'est devenu une de ses amies les plus fiables. Peu importe ce qu'il advient de sa relation avec Yvan, elles sauront rester proches.

Dans l'appartement, elle trouve Iris tremblante. Elle la prend dans ses bras, lui dit que ça va aller. Simon, droit comme un piquet, les bras ballants, ne sachant comment aider, propose de se rendre au poste de police.

– Il vaut mieux que nous y allions seules, déclare Kahina.

– C'est ma compagne, je ne vais pas la laisser tomber dans un moment pareil, répond Simon.

– Tu es trop impliqué, trop belliqueux, sans parler de ton acouphène qui te rend instable.

Pendant qu'Iris rassure Simon, lui demande de l'attendre à l'appartement, Kahina commande exceptionnellement un taxi, elle qui depuis quatre ans n'utilise plus de voiture, se déplace exclusivement en transports en commun, pour limiter son empreinte carbone.

*

Dans le commissariat du 17e, Kahina et Iris patientent sur des chaises inconfortables, entourées de types aux gueules sinistres, plongées dans une ambiance sonore détestable, faite de cris, de raclements de gorge, de portes qui claquent et de personnes qui hurlent à d'autres de se calmer. Lors de sa première visite, le 7 avril dernier, Kahina n'avait presque pas attendu. C'était un jour férié, le commissariat était vide. Elle se souvient du policier prévenant qui l'avait reçue, un dénommé Octave Malot, qui portait une moustache charmante. Au moment, où elle cherche à se remémorer son visage, le voilà qui traverse le couloir, croise son regard, la reconnaît.

– J'espère que vous n'avez pas de nouveaux problèmes ? demande-t-il d'un air inquiet.

– Oui et non, répond Kahina. Ce n'est pas de moi qu'il s'agit, mais de mon amie, qui vient de subir une tentative de viol. Il s'agit peut-être du même agresseur.

Le policier les invite à le suivre dans son bureau, sur la porte duquel on peut lire « Commissaire Octave Malot ». Face à l'air interloqué de Kahina, il précise : « Nous étions en sous-effectifs lors de notre première rencontre. Je m'étais installé avec l'équipe pour traiter les plaintes. » Kahina, peu intéressée par les grades, persuadée que plus les gens grimpent dans la hiérarchie, plus ils sont vils, se sent néanmoins réconfortée de voir leur affaire traitée par ce type rassurant.

Iris raconte les événements du dimanche 6 avril à aujourd'hui. Octave Malot prend des notes, pose ses questions avec tact. Quand Iris mentionne leur revanche contre Mialek, Malot lance une recherche, leur assure que Tristan Largile n'a pas porté plainte. « Ça aurait été le comble », pense Kahina.

– J'ai un ami au Renseignement qui surveille les masculinistes. Ça l'intéresserait d'échanger avec vous sur votre expérience sur Intralluces, dit le commissaire à Iris. Il s'appelle Sébastien Mille.

Sébastien Mille

L'inversion des valeurs

Installés en terrasse au Pas de loup, un bistrot au pied du métro Filles du Calvaire où ils dînent une fois par semaine, ils commandent un verre de vin. Il y a six ans, sa femme l'a quitté, et Holly est partie vivre avec elle. Depuis, Sébastien Mille chérit ces moments avec sa fille. Holly a 21 ans. Après sa maîtrise de droit, elle envisage de préparer le concours pour devenir commissaire à la Police judiciaire. Sébastien voudrait l'en dissuader, mais il n'a jamais su ce qui était bon pour lui, alors comment pourrait-il savoir ce qui est bon pour elle. Toute sa vie, il a privilégié les actions concrètes, le travail de fond, sans chercher à gravir les échelons qui l'éloigneraient des enquêtes, de l'accumulation des témoignages, des données, qui permettent d'identifier les risques et de les prévenir. Pourtant, il n'a cessé de prendre des galons et des responsabilités. On lui proposait de plus gros périmètres, de plus grosses équipes, et il disait oui. Bras droit de Pierre Chambon, directeur du Service central de documentation criminelle, il est pressenti pour être son successeur. Quand on lui proposera le poste, il y verra une mauvaise nouvelle, avant d'accepter les dents serrées, mais le sourire aux lèvres, remerciant qui de droit pour leur confiance.

À la fin du repas, sa fille lui dit qu'elle doit rejoindre des amis à République. Elle l'embrasse sur le front et il la regarde s'éloigner, un brin nostalgique du temps qui passe, mais fier de ce qu'elle est devenue. Il craint toujours que son travail se répercute sur Holly, que des extrémistes s'en prennent à elle pour le faire chanter ou se venger. Même si elle a quitté les réseaux sociaux, il lui demande de rester prudente.

Il fait signe au serveur de lui apporter un nouveau verre, prend son téléphone, vérifie ses mails, ouvre un message d'Octave Malot, un flic droit et honnête, avec qui il s'est lié d'amitié lors du démantèlement d'une cellule terroriste islamiste à Argenteuil, dans le Val-d'Oise, en 2016 : « Nous avons reçu un mémo de Mickaël Arnaud, écrit-il, indiquant qu'il fallait te prévenir si nous avions affaire à des incels. Une dénommée Iris Velba sort de mon bureau. Elle vient de déposer une plainte contre X pour une tentative de viol, où seraient impliqués la sphère ultra incels et ce Tristan Largile qui fait parler de lui dans la presse. J'ai informé le procureur de la République, une enquête préliminaire a été ouverte. Si tu le souhaites, tu peux interroger les protagonistes impliqués. »

Sébastien Mille le rappelle dans la foulée. Il a suivi l'accroissement des tensions entre les neo straight edge et les ultra incels. Octave Malot lui fournit les pièces du puzzle qui lui manquent. L'histoire de la croix gammée peinte sur la porte du couple ne surprend pas Mille. Le geste est caractéristique d'une époque confuse, propice à l'inversion des valeurs, où les propagateurs de haine dénaturent les propos de leurs adversaires pour les présenter comme fascistes. Car si tout est fascisme, alors plus rien ne l'est, et les salauds ne sont plus tant que ça des salauds.

*

Le lendemain, Sébastien Mille expédie les affaires courantes, et se rend à la rencontre avec Iris Velba qu'Octave Malot lui a organisée. Dans le bureau de son collègue se trouve une jeune femme élancée, aux traits harmonieux, la peau lisse de toute imperfection. Ses paupières sont maquillées d'un noir « smoky » qui intensifie son regard, le rend lumineux, conforme au portrait qui illustre son profil Facebook. Elle lui raconte tout depuis le début : les chansons pro féministes de Significant Youth, les premiers clashs avec les ultra incels, les grossièretés misogynes et racistes visant les sœurs Cixin, la riposte d'Yvan Langalter avec la chanson « We're normies », qui égratigne sévèrement toute la sphère incel.

– Il y a un an, lui dit Iris, on a réalisé que de nombreux détracteurs du groupe mentionnaient sur les réseaux un forum privé nommé Intralluces, où ils parlaient des neo straight edge, accumulaient des informations sur eux. Pour y accéder, il fallait être coopté par un des membres du forum, et voir sa candidature validée par l'un des administrateurs. Alors, j'ai créé un faux profil sur Twitter au nom d'Aldana. Six mois durant, j'ai alimenté ce compte pour lui donner de la chair et faire exister Aldana. J'analysais des comptes incels, reprenais leurs idées, les déclinais, m'imprégnais de leurs références culturelles, postais des chansons des groupes qu'ils aimaient, prétendais jouer aux mêmes jeux vidéo. J'ai inventé un passé à Aldana : des souffrances, des humiliations. J'ai même écrit des articles de blog où il racontait son histoire. Ma carrière professionnelle en pause, j'avais le temps. Je prenais du plaisir à inventer un personnage. C'était comme écrire un roman. Je *retweetais* des messages d'autres ultra incels. Je ne me précipitais pas, m'assurais que personne ne doute des motivations d'Aldana. Je voulais qu'on le repère, qu'on vienne le chercher et non qu'il s'impose. Qu'il soit naturellement éligible à rejoindre Intralluces. Des ultra incels ont commencé à entamer la conversation avec mon alias. Deux semaines plus tard, Aldana était introduit au sein du forum privé.

Sébastien Mille l'écoute attentivement. Elle poursuit son histoire jusqu'à l'agression, puis lui présente des documents. Son travail sur Intralluces, qu'il aurait aimé infiltrer sans jamais en avoir les moyens ou le temps, est impressionnant : copies d'écran, archivage de conversations, liste des acteurs et des revendications. Il comparera les pseudonymes ainsi récupérés avec les bases de données du SCDC. Il regrette de ne pas avoir rencontré Iris avant la fermeture du forum, avant que la couverture d'Aldana ne soit percée à jour. Il en aurait fait une informatrice.

– Est-ce que sur Intralluces, vous avez été en contact avec KenKillER ?

– Bien sûr ! C'est lui qui a monté la plateforme. Il en est l'un des principaux administrateurs. En revanche, il n'était pas particulièrement actif sur le forum. Il passait de temps à autre pour balancer une vanne, ou mettre de l'huile sur le feu lorsque les ultra incels se foutaient de la gueule d'une fille. Au quotidien, ce sont surtout Striker et Willburg qui régissaient les échanges.

Sur Facebook, Iris lui montre le profil de Straï Koeur, le fameux Striker sur Intralluces. Ils remontent au 7 avril, retrouvent le commentaire d'Yvan Langalter incitant les ultra incels à venir se battre à l'Absolute Club, le 13 juin, lors du gros concert parisien de Significant Youth.

– Après ce qui s'est passé à l'EMB Sannois, nous craignons qu'ils ne prennent Yvan au mot.

– Ne vous inquiétez pas. Nous ferons le nécessaire pour le 13 juin. La police assurera votre sécurité.

Iris le déstabilise. Il la trouve charmante, sûre d'elle et fragile, belle au point qu'il pourrait en tomber amoureux pour ce seul motif. Par professionnalisme, pour éviter tout malaise, mais surtout parce qu'il faudrait être un pourri pour draguer une fille qui vient de se faire agresser, il ne montre rien de son trouble. Il ne pas peut désirer ce genre de fille, pas avec son crâne dégarni, son corps flasque, sa vie décousue. Il faut être raisonnable. Il pense aux pulsions des ultra incels, à leur incapacité à les assouvir, à la frustration qui en découle, se demande ce qui le différencie de ces hommes-là. « La raison et l'empathie », se dit-il, deux garde-fous précaires, mais fiables.

Il remercie Iris pour le temps qu'elle lui a accordé, lui tend sa carte, se demande ce qu'une trentenaire peut faire aujourd'hui d'un bout de papier cartonné – au mieux recopier son contenu et le jeter, au pire passer directement à la seconde étape. « Vous avez mon mail et mon numéro de téléphone », conclut-il, moins pour le lui rappeler, que parce que c'est la formule de politesse pour dire au revoir quand on est un flic de sa génération.

*

Sébastien Mille décide de rendre visite à Tristan Largile. Il veut découvrir son environnement, savoir à qui il a affaire. En lui ouvrant la porte, Largile ne semble pas surpris de tomber sur un flic. Sébastien Mille pénètre dans l'appartement, scannant l'espace à la recherche d'indices sur la personnalité du jeune homme. Décoré avec goût, affichant de belles photographies, le studio est sobre, équipé d'appareils dernier cri et d'un matériel informatique impressionnant. Chaque objet semble avoir sa place et être repositionné dès qu'il s'en écarte. L'air chaud est vicié par une odeur de javel, le ménage a été fait récemment. Cet appartement de jeune cadre dynamique, soucieux d'afficher des marqueurs de réussite sociale, rappelle à Sébastien Mille l'inexactitude des clichés sur les incels, qui seraient d'éternels adolescents attardés, incapables de trouver une femme, parce qu'ils n'arrivent pas à devenir adultes. En France, l'incel type a entre 20 et 35 ans. Il est blanc caucasien, a peu d'amis, peu de relations avec sa famille, vit majoritairement enfermé chez lui. Mais en 2025, vivre reclus ne signifie pas ingurgiter de la *junk food* en jouant aux jeux vidéo. Les hommes comme Tristan Largile sont parfaitement intégrés à l'environnement économique, répondent aux besoins du marché : souvent spécialisés dans les métiers du numérique, ils travaillent de chez eux, en flux continu, évitent les réunions inutiles, se focalisent sur leur mission.

Sébastien ne trouve pas Tristan Largile repoussant. C'est un type banal, au visage morne, « avec un regard de merlan frit », aurait dit son ex-femme. Rien d'attirant, rien de répugnant non plus. Largile lui propose un café ou un thé, Sébastien accepte.

– Comment va votre mâchoire ? lui demande-t-il, assis dans son canapé.

– Ma mâchoire ? répond Tristan interloqué, passant sa main sur celle-ci, là où la marque des coups s'est estompée depuis la semaine dernière. Je ne savais même pas qu'il y avait encore une trace. Ce n'est vraiment rien.

– Vous vous êtes battu ?

– Oui, avec un pote à la sortie d'un bar. Une histoire idiote. On a déjà fait la paix.

– Vous avez fait la paix avec Simon de Christo ? demande Sébastien, ironique.

– Je l'ai frappé lors d'un concert, ainsi que la copine de son frère, et il m'a rendu la monnaie de ma pièce. On est quittes maintenant.

– Avoir tenté de violer sa compagne et peint une croix gammée sur sa porte, ça déséquilibre à nouveau la balance non ?

– Pardon ? répond Tristan. Je n'ai pas la moindre idée de ce dont vous parlez. On a tenté de violer Iris Velba ?

– Elle a porté plainte, et m'a tout raconté, y compris votre intrusion sur ses comptes où vous avez récupéré son adresse, avant de vous pointer chez elle.

– J'ai pris momentanément le contrôle de ses comptes. C'était de bonne guerre. Mais rien de plus. Jamais je ne forcerais une fille à coucher avec moi. Ce serait trop facile. Je veux que les filles m'aiment pour ce que je suis. C'est le sens de notre combat chez les ultra incels.

– Dans ce cas, pouvez-vous me dire où vous étiez vendredi dernier à 15 heures ?

– Je suis étonné que vous ne le sachiez pas déjà.

– Je vous en prie. Éclairez-moi.

– J'étais au tribunal correctionnel. Je passais en citation directe pour le nez cassé de Kahina Val, suite à la réception la veille d'une convocation par courrier d'huissier. J'ai pris mille euros d'amende et j'ai dû quitter le tribunal vers 17 heures.

Sébastien Mille en veut à Octave Malot. C'est le genre de vérification qu'il aurait dû faire.

– Ça ne prouve rien, à part que vous avez envoyé des potes faire le sale boulot à votre place, répond Sébastien pour garder une contenance.

– Pensez ce que vous voulez, mais vous faites fausse route. Je veux défendre les droits des hommes dans la sphère politique, pas agresser des filles dans le monde réel. Et c'est quoi cette histoire de croix gammée ? Quel rapport avec les ultra incels ?

– Vous devriez poser la question à vos collègues.

Tristan Largile

Briser le cercle

Le policier parti, Tristan se précipite sur Overluces, le forum secret qui remplace Intralluces, écrit à Striker pour lui demander des comptes. Que s'imaginait-il en informant les leaders ultra incels de la véritable identité d'Aldana ? Il se doutait qu'ils riposteraient, mais pas qu'ils agresseraient sexuellement Iris Velba. Quelques minutes plus tard, Tristan reçoit un message : Striker nie en bloc, mais aurait aimé avoir eu l'idée de la croix gammée.

– Et les autres ? demande Tristan.

– Ils n'auraient pas bougé sans moi, répond Striker.

Tristan n'en croit pas un mot. Il est sûr que Striker et sa bande ont fait le coup. Il faudrait une sacrée coïncidence pour que cette attaque n'ait rien à voir avec les ultra incels. Striker risque gros. Son anonymat ne tiendra pas longtemps s'il a la police sur le dos. Tristan culpabilise, s'en veut d'avoir lâché les chiens contre Iris. Si cet idiot de Striker est condamné pour tentative de viol, ça jettera le discrédit sur les ultra incels. Il appelle Luc Bortes, lui expose les faits, demande conseil.

– Tu n'aurais pas dû les impliquer, lui répond le politicien. À partir de maintenant, il faut tenir les extrémistes du mouvement à l'écart.

– J'ai été négligent. Je ne pensais pas que ça prendrait de telles proportions.

– Ne sois pas si dur avec toi-même. On ne sait pas ce qui s'est passé. Il est fort possible que cette Iris ait tout inventé pour se venger. Prétexter une agression sexuelle, c'est un classique chez les filles comme elle. Au besoin, on discréditera son témoignage. On tournera l'événement à notre avantage.

– Mais s'ils l'ont vraiment fait ? S'il y a des preuves formelles de la tentative de viol ?

– Tu as les coordonnées de cette fille ! Raconte-lui que la police est venue t'interroger, que tu n'es pour rien dans cette affaire. Dédouane-toi ! Condamne cette odieuse agression, dis-lui que tu espères qu'elle tient le coup.

Tristan raccroche. Sur Facebook, Luc Bortes vient de partager un nouveau papier : une tribune dans le magazine *Causeur* où il accuse le néo-féminisme de réécrire l'histoire, rappelle qu'en son nom on supprime des mots du dictionnaire, tels que le charmant « demoiselle », et que des artistes, dont les œuvres font la fierté de la France, se retrouvent boycottés, les paroles de leurs chansons réécrites, leurs films contextualisés, comme pour mieux les stigmatiser, leurs tableaux floutés sur les réseaux sociaux, comme pour les effacer des mémoires. Tristan lui reconnaît une belle aisance à l'écrit. Sous son article, on peut lire des réactions qui n'ont rien à voir avec le fond du papier, comme « ces mal-baisées devraient coucher avec des Incels, on réglerait deux problèmes à la fois ». Ou encore « les féministes braillent qu'elles sont toutes belles, mais chialent quand on mate leur corps. *Body positive* de mes deux. »

En écrivant son message pour Iris, Tristan réalise qu'il n'a pas besoin de se forcer ou de mentir. Il est vraiment inquiet pour elle, soucieux qu'elle sache qu'il n'aurait jamais fait ça. Contrairement aux mails qu'il lui a envoyés sous pseudonyme, il la vouvoie, fait preuve de sincérité – sans avouer pour autant qu'il a balancé son adresse à Striker et ses acolytes –, présente des excuses pour avoir piraté ses comptes, admet avoir dépassé les bornes. Il conclut : « Je me bats pour le droit au bonheur des pauvres types comme moi, pas pour le malheur des femmes comme vous. Je ne cautionnerai jamais les agressions sexuelles, je suis désolé de ce qu'il vous arrive. » Il ne parle pas de son agression au conditionnel, mais comme d'un fait établi. Souffre-douleur depuis ses dix ans, il respecte la parole des victimes.

L'air se rafraîchit légèrement ; ce n'est plus si courant. À la fenêtre, il s'allume une clope, imagine la réaction d'Iris à la lecture de son message : soit elle le jugera hypocrite et manipulateur, soit elle le trouvera d'une naïveté confondante. Dans tous les cas, elle le transférera à ses amis. Simon voudra à nouveau lui péter la gueule, Kahina dira que ses excuses ne sont pas recevables. Ça ne l'attriste pas. Il a la peau dure, sait encaisser les moqueries. À force de ne jamais dire les bons mots au bon moment, il s'attend toujours aux pires réactions.

Son téléphone vibre. Iris lui a répondu. Il ouvre le mail, avec une pointe d'anxiété, craignant une fois de plus d'être rejeté : « Merci pour ton message (après tout ce qu'il s'est passé, je propose que l'on se tutoie). J'ai eu le commissaire Mille au téléphone. Il confirme que tu n'étais pas chez moi vendredi dernier. Serais-tu libre pour un café ? Il faut sortir de cette situation, crever l'abcès. Vendredi, 18 heures au Planète Mars, rue de la Folie-Méricourt ? »

Il sent venir le piège. Mais que risque-t-il ? De nouveaux coups ? Il tape : « Tu as raison. Parfait pour vendredi. » Un sourire se dessine sur son visage. Même si c'est pour se faire insulter, ce sera la première fois qu'il prendra un verre avec une si jolie fille.

Simon de Christo

L'ouïe et l'esprit

Jeudi 14 mai. Ce matin, je suis retourné voir le docteur Ohresser. Ses avertissements m'ont mis plus bas que terre. Ne connaissant pas l'origine de l'acouphène et ce qui pourrait aggraver mon état, elle m'a dissuadé d'assister à des concerts en électrique pour le restant de mes jours, y compris en me protégeant avec des bouchons d'oreilles ou des filtres sonores. Depuis des années, je passe mes soirées en concert. Se fondre dans la masse, apprivoiser les cris et le rythme, vibrer en soi, par résonnance avec autrui, sans perdre son individualité : seuls les concerts peuvent générer ces moments de transe quasi mystique, ces grandes messes spirituelles où l'on se reconnecte au collectif. Comment vais-je annoncer à Yvan que je n'assisterai plus aux concerts de Significant Youth ? Mon frère me manque. Nous ne nous sommes pas vus depuis trois semaines. Il rentre de tournée ce soir, mais passera la soirée avec Kahina.

La tête collée à l'unité centrale, j'observe le peintre recouvrir, par couches successives, le mot « nazis » et la croix gammée qui ornent la porte de notre appartement. C'est comme s'ils avaient écrit « pédophile », ai-je pensé en la voyant la première fois : ils voulaient générer la suspicion chez nos voisins, nous faire passer pour des racistes et des antisémites. Mais la croix gammée pourrait aussi bien signifier que nous sommes une cible pour les nostalgiques du Troisième Reich, que nous appartenons à une « sous-race » à exterminer. Tout cela n'a aucun sens.

La police a appelé. Tristan Largile ne pouvait pas faire partie de l'expédition punitive contre nous. Il a un « alibi ». Dans la foulée, cette enflure a écrit à Iris pour minimiser son rôle. Il assure ses arrières, doit craindre des représailles. Peu importe qu'il ait été présent ou non, c'est lui le responsable. Il a révélé notre adresse, a fait de nous des cibles. Je revois sa gueule de fouine, son air vicieux. Il ne s'en tirera pas comme ça. Iris me dit de me calmer, qu'en tant que victime, c'est à elle de définir l'étendue de notre colère. « La vie a toujours été facile pour nous, dit-elle. On ne sait pas ce qu'on serait devenus si on avait été rejetés depuis l'adolescence. » Je vomis cette manière de tout expliquer, de tout rationaliser, de chercher des causes pour finalement trouver des excuses. Des milliers de gamins traversent pire que Tristan Largile sans devenir des masculinistes nauséabonds.

La peinture de la porte terminée, je quitte mon poste de travail, m'affale sur le canapé, où Iris me rejoint instantanément, posant sa tête sur mes genoux, laissant ma main lui caresser les cheveux. Depuis l'apparition de l'acouphène et la prise du Rivotril, je n'arrive plus à me concentrer. Mon rendez-vous ce matin à l'AERA n'a rien arrangé. Le télétravail n'aide pas non plus. Malgré le mal-être ressenti dans l'*open space*, j'ai envie de retourner dans les locaux de My French Réseau, retrouver mes collègues et ma productivité. En dépit de la maladie, ce projet dont je supervise l'architecture technique me tient toujours à cœur, peut-être encore plus ces dernières semaines, compte tenu des ravages provoqués par les ultra incels. Le concept de My French Réseau est de constituer un réseau social sécurisé requérant une connexion avec sa véritable identité, limitant la prolifération de ceux qui incitent à la haine, cachés aujourd'hui derrière leur anonymat – une idée également étudiée par l'Allemagne, la Suède et l'Estonie. Mon principal apport concerne le traitement des données des Français : plutôt qu'en extraire des profils de consommateurs à même d'être commercialement exploités comme le font Facebook et Twitter, il s'agirait de capitaliser un maximum de data pour en tirer des statistiques et des tendances, qui, traitées par des algorithmes, délivreraient des axes de gouvernance politique. Plus les citoyens déposeraient des données – financières, médicales, psychiques –, plus l'État pourrait déployer des politiques conformes aux besoins du pays, au moral des Français, piloter les consommations énergétiques, identifier les inégalités pour les réduire. Mais pour qu'un tel système fonctionne – c'est notre conviction avec Yvan –, il faudrait qu'il se fonde sur une réciprocité totale : si les gens donnent accès à leurs données pour améliorer le système, il faut que le gouvernement, en retour, expose l'usage qui en est fait et explicite les décisions qui en découlent. Un projet utopique, dont je suis l'un des piliers.

Je me penche vers Iris :

– Est-ce que tu comptes dénoncer publiquement ton agression sur les réseaux ?

– Non, j'ai porté plainte. Je vais laisser la justice faire son travail. Je me suis déjà trop exposée sous mon véritable nom.

– Ça permettrait de couper l'herbe sous le pied à ce Luc Bortes qui tente de récupérer le mouvement ultra incels et de rallier tous les mecs hétéros frustrés de France. Tu as lu son interview dans *Le Point* que je t'ai envoyée ? Il essaye de faire passer Tristan Largile pour un martyr.

– Je sais. Mais je ne suis pas Kahina. J'ai juste envie de me rouler en boule et qu'on m'oublie.

– Alors, on va les laisser occuper l'espace médiatique ?

– On va surtout laisser d'autres que nous en première ligne. Il faut qu'on se reconstruise. Regarde-toi ! Tu es bouffé par ton acouphène. Ta seule priorité devrait être d'aller mieux.

– Ce n'est pas ce que je fais ? Je suis allé voir tous les médecins possibles, je me shoote aux antiépileptiques, je dors collé à mon ordinateur. Qu'est-ce que je pourrais faire de plus ?

– Tu pourrais assister aux réunions thérapeutiques de mon amie Manon à destination des personnes souffrant de troubles auditifs.

– Se complaindre au milieu d'un groupe de soutien ? Non merci. Je déteste les gens qui s'écoutent parler, geignent à plusieurs. C'est indécent.

– Ce qui est indécent, c'est de t'apitoyer sur ton sort, sans tout tenter pour t'en sortir.

Je m'engage à écrire à Manon, pour avoir la paix. Iris se lève, vaque à ses occupations. Je reste immobile sur le canapé, seul avec le son, prêt à m'arracher les cheveux, à prendre un couteau pour me gratter le cerveau. Je veux faire mal à l'acouphène. Je sens monter une crise de panique. Des pensées sombres m'envahissent. Et si je ne m'en sortais pas ? Et si je n'arrivais pas à vivre avec ce son abominable ? L'acouphène se niche systématiquement entre moi et tous les plaisirs de la vie. Les discussions m'éreintent, les moments de détente passent pour des épreuves. Je n'arrive pas à lire. Mon cerveau me transmet une information qui n'existe pas. Je ne peux plus lui faire confiance, je me méfie de mes autres sens. Les couleurs que je vois, les odeurs que je perçois sont-elles encore réelles ou s'agit-il d'une autre invention ? L'acouphène est le grain de sable qui me révèle la fragilité de mes représentations du monde.

Yvan Langalter

Un monstre de prétention

Lorsqu'ils sortent de l'Eurostar, il espère trouver Kahina sur le quai, lui faisant la surprise d'être venue le chercher – leur matériel circule en camion. Il scrute la foule à l'arrivée, entraperçoit Nino, le compagnon de Gaspard, qui se précipite vers eux, rejoint timidement par un jeune homme d'une vingtaine d'années, subtilement excentrique, que Mei fréquente depuis quelques mois. Les membres de Significant Youth se disent au revoir en se prenant dans les bras, soudés comme au premier jour, fiers de leurs prestations. Yvan consulte son téléphone, vierge de nouveaux messages, hormis ceux de ses parents et de Simon lui souhaitant un bon retour. Il s'engouffre dans le métro, écrit à Kahina, lui dit qu'il rentre déposer ses affaires chez lui, veut savoir où ils se rejoignent. Vingt minutes plus tard, elle lui répond : « Comme tu veux. » Pris d'un mauvais pressentiment, il fait défiler ses précédents messages, retrouve son dernier « je t'aime ». Il date de trois jours. Cela le rassure. On n'arrête pas d'aimer quelqu'un en trois jours. « Je te rejoins chez toi, répond-il. Impatient de te voir. » Le trajet est pénible. Il se sent faible, fragilisé par la tournée, perturbé par l'agression d'Iris, anxieux à l'idée du concert du 13 juin.

Il tourne la clef dans la serrure de la porte de Kahina. Installée derrière son ordinateur portable, plongée dans des articles de la presse médicale spécialisée, elle le salue, sans se lever. Il reste planté là. Elle finit par abandonner son travail, dépose sur ses lèvres un baiser forcé, qui ne s'imprime pas sur sa peau. Elle porte des sandales à talons, une jupe anthracite plissée en voile et un débardeur blanc tout simple. Ses cheveux sont détachés, ses yeux discrètement maquillés. Elle se tient droite, irradiant la pièce de sa confiance en soi. Silencieuse, elle retourne à son ordinateur, sans lui prêter la moindre attention. Comme s'il n'était jamais parti. Comme s'ils avaient passé la journée ensemble.

Il pose délicatement ses mains sur ses épaules, lui demande comment ça va, sans évoquer l'étrangeté de la situation, l'anormalité de sa distance. Il applique les fondamentaux : ne jamais parler de leur couple, ne jamais créer une faille où elle pourrait s'engouffrer, lui dire que ça va mal, qu'elle ne veut plus de lui. Il lui propose quelque chose à boire : « Un verre de vin te détendrait. » Elle lui lance un regard mauvais. Elle déteste quand il l'incite à prendre de l'alcool, y voit un piège, une façon de la pousser à la faute. Jamais il ne la jugerait, pourtant. Il ne lui impose rien, réprouve les dogmes, bannit l'alcool pour conserver le contrôle, pour rester *focus* sur ses projets, sans en faire une doctrine.

Assis en tailleur sur le canapé, il écrit à son frère, prend des nouvelles d'Iris, appelle ses parents : la maison dans le Var est quasiment achevée. Si ça les tente, Kahina et lui pourront y passer quelques jours le mois prochain. Emporté par la perspective de vacances en amoureux où, déconnectés du monde, ils pourraient se ressourcer, Yvan lui annonce la bonne nouvelle, évoque le week-end des 21 et 22 juin, après la dernière date de Significant Youth à l'Absolute Club.

– Yvan, à quoi est-ce que tu joues ? lui répond Kahina en prenant place à ses côtés sur le canapé.

Il fait mine de ne pas comprendre, pose sa main sur la sienne, qu'elle retire aussitôt.

– Tu ne pourras pas éviter la discussion indéfiniment, poursuit-elle. J'attendais que tu prennes les devants, que tu me confrontes, mais tu es encore plus lâche que moi. Je pourrais ne plus t'adresser la parole, tu arriverais à te convaincre que tout va bien, que nous traversons une période difficile, qu'il suffit de serrer les dents et d'attendre que ça passe.

– Parce que ce serait le cas ! Notre couple peut te peser, sa normalité te décevoir, cela ne change rien au bien-fondé de notre histoire, au futur que nous construisons.

– Je n'ai pas la force de continuer. Rien ne m'excite dans le futur que tu évoques.

– C'est compliqué, le couple. C'est un rappel permanent à la banalité du quotidien, où l'on jongle avec la lassitude et l'usure. Il ne faut pas lâcher l'affaire pour autant.

– Yvan, ce n'est pas de cela qu'il s'agit. Je ne suis plus amoureuse de toi.

– Ne t'inquiète pas pour ça. On va identifier ce qui ne va pas, travailler au retour de tes sentiments.

Kahina soupire. Il veut la prendre dans ses bras. Elle le rejette. « Yvan, c'est fini. Je ne changerai pas d'avis. » Ces mots entendus dans tant de films, lus dans tant de livres, ont un côté irréel. Ils sont comme vidés de leur substance.

– Je t'aime comme personne d'autre ne t'aimera, dit-il en se levant. Je te laisse réfléchir. Rappelle-moi quand tu auras compris ce que tu perds.

Il prend son sac, claque la porte sans dire au revoir. Ne pas débattre, partir sur une phrase choc. Il ne veut pas savoir depuis quand sa décision est prise, ni les raisons de celle-ci. Il observe sa silhouette dans le miroir du hall d'entrée. Ses traits creusés, sa posture courbée, son corps sec, décharné malgré son entraînement physique : il se sent minable. « Comment ai-je pu croire que Kahina se contenterait d'un type comme moi, elle qui peut avoir le monde à ses pieds ? » Il a repoussé l'échéance, mais l'issue était inévitable. Il l'imagine déjà au bras d'un homme grand et baraqué, serein, sûr de lui, à même de la satisfaire sexuellement, ridiculisant les prestations médiocres du garçon cérébral et complexé qu'il est. Il tape dans le mur, écœuré par son orgueil, par l'arrogance avec laquelle il croyait mériter Kahina, comme si son soi-disant génie créatif et ses combats politiques avaient fait de lui un homme d'exception. Alors que les larmes s'apprêtent à couler, il appelle son frère.

Iris Velba

Les amis que l'on mérite

La veille, alors qu'ils dînaient, Simon est devenu fou. Entre deux bouchées, il a crié qu'il ne supportait plus ce son, qu'il allait s'arracher l'oreille. Il a pris son assiette à moitié pleine, l'a jetée au sol. Il s'est enfermé dans la salle de bains, la laissant finir son plat, ranger et nettoyer seule. Iris ne savait pas comment gérer la situation. L'appel d'Yvan l'a délivrée. Kahina venait de rompre, et Simon est parti dormir chez son frère, les nerfs à vif, répétant qu'il n'avait pas besoin de ça.

Il est 10 heures passées quand elle se réveille. Les genoux ramenés contre son buste, rongée par l'angoisse, son état aggravé par le comportement de Simon, Iris parcourt les trois messages reçus sur son mobile. « On a beaucoup parlé avec Yvan cette nuit, écrit Simon : Kahina, l'acouphène, mon interdiction d'assister à des concerts… Il va mal. Je vais passer la journée avec lui. Ce soir, je vais au truc de Manon. » Il ne prend pas de nouvelles d'Iris, ne lui présente pas d'excuses pour son comportement de la veille. Le second message est d'Yvan. Il lui demande d'intervenir auprès de Kahina, refuse de voir la vérité en face, invente des problèmes psychologiques à la fille qu'il aime : une incapacité à être heureuse, une noirceur qui la tire vers le bas. Dans le troisième texto, Kahina justifie sa décision : « J'ai joué le jeu aussi longtemps que possible. Mais je n'aime pas assez Yvan pour passer ma vie à ses côtés. » Iris lui propose un verre ce week-end avec Manon : elles ont besoin d'un moment entre filles.

La journée passe dans un état cotonneux. Vers 16 heures 30, Iris se prépare, s'habille selon ses envies, sans se préoccuper du contexte de la rencontre. Elle est contente d'avoir donné rendez-vous à Tristan au Planète Mars. Peu fréquenté en fin d'après-midi, dénué de terrasse, elle ne risque pas d'y croiser une connaissance.

Elle arrive volontairement avec quelques minutes de retard. Il est le seul client installé à une table. Les autres types présents sont debout, à proximité du comptoir, légèrement saouls, sous le regard méfiant d'Hakim, le patron, un grand barbu surnommé « l'Arabe du futur », qui se montre toujours cordial. Quand elle parvient à son niveau, Tristan se lève, ne sait pas s'il doit lui serrer la main ou garder ses distances, opte pour un mouvement réservé de la tête, sans dévoiler la moindre émotion. Il est comme en vidéo : balourd, maladroit, en léger surpoids, la peau si blanche que le moindre coup de sang la marque au fer rouge. Il porte un t-shirt ample, à col rond, de la marque Fred Perry. Iris s'assoit face à lui. Il n'a rien commandé, attendait qu'elle arrive. Elle fait signe au barman, lui demande deux pintes. Tristan Largile est déstabilisé. Elle veut brouiller ses repères, faire vaciller les cases dans lesquelles les ultra incels rangent les êtres humains. Elle n'a pas cherché à s'embellir, ne veut ni le séduire ni lui imposer sa beauté, mais prouver qu'elle n'est pas l'ennemie, que lui et ses comparses se battent contre des chimères. Elle lui raconte son agression, évoque son *burn-out*, sa difficulté à donner un sens à son quotidien. Il ne s'agit pas de comparer les souffrances, mais de souligner le faible apport de ses qualités physiques à son bonheur. Tristan n'est pas convaincu. « Facile de minimiser le rôle de l'apparence, quand ce n'est pas un motif de rejet », dit-il. Elle a ouvert une brèche cependant, le laisse se confier, raconter son parcours. Très vite, elle est prise à son propre jeu. Ce n'est pas un geignard. Il est lucide, cynique, drôle ; presque touchant, parfois.

Des rires proviennent du bar. Leur rendez-vous alimente la discussion, génère des railleries.

– Ne fais pas attention à eux, dit Tristan. À coup sûr, ils se demandent comment un type si moche peut boire un verre avec une fille si belle. Ils doivent s'imaginer que je suis riche, plaisanter sur la taille de mon sexe. Je ne les juge pas, je ferais pareil à leur place.

– Tu réalises que, dans le monde réel, des femmes et des hommes se fréquentent sans la moindre connotation sexuelle. Nous pourrions être collègues, amis, frère et sœur. Je ne sais pas pourquoi ils rigolent, mais ça n'a sans doute rien à voir avec ton physique.

Tristan plonge ses lèvres dans sa bière, le regard vide. Un des gars du bar se lève et, prenant la direction des toilettes, passe à leur niveau, chuchote à l'oreille de Tristan, lequel rougit instantanément. Le type parti, Iris lui demande ce qu'il a dit.

– C'est gênant, je préfère ne pas en parler.

– Gênant pour toi ou pour moi ?

– Pour nous deux, admet Tristan. Ça te conforterait dans l'idée que nous sommes des pauvres types.

– Je sais que vous êtes des pauvres types. Je ne suis pas venue pour changer d'avis. Alors ?

– Les types là-bas m'ont reconnu. Ils savent qui je suis, à savoir un ultra incel qui a décidé de s'exposer publiquement.

– Et ?

– Il m'a dit : « Vas-y Tristan, baise-la en notre nom à tous. »

– Tu crois que ça me choque ? Que je suis surprise ? Tu n'as pas idée du nombre de types qui chuchotent des insanités dans mon dos. Ne te sens pas gêné pour ça.

– Je suis désolé.

– Pourquoi, c'est exactement le genre de phrases que tu écris sur Internet, non ?

– Je ne suis pas désolé pour ce qu'il a dit. Je suis désolé parce qu'au fond de moi, c'est exactement ce que je pense. Que je devrais te baiser en leur nom à tous.

– Pardon ?

– Pas de méprise, je sais que ça n'arrivera pas. Jamais je ne forcerai une fille à coucher avec moi et jamais tu n'accepterais que je te touche. Pourtant, quand ce type m'a parlé à l'oreille, j'ai pensé qu'il avait raison. Que ce serait un juste retour des choses. Voilà le genre de garçon que je suis et je suis désolé pour ça.

Iris ne sait pas quoi répondre, se demande ce qu'elle fout ici. Elle a envie de comprendre comment on peut en arriver là, s'approprier ses souffrances, ses déconvenues, savoir à quel moment il a basculé et déterminer si elle pourrait le ramener du bon côté de la barrière.

– Si tes opinions à mon égard sont figées, que tu sais que je suis un pauvre type, pourquoi ce rendez-vous ? demande Tristan. Tu pensais que j'aurais une épiphanie ? Que d'un claquement de doigts, tu chamboulerais mes convictions ? Tu réalises à quel point c'est méprisant ? Comme s'il suffisait d'un sourire, d'un regard bienveillant pour faire disparaître des années d'humiliation. Comme si tout se résumait à mes traumatismes personnels, que ma haine n'était pas politique. Le problème, ce n'est pas moi et mon rapport aux femmes, Iris, mais l'injustice qui produit de manière systémique des laissés-pour-compte de la vie amoureuse.

L'espace d'un instant, Iris se dit qu'il a raison, qu'elle pourrait lui offrir plus qu'un sourire. Elle hésite à poser sa main sur la sienne, s'imagine le prendre dans ses bras. Il a beau jouer au dur, il chialerait comme un gosse si elle le serrait contre elle. Mais des flashs de l'agression lui reviennent. L'idée de toucher la chair d'autrui l'écœure. Elle baisse les yeux, respire, avoue qu'elle aurait aimé, sans trop y croire, provoquer un électrochoc, lui faire ouvrir les yeux.

– Une fille ne me fera jamais oublier ce que mes congénères subissent.

– Alors du coup, tu vas rester un connard toute ta vie ?

– J'en ai bien peur.

Le mélange de timidité et d'arrogance qu'il y a chez ce garçon la fait sourire.

Les interactions d'Iris avec les hommes ont toujours été biaisées, leurs discours amicaux peinant à masquer le désir. Elle sait l'effet qu'elle produit sur les corps, qu'on la drague par instinct, ou par « sens du devoir », comme lui avait dit un prétendant qui jugeait irresponsable de ne pas tenter sa chance avec elle. Hormis Yvan, son meilleur ami, rares sont les hétéros chez qui elle ne ressent pas un bouillonnement, inconscient ou assumé. Tristan fait partie de ces exceptions. Ses gestes ne traduisent aucune excitation. Résigné, il ne prend plus la peine de fantasmer sur les corps, si bien qu'Iris se sent, paradoxalement, plus en sécurité avec lui qu'avec tous ses anciens collègues.

Ils sont encore trois gars accoudés au comptoir à rire bruyamment. Quand Iris croise le regard d'un d'entre eux, il se met à simuler une fellation en la fixant droit dans les yeux. Elle se lève, décidée à le confronter, prête à frapper à l'entrejambe s'il le faut :

– Va te faire foutre connard !

– Oh, une sauvage ! rétorque-t-il. J'espère que tu sais rétracter tes crocs le moment venu.

– Je ne vais pas le répéter deux fois. Toi et tes potes, vous nous foutez la paix.

– Sinon quoi ? répond un de ses acolytes.

Iris rassemble ses forces. Elle doit garder le contrôle, maîtriser ses gestes, crier par conviction, sans se laisser submerger par la peur. Elle pourrait désamorcer la situation d'un trait d'humour, mais au point où elle en est, elle préfère se prendre une beigne que courber l'échine.

– Vous croyez que vous êtes les premiers tocards que je croise dans un bar ? crie-t-elle, en s'avançant vers eux.

– Tu devrais calmer ta pute avant qu'elle s'en prenne une, somme le troisième gars, en s'adressant à Tristan.

– Ce n'est pas ma pute, répond Tristan, incertain, avant de s'interposer entre elle et eux, comme si sa présence pouvait calmer le jeu.

Sa réaction surprend Iris. Tristan ne fait pas le poids, mais si ça dégénère il saura prendre des coups. La violence ne lui fait pas peur, il l'a déjà prouvé par le passé.

Les trois types font bloc, se rapprochent progressivement, animés par l'alcool et la bêtise, vociférant des insultes dénuées de sens. Ils sont stoppés net par Hakim, le patron des lieux, qui empoigne au col le premier d'entre eux, le soulève du sol. Le gars se débat, mais le quinquagénaire encaisse les coups sans broncher. Hakim est silencieux, serein, comme s'il accomplissait une corvée quotidienne, telle que sortir les poubelles ou étendre le linge. Il conduit l'importun jusqu'au pas-de-porte, le jette dehors. Ses compères restent bouche bée, paralysés. Ils quittent les lieux sans payer leurs consommations, piètre consolation pour leur orgueil blessé.

– Ce n'est pas la première fois que ces cons squattent mon bar, déclare Hakim. Espérons qu'ils n'y remettent plus les pieds. Je vous offre la tournée pour la peine.

Entre les verres qu'on ne lui paye pas et ceux qu'il offre, Iris se demande comment Hakim maintient son affaire à flot. Elle lui sourit d'un regard complice, dans lequel se niche sa reconnaissance. Tristan ne sait pas où se foutre, il a perdu sa morgue.

– Charmants, tes supporters, lui dit Iris. J'imagine qu'on a les fans qu'on mérite.

– T'aurais facilement pu les ignorer, répond-il en baissant les yeux. Ils étaient éméchés. Ils déconnaient entre potes. Rien d'agréable, mais rien de dramatique non plus.

– Ne prends plus jamais ma défense, tant que tu cautionneras le comportement des connards de ce genre.

– Est-ce que l'on pourra quand même se revoir ? demande Tristan.

– Je ne sais pas. Peut-être.

Simon de Christo

Le peuple Sourd

Je pénètre dans la faculté Xavier-Bichat, qui accueille les réunions hebdomadaires organisées par Manon. Un médecin des urgences ORL de l'hôpital Bichat a fait jouer son réseau pour lui dégotter une salle de classe, vide tous les vendredis soir. Une fois par semaine, l'Adile (Association Des Insurgés de L'Espace sonore), créée par Manon, propose des sessions aux Sourds – avec un « S » majuscule affirmant l'existence d'un peuple « Sourd » – et malentendants à mi-chemin entre le groupe de parole et l'atelier thérapeutique, pour celles et ceux qui se considèrent à tort comme handicapés. À intervalles réguliers, elle ouvre les portes à d'autres personnes souffrant de leur rapport à l'environnement sonore : acouphéniques, hyperacousiques, sonophobiques. Chacun y partage ses sensations, craintes de ne pas entendre, ou au contraire d'entendre trop.

Les couloirs sont froids, le calme qui y règne, insupportable. Des salles sont occupées, mais aucun bruit n'en sort. J'avance sans conviction, n'attends rien de cette réunion : vu l'impuissance des médecins, que puis-je espérer d'échanges avec d'autres malades, si ce n'est la confirmation de la gravité de mon état ? Mais je n'ai pas le choix. Je ne peux pas me résoudre à vivre ainsi. Je dois tout essayer, explorer chaque piste. Mon regard plonge dans les rares pièces aux portes entrouvertes. J'y aperçois alternativement des meubles vétustes et des installations modernes. Je prends à droite, à gauche, me perds, reviens sur mes pas, vois un type seul marcher d'un pas décidé, l'interpelle sans provoquer la moindre réaction, suis ce Sourd qui sait où il va, débarque dans une pièce où une dizaine de personnes, dont Manon, agitent les mains, s'esclaffent avec leurs corps. Pas de voix, pas d'altération de l'espace sonore. Je n'ai pas anticipé le silence qui règne ce soir. Au travail aujourd'hui, profitant de l'absence de mon unité centrale, l'acouphène m'a dévoré. De retour chez moi, je me suis collé à la machine pour y trouver du réconfort. Je regrette de ne pouvoir l'embarquer partout avec moi. Dans l'espoir d'en posséder un substitut, j'ai enregistré ses grondements, mais le *sample* obtenu ne provoque pas les effets escomptés. Pour une raison que je ne m'explique pas, la copie ne possède pas les vertus apaisantes du son originel. Néanmoins, la présence de ce substitut dans mon téléphone, à même d'être lancé à tout instant pour conjurer le silence d'une pièce, me rassure.

Des chaises sont disposées en cercle. Un thermos de café, des gobelets en carton et des gâteaux salés trônent sur une table au fond de la pièce. Manon m'aperçoit, quitte la discussion, m'embrasse comme si j'étais un bon copain. Une femme d'une quarantaine d'années l'accompagne : « Je m'appelle Alice, dit-elle en me serrant la main. Je suis interprète français/LSF et interviens dans ce groupe de soutien lorsque des entendants y participent. Manon vous souhaite la bienvenue. Elle est très heureuse que vous ayez franchi le pas. »

Je remercie, me montre chaleureux malgré l'acouphène qui me ronge. « L'absence de fond sonore te gêne ? » me demande Manon, par l'intermédiaire d'Alice. J'acquiesce. Elle sourit, sort d'un sac une enceinte portable, la branche sur le secteur et, via son mobile, lance une plage de bruit blanc dans laquelle je peux momentanément me réfugier, m'offrant un bref repos dans ma partie de cache-cache avec l'acouphène. Cette attention m'ébranle. C'est la première fois depuis l'apparition du sifflement que l'on adapte l'environnement à ma condition. Manon m'explique que les entendants modérés – elle désigne ainsi ceux qui n'entendent ni trop ni pas assez – créent des espaces sonores et visuels à leur convenance, où ils se sentent bien et en sécurité, et que nous devons en faire de même. « Les Sourds sont les mieux placés pour comprendre la difficulté à vivre dans une société qui n'a pas conscience des handicaps invisibles, me dit-elle. Beaucoup d'acouphéniques ont trouvé du réconfort à nos côtés. » J'acquiesce, sans montrer que je me fous du réconfort, que je ne cherche que la guérison.

Les gens s'installent, une tasse de café à la main. La moitié des personnes présentes ce soir sont des nouveaux venus. Nous sommes deux acouphéniques : moi et une jeune femme de 25 ans qui a passé trop de temps dans des clubs, se fichant des consignes de sécurité relatives au volume sonore. Manon prend la parole, explique la genèse de l'Adile, son fonctionnement, ses ambitions, puis nous raconte son histoire : la perte de son audition, la volonté du corps médical de la maintenir dans l'oralité, la bienveillance de ses parents, son apprentissage de la LSF avec des enseignants eux-mêmes sourds grâce à l'association Deux langues pour une éducation, le soutien d'Iris, son retour à la vie. Elle connaît sa chance. Son enfance ne s'est pas résumée à un combat pour rester dans le monde des entendants, à une succession de séances chez l'orthophoniste, de cours de lecture labiale. Elle a eu une scolarité classique, la LSF permettant, comme n'importe quelle langue, d'enseigner l'écriture, les mathématiques, l'histoire-géographie. Je n'avais jamais observé Manon en train de parler. Avant l'acouphène, je ne lui prêtais aucune attention. La musique constituait mon principal prisme de lecture du monde. J'ignorais celles et ceux chez qui elle ne pouvait jouer aucun rôle. Manon avait beau être la meilleure amie d'Iris, elle restait invisible à mes yeux. Là, dans son élément, je lui découvre une personnalité que je n'imaginais pas. Elle est vive, combative, animée par l'importance des enjeux, mais aussi par le plaisir d'être parmi les siens. Je réalise combien la LSF est belle. Manon signe avec grâce. L'expressivité du visage et les gestes chorégraphiés donnent une dimension esthétique aux échanges qui n'existent pas dans le langage oral. Je ne me sens pas à l'aise pour autant. L'acouphène rugit, domine le bruit blanc. Je reste concentré, ne quitte pas Manon des yeux, tente de me déconnecter de moi-même.

Le tour de table débute. Les nouveaux venus exposent leur parcours. Paul, un quinquagénaire, agent d'assurances, raconte son quotidien avant la découverte de la LSF. Ses parents, obsédés par son intégration au monde des entendants, lui avaient payé des implants cochléaires. On le poussait à oraliser, à écouter les gens et à compléter le sens en lisant sur les lèvres. Chaque échange avec un humain était une énigme à décoder. Il n'y avait pas de place pour les émotions, l'humour, la spontanéité et la réflexion. Il a grandi dans la frustration et l'isolement, se couchant chaque jour épuisé par les efforts fournis pour interagir avec le monde. Aujourd'hui, il reste traumatisé, ne fréquente plus que des Sourds et des malentendants. Lisa, une jeune fille de 18 ans, prend sa suite : « J'ai fait toute ma scolarité dans les établissements à proximité de chez nous, et non dans une école spécialisée. Mes parents pensaient que, noyée dans la masse, j'apprendrais à lire sur les lèvres et à former des mots avec ma bouche. J'ai tout de suite été cataloguée comme différente. Les autres élèves, bienveillants ou non, ne s'adressaient à moi qu'à travers des mots, jamais des phrases, comme s'ils causaient à une étrangère qui parlait une autre langue, ou plutôt à une handicapée mentale incapable de comprendre des structures complexes.

Jusqu'à mes 11 ans, je n'ai jamais entendu parler de la LSF. Je ne savais même pas que mon peuple avait une langue. Il a fallu attendre l'année dernière pour que mes parents acceptent qu'on me l'enseigne. Depuis, j'essaye de rattraper mon retard scolaire et de me construire un avenir. »

Face à la complexité des discours entendus, je m'imagine que l'interprète densifie le propos. Je n'arrive pas à croire que ces gestes portent autant de sens. Profitant de la pause, je m'approche d'Alice, lui demande si elle surinterprète. Elle rigole, me dit qu'on lui pose souvent la question, mais que la LSF est aussi riche que les autres langues. « Et puis, je suis trop focalisée sur la traduction instantanée pour enrichir le propos », affirme-t-elle. C'est tout un monde que je découvre. Un monde de souffrance, empli de nouvelles oppressions, de nouveaux combats. Manon accaparée par les participants, je retourne à ma place, ne me mélange pas au groupe.

La séance reprend. Manon questionne les personnes, oriente leurs témoignages, compatit sans jamais tomber dans la théâtralité, propose des actions concrètes pour être en paix avec l'environnement sonore. Tous ces gens travaillent sur leurs perceptions pour rendre le monde vivable. Je devrais faire pareil, mais par où commencer ? Je les envie presque. Ils ont accès au silence, même s'ils ne connaissent que lui, alors que j'en suis privé. Mon frère m'envoie des messages, fait mine de s'intéresser à ce que je fais alors qu'il crève de l'absence de Kahina. Il a reçu un message d'elle : nul espoir qu'elle revienne sur sa décision, elle voulait juste savoir quand récupérer ses affaires, si possible à un moment où il ne serait pas là. Yvan ne sait pas comment gérer la situation. Il est démuni. Nos parents vont venir le chercher. Il passera le week-end chez eux.

La jeune femme acouphénique prend la parole. Elle s'appelle Selma. Son regard alterne entre Manon et moi, comme si nous étions les seuls à pouvoir lui apporter des réponses. Ne devine-t-elle pas que je suis encore plus paumé qu'elle ? Le son l'obsède, ne lui laisse aucun moment de répit, l'empêche de dormir, de profiter d'un moment de détente, gâche tout. « Je ne peux plus regarder une série, écouter un podcast, sans qu'il s'y superpose, dit-elle. Je n'arrive plus à travailler, à faire l'amour, à me projeter dans le futur. Je ne peux pas vivre comme ça. J'ai des pensées noires, je suis à bout. Il faut que quelqu'un m'aide. » Elle fond en larmes, je baisse les yeux, prends sur moi pour ne pas quitter les lieux. Je ne suis pas venu écouter les jérémiades des autres, les laisser me tirer vers le bas, avec leur envie de mourir. Manon la console, dit qu'elle doit apprivoiser le son, rationaliser son importance, en faire une information parmi tant d'autres. Elle parle d'un long travail sur soi, dissuade la fille de s'orienter vers les implants pour soigner ses acouphènes. « Vouloir guérir, c'est se considérer comme malade », conclut-elle, avant de me demander si je veux partager mon histoire. Mais je n'ai rien à ajouter. La fille a déjà tout dit.

Il est 22 heures quand la salle se vide. Je voudrais parler à Manon, la remercier pour ses mots, lui dire combien elle m'a impressionné, me faire pardonner de l'avoir si longtemps dénigrée. Mais passer par l'interprète limiterait la portée de mes mots, en gâcherait l'intimité. Je lui écrirai un mail. Via l'interprète, Manon me propose de poursuivre la soirée dans un bar avec les membres de l'association. Je décline, lui dis juste que j'espère la revoir bientôt.

De retour chez moi, Iris veut savoir comment s'est passée la soirée. Je lui réponds que c'était inattendu, que ces gens me comprennent, qu'ils peuvent m'accompagner dans mon combat contre l'acouphène. Elle sourit, me dit qu'elle en était sûre. Je lui demande si elle peut m'enseigner les bases de la LSF.

Iris a envie de faire l'amour. Le sexe est la dernière de mes préoccupations. Si j'ai réussi à m'en passer pendant des semaines, je pourrais probablement m'en passer toute ma vie. Je m'endors en pensant à Manon, à son énergie, à sa prévenance.

Tristan Largile

Amour, famille, sexe

En présence d'Iris, Tristan a su se contenir, la désexualiser, mais maintenant, seul dans sa chambre, la frustration l'accable. Il ne s'attendait pas à la trouver charmante, touchante, pleine d'esprit et de personnalité. La découvrir si parfaite, à la fois physiquement et intellectuellement, décuple sa rage. Il se sent terriblement attiré par elle, prie pour ne pas tomber amoureux. S'enticher d'une « 9 sur 10 », alors qu'il n'arrive déjà pas à séduire des « 5 sur 10 » : pathétique. Sans parler qu'il s'agit de la compagne de son pire ennemi. Incapable de se raisonner, il lui envoie un mail : « Désolé pour tout à l'heure. J'aurais aimé que ça finisse autrement. Mais j'étais sincère quand je disais espérer te revoir. Serais-tu libre mardi prochain ? »

Il sent son sexe durcir, s'installe dans son lit avec son ordinateur, lance un porno, se masturbe fort et vite. Il éjacule, recommence, jouit à nouveau, réitère. Il veut se débarrasser de son désir, détruire son attirance pour ces femmes qu'il n'aura jamais.

Alors qu'il sombre enfin dans le sommeil, son téléphone vibre. Un nouveau message est arrivé dans sa boîte de réception. C'est Iris. Elle lui répond : « D'accord. Avec plaisir. » Pour une raison qu'il ignore, Iris l'aime bien. Il commence à se monter la tête.

*

Les jours suivants, Iris ne quitte pas ses pensées. Tristan se sent sale, a l'impression de trahir la cause ultra incel. Que dira-t-on si l'on apprend qu'il fraternise avec l'adversaire ? Il craint surtout qu'Iris se moque de lui, qu'il s'agisse d'un piège. Les rares personnes qui lui ont témoigné de l'affection l'ont toujours fait par intérêt, ou pour se foutre de sa gueule. Dans le cas d'Iris, c'est peut-être les deux à la fois.

Il traîne sans conviction sur Overluces. Non pas parce que sa colère a disparu, mais parce qu'il se sent inutile, incapable de faire bouger les lignes. Les messages d'insulte le lassent. Il faut arrêter ces enfantillages, s'organiser, faire entendre leur voix.

Le lundi, il retrouve Luc Bortes dans un café. Le concert de Significant Youth à l'Absolute Club aura lieu le mois prochain. Les ultra incels veulent marquer le coup, débarquer en force au concert, manifester à l'intérieur même de celui-ci. Pas de violence, juste des sifflets et des slogans chantés en chœur, crier pour agacer le groupe, lui faire poser ses instruments, lui passer l'envie de se foutre de leur gueule, et toujours sensibiliser l'opinion publique à leur mal-être. Ils seront une cinquantaine à se fondre dans le public neo straight edge. Il faut s'assurer que tous suivront les consignes, réciteront le même texte. Après moult discussions, animées par Scot Buerl et Mialek, ils se sont arrêtés sur « Amour, famille, sexe : on a tous droit au bonheur ». Bortes préviendra les journalistes de son réseau. Lui et Tristan attendront dans une voiture garée quelques mètres plus loin. Sébastien Mille, le petit père la morale de la police française, ayant mis le nez dans leurs affaires, ils sont persuadés que des flics assureront la sécurité. Ils seront incapables d'identifier les ultra incels à l'entrée du concert, mais pratiqueront une évacuation musclée dès qu'ils foutront le bordel. C'est à ce moment qu'interviendra Tristan, soutenu par Luc. Il sera là pour s'exprimer devant les caméras. Expliquer les raisons de cette manifestation, dénoncer l'idéologie des neo straight edge, leur extrémisme politique, leur haine de la culture française – le vin, la viande, la drague, le romantisme. Il faut mettre en garde le peuple contre leur pouvoir de nuisance, surtout auprès des jeunes générations. Aujourd'hui, les neo straight edge vilipendent la « masculinité toxique », demain, ils valoriseront les familles sans père.

Tristan récite son discours. Luc Bortes lui dit qu'il est prêt. Il se sent rassuré. Une seule inquiétude persiste : sur Overluces, Striker a annoncé qu'il préparait un gros coup, refusant d'en dire plus. Tristan espère qu'il ne va pas faire tout foirer.

*

C'est à nouveau Iris qui a choisi le point de rencontre : le Mellotron, un bar de la rue Beaurepaire. « Un des rares lieux parisiens où la programmation musicale est irréprochable », lui apprend-elle. Tristan est déçu. Il pensait qu'elle lui donnerait rendez-vous dans un endroit romantique, sans réussir à déterminer quel type de lieu correspondrait à ce critère. Il se remémore les comédies à l'eau de rose qu'il a pu voir. Les amoureux y vont au cinéma, visitent des expositions, se retrouvent dans des parcs, parfois dans des zoos. Tout cela lui paraît ringard ou inapproprié. Mais qu'y connaît-il, lui qui ne fait jamais de *date*, ne sait rien des codes de la drague ? Peut-être qu'elle a raison, qu'un bar est la meilleure option. Au moins peut-on y consommer de l'alcool.

Il l'attend dehors, à l'ombre du store qui protège deux petites tables rondes. Il la voit arriver, magnifique, une actrice de cinéma. Il l'enlace maladroitement. Son geste la surprend, mais elle ne le repousse pas. Elle est détendue, en confiance.

Contrairement à la première fois, elle ne le prend pas de haut, ne le considère pas comme un ennemi. Ils s'installent, commandent deux Martini blancs avec des glaçons.

– Est-ce que les ultra incels vont se pointer à l'Absolute Club ? lui demande-t-elle, alors qu'ils trinquent aux amitiés improbables.

– C'est pour cela que tu voulais me revoir ?

– Je suis ici parce que j'en avais envie. Tu n'es pas obligé de répondre à la question. Peu importe ce que tu diras, nous resterons sur nos gardes.

– Je ne peux pas parler au nom de la communauté. Te fréquenter n'amoindrit pas mon engagement auprès des ultra incels, mais je te promets que je ne ferai rien qui puisse te blesser.

Il essaye de la faire rire, a remarqué qu'elle appréciait l'autodérision. Plutôt que de parler des compétences qu'il n'a pas, il se moque de ses échecs, de son physique. S'amuse de sa naïveté quand elle se faisait passer pour Aldana et le menait en bateau. Elle sourit, rentre dans son jeu. Il se sent en pleine possession de ses moyens. Il ne savait pas qu'il pouvait être si drôle.

Il fait chaud. Des perles de sueur glissent le long de son cou, imbibent son col. Il déboutonne le haut de sa chemise, dont il a relevé les manches. La croix métallique, qu'il porte au cou, apparaît.

– Tu es catholique ? lui demande Iris.

– Ma mère est athée et je n'ai reçu aucune éducation religieuse. Je ne crois en rien. Je n'ai pas la foi. Mais j'apprécie les valeurs chrétiennes : la famille, le courage, le sens des responsabilités. C'est surtout l'objet que j'aime. Les différents métaux qui composent la croix. Sa robustesse acquise par l'assemblage de plusieurs matières. Ça me rassure de la savoir en permanence accrochée à mon cou.

– Je ne juge pas. Moi aussi, je me sens enhardie par mon look neo straight edge, confortée dans mes valeurs.

À la mention du terme neo straight edge, mouvement qu'il méprise depuis si longtemps, rien ne se produit dans le cœur de Tristan Largile. Il ne tique pas, ne laisse aucun ressentiment traverser sa chair. Son visage est apaisé.

– Que se passe-t-il ? demande Iris. Tu es bien souriant.

– Je peux te dire un truc ridicule ? Je crois que tu me donnes envie de devenir une meilleure personne.

*

Tristan regrette de ne pas l'avoir embrassée quand ils se sont dit au revoir. Les signaux étaient au vert, mais il n'a pas osé. Ce n'est pas grave. Il a tout son temps. Ils ont déjà prévu de se revoir. La prochaine fois, il n'hésitera pas.

Une confiance inattendue l'habite. Il n'a pas beaucoup d'expérience, mais sait qu'il se passe quelque chose de profond et de vrai entre Iris et lui. Il ne se projette pas dans les baisers et les caresses, mais jubile à l'idée d'annoncer à ses amis qu'il a réussi à séduire une femme, et pas n'importe laquelle, l'une des plus belles qui soient : Iris Velba. Il imagine montrer la voie aux ultra incels, prouver qu'on peut les aimer pour ce qu'ils sont s'ils sortent de leur torpeur. Il se doute qu'elle ne quittera pas Simon de Christo. Mais devenir son amant : quelle douce idée.

Il prend le RER B jusqu'à Bagneux, arrive avant la fermeture des magasins, achète des fleurs, un joli bouquet de tulipes. Il dîne avec sa mère au moins une fois par semaine, chacun émoussant la solitude de l'autre. Alors que sa mère place les fleurs dans un vase, lui dit qu'elle a préparé une quiche au saumon avec de la salade, Tristan ne peut s'empêcher de lui dire : « Maman, je crois que j'ai rencontré quelqu'un. »

Simon de Christo

Assainissement de l'espace public

Je frotte énergiquement mes mains avec du savon. Le sang séché s'écoule dans le lavabo, laissant des traces rouge pâle.

Quelques heures plus tôt, j'ai vu une notification apparaître sur l'écran verrouillé du téléphone d'Iris. Je ne pouvais lire le contenu du mail, seulement son expéditeur : Tristan Largile. Iris a occulté la réception de ce message et, à 16 h 30, m'a dit qu'elle allait boire un verre avec Manon. Elle mentait, et j'ai réalisé qu'elle voyait Largile en cachette. J'avais encore du travail, un dossier technique à instruire, mais j'ai décidé de la suivre. Elle a rejoint le métro Rue Saint-Maur sans jamais se retourner. Sur le quai, elle a attendu la prochaine rame, la tête penchée sur son téléphone, inattentive au monde extérieur. À quelques mètres de là, j'observais la scène. Trois types, situés à différents emplacements, avaient les yeux rivés sur ses fesses : un vieux, un père de famille et une simili-racaille avec une casquette rouge arborant l'écusson du PSG. Je marche toujours aux côtés d'Iris, oubliant les regards qui se posent sur elle. Échaudé par le spectre de la tromperie, j'avais envie de claquer un à un ces hommes qui reluquaient ma compagne. Iris m'appartient. Ils n'ont pas ce droit.

J'ai sauté dans un wagon différent de celui où est montée Iris, jetant un coup d'œil sur le quai à chaque arrêt pour m'assurer de descendre au bon moment. Elle s'est arrêtée à République, à deux stations de chez nous. Quelques minutes plus tard, devant le Mellotron, un bar où j'avais mes habitudes à l'époque où je buvais, j'ai vu Tristan Largile la prendre dans ses bras. L'acouphène me vrillait la tête, me disait d'agir, de crever les yeux de Largile et de saisir cette pute à la gorge.

Je n'aime plus Iris. Il y avait ici matière à se séparer sans discussion possible. J'aurais pu saisir l'opportunité, passer pour la victime, le gentil garçon abandonné, trahi par sa bien-aimée. Mais l'idée qu'elle fricote avec Tristan Largile, le démon qui a enchâssé l'acouphène dans mon crâne, m'était insupportable. Prenant sur moi, j'ai tourné les talons, choqué par le choix d'Iris, m'inquiétant de sa santé mentale, tant l'attirance pour un être comme Largile dépasse les limites de l'entendement.

Enragé, j'ai aperçu le type à la casquette qui, sur le quai Rue Saint-Maur, s'était rincé l'œil sur le cul d'Iris. L'acouphène me lançait, mes jambes flageolaient, mon corps était au bord de l'implosion. Je l'ai suivi, sans idée précise en tête. Quand il a tourné dans une ruelle déserte, je me suis positionné derrière lui et l'ai sèchement poussé vers l'avant, le faisant tomber à genoux dans un grotesque cri de surprise. « Ça te fait bander de mater ma copine ? » Le type s'est appuyé sur ses mains pour se remettre debout, a pris une posture défensive, son visage exprimant à la fois la fureur et l'angoisse. Reluquer des filles dans la rue devait être son passe-temps favori. Il m'a poussé en retour. « Qu'est-ce que tu me veux, connard ? » Il n'était pas très baraqué. Quelque chose a lâché dans mon esprit. Je n'avais plus la maîtrise de mes gestes. Une pluie de coups de poing s'est abattue sur le type. Du sang giclait de sa bouche. Je suis rentré chez moi les mains dans les poches, provisoirement soulagé.

13/06/25

Xiu Cixin – ***16 h 45***

Ce soir, Significant Youth joue à l'Absolute Club, dernière étape d'une longue tournée qui a confirmé la puissance sur scène des chansons de *The Fall of the Blind Wall*, leur dernier disque, considéré comme l'un des monuments hardcore de l'année. Xiu se sent épuisée : les déplacements en bus, les nuits trop courtes, les tensions inhérentes à la promiscuité, la peur des ultra incels, cette nuit que sa sœur, Yvan et Gaspard ont passée en garde à vue. Sans parler du vide affectif qui lui pèse, d'autant plus maintenant que Mei est en couple. Ce soir, elle puisera dans ses dernières forces, enverra des riffs furieux avant de s'écrouler dans son lit.

Yvan donne le change. Lui aussi est à deux doigts de craquer. Il n'est plus que l'ombre de lui-même depuis que Kahina l'a quitté. Il restera professionnel, s'assurera que le public en ait pour son argent. Car être un bon groupe, c'est avant tout assurer le show contre vents et marées.

Lorsque Xiu pénètre dans la salle, un sentiment de fierté s'empare d'elle. C'est la première fois qu'elle vient ici pour monter sur scène, et non en tant que spectatrice. L'Absolute Club est une salle mythique, qui a vu jouer les plus grands. Elle n'a rien perdu de sa superbe depuis son rachat par la marque de vodka Absolute. Les travaux de modernisation ont même renforcé son aura. Les puristes pourraient reprocher au groupe de jouer dans une salle si luxueuse, mais Xiu se fiche de leur avis. Elle a travaillé dur pour en arriver là, et savoure pour une fois son prestige.

Au sol, un parquet en chêne massif, composé de grandes dalles de cinq lames, confère au lieu un cachet authentique, renforcé par six lustres en bronze et en cristal illuminant la fosse d'une lumière tamisée qui s'évanouit dès que la musique retentit. La charpente métallique apparente offre au lieu une touche contemporaine, que ne dément pas le bar, longeant la partie gauche de la salle, dont le comptoir en granit noir s'étend sur près de dix mètres. La scène se dresse au fond, et de part et d'autre de la salle, deux grands escaliers métalliques industriels desservent la mezzanine de 250 places, située à cinq mètres de hauteur, où le public peut profiter du spectacle avec une visibilité optimale, protégé du vide par de somptueux garde-corps en fer forgé. Au regret de Xiu, le premier étage sera interdit au public ce soir : malgré son succès, Significant Youth n'a pas réussi à remplir la salle. Celle-ci sera dans une configuration réduite, à même de concentrer les gens dans la fosse, donnant l'illusion d'un concert à guichets fermés.

Un jeune homme en chemise blanche, portant un casque audio autour du cou, les invite à le suivre. Xiu, excitée par la situation, prend la main de sa sœur et la serre fort. « C'est notre tour », lui dit-elle. Ils montent sur la scène, pénètrent dans les coulisses. Un couloir aux murs gris anthracite vierges de toute décoration dessert la loge, une belle pièce d'une cinquantaine de mètres carrés, coupée du monde par une porte massive, abritant deux larges canapés rouges, des poufs, un frigo, des miroirs entourés de spots lumineux. « En empruntant l'escalier au fond du couloir, leur dit le garçon, vous arrivez directement sur la parcelle du balcon réservée aux

VIP. » Gaspard s'affale sur l'un des canapés. Xiu s'assoit à ses côtés. Le jeune homme lui propose un café qu'elle accepte avec plaisir.

Vingt minutes plus tard, les balances commencent. Le groupe est soudé. Le trio basse-batterie-guitare sonne équilibré, à même de délivrer toute sa puissance. Tout va bien se passer. Xiu n'a qu'une inquiétude : que les ultra incels foutent la merde.

Octave Malot – *17 h 50*

Malgré les inquiétudes de Sébastien Mille, Octave Malot est confiant pour ce soir. Il n'est pas spécialiste des ultra incels, mais imagine mal ces blancs-becs jouer aux gros bras. Il y a bien le cas Tristan Largile et cette histoire de tentative de viol, mais globalement il s'agit de lâches cachés derrière leur ordinateur. « On n'est pas chez les skinheads, ou alors chez les skinheads puceaux », a-t-il rigolé avec ses collègues. Afin qu'on ne puisse rien lui reprocher et pour suivre les recommandations de Sébastien Mille, il a prévu un dispositif policier avec une demi-douzaine d'agents qui contrôleront les entrées et s'assureront du bon déroulement de la soirée.

Gaspard Lalande – *18 h 15*

Les balances terminées, Gaspard retourne dans la loge. Nino, son compagnon, l'attend, un soda dans une main, son mobile dans l'autre, faisant défiler mollement son flux Twitter.

– Je ne savais pas que tu étais arrivé.

– Je n'ai pas voulu te déranger pendant les balances, répond Nino. Tu sais qu'en plus de la sécurité, il y a des flics qui fouillent les gens à l'entrée ?

– Oui. On ne veut pas que les ultra incels viennent gâcher la fête. Tu as vu les autres ?

– J'ai juste croisé le mec de Mei. Il est dans la fosse avec des amis arrivés en avance. Simon et Iris ne sont pas encore là.

– Simon n'assistera pas au concert de toute façon, précise Gaspard. Son acouphène le fait énormément souffrir. Les médecins lui ont conseillé de ne plus s'exposer au son.

– Mais il vient quand même ?

– Oui, il veut être là pour nous soutenir. J'imagine qu'il restera dans la loge pendant le show.

– C'est dingue cette histoire. Les batteurs ont des acouphènes et ça ne les empêche pas de jouer, alors de là à ne plus assister du tout à des concerts…

– On ne peut pas imaginer ce qu'il ressent. Il y a différents types d'acouphènes. Une fréquence différente, une intensité supérieure, et le supportable devient insupportable.

Tout le monde sera là ce soir : leurs proches, leurs fans, la presse musicale. Le concert sera filmé. Ils n'ont pas le droit à l'erreur. Le reste de la bande arrive au fur et à mesure. La loge accueille bientôt une réunion familiale où les membres de Spoliation, duo punk noise qui assurera la première partie, jouent le rôle des petits-cousins.

Yoav Radur – ***18 h 45***

L'*open space* se vide. Yoav ne pensait pas y arriver, mais il est à jour dans son travail. Il a envoyé à sa boss une première version de la note pour le comité stratégique mensuel, traité l'intégralité de ses mails urgents, finalisé l'étude de marché sur la reconnaissance faciale 3D. Il clôture sa session, enfile sa veste. Malgré la chaleur, il porte le costume tous les jours, moins par respect des normes et traditions professionnelles que parce qu'il aime ça. Se fixer ses propres règles est ce qu'il retient de sa jeunesse punk. Il ne compte plus le nombre de fois où il a vu Significant Youth sur scène. Il était là quand

Gaspard a rencontré Yvan, a assisté aux premières répètes, a été leur premier public. Quel chemin aurait suivi le groupe si Simon et lui n'avaient pas été là pour les aider à différencier le passable de l'excitant ?

Il est 19 h 15 quand Yoav arrive à l'Absolute Club. Il passe sans encombre le dispositif de sécurité. La salle est bondée. Il croise quelques têtes connues, mais, comme à son habitude, ne s'attarde pas. Il n'est pas là pour faire la discussion. Il se dirige vers le bar, commande une eau gazeuse. Il n'adhère pas à cette connerie de ne pas boire d'alcool pour « rester lucide », mais joue le jeu quand il s'agit de Significant Youth. Il se déplace d'un mètre, trouve un angle où il voit bien la scène. La première partie ne va pas tarder à commencer.

Yvan Langalter – *19 h 25*

Caleb Guillot, le boss de Bad Bones Records, le label du groupe, vient les saluer, accompagné de Fabrice, leur manager. Tous deux portent un t-shirt de groupe, respectivement Pharmakon et Vox Low. Ils incarnent deux figures bienveillantes, sans qui Significant Youth n'aurait jamais percé. À vrai dire, sans Bad Bones Records, beaucoup des disques préférés d'Yvan n'auraient pas vu le jour. Ils s'inquiètent pour lui, se demandent s'il va tenir le coup. Ils savent combien il est fragile en ce moment. Leur prévenance pourrait agacer Yvan, mais il est heureux de voir sa souffrance reconnue, que l'on sache que Kahina l'a détruit.

Martin et Stéphane de Spoliation vont bientôt quitter la loge en direction de la scène, suivis des autres membres de Significant Youth qui les regarderont jouer depuis les côtés. Nino va se fondre dans la foule, Caleb et Fabrice, boire un verre au bar. Yvan veut s'isoler un instant. Il monte à l'étage contempler la salle depuis l'espace VIP, séparé du reste de la mezzanine par un petit muret, et qui peut accueillir une dizaine de personnes. Bien que le concert ne soit pas complet, la foule paraît compacte depuis le balcon. Debout, les avant-bras posés sur la rambarde, Yvan scrute les spectateurs, persuadé que Kahina va se matérialiser au milieu d'eux. Il l'imagine assister à sa consécration, abasourdie par son succès, réalisant qu'on ne quitte pas un type comme lui.

Il entend la porte derrière lui grincer. Son frère et Iris sont là, le prennent successivement dans leurs bras. Iris porte un débardeur noir avec un énorme X blanc dessus. Un collier à clous et des gants fins en cuir complètent sa panoplie. Simon n'assistera pas au concert. Il restera dans la loge, protégé du son par l'isolation phonique. Yvan aurait aimé partager ce moment avec son frère. Ça l'attriste de le savoir à l'écart. Entre l'acouphène de Simon et sa rupture, les frères de Christo font peine à voir.

Son téléphone vibre. C'est Kahina. Il ouvre fébrilement son message. « Je voulais te souhaiter bon courage pour ce soir, écrit-elle. Je sais que c'est un moment important pour le groupe. Prenez soin de vous et embrasse les autres pour moi. » Ses textos sont pires que ses silences, ils lui scient les jambes. « Je dois me ressaisir, faire de ma peine un moteur, pense-t-il. Ce soir, je dois enflammer la salle, rendre la soirée mémorable. » Il espère que la présence de la police dissuadera les ultra incels de foutre le bordel. Quoiqu'un peu de grabuge accroîtrait la portée de l'événement. Si le chaos doit régner, ainsi soit-il.

Spoliation débute sa prestation. Simon et Iris se réfugient dans la loge. Yvan reste seul face au son.

Luc Bortes – *20 h 05*

Le plan se déroule comme prévu. Malgré le dispositif policier, les ultra incels ont pu s'infiltrer sans problème dans la salle. Pas d'armes, pas de tatouages, aucune spécificité physique : que peut faire la police contre ces jeunes hommes lisses, sans casier judiciaire ?

Des journalistes sont là. La presse a réagi à son appel. Une bagarre sur fond de thématiques sociales génère du clic et fait vendre du papier. De plus, la notoriété de Significant Youth dépasse le cercle des initiés – les groupes français à avoir une carrière internationale ne sont pas légion – et la personnalité d'Yvan Langalter intrigue. Cette intrusion des ultra incels dans le monde réel va diviser. Si la balance penchera du côté des féministes et des bien-pensants, cette déclaration de guerre mettra en lumière les laissés-pour-compte du nouvel ordre moral. Luc Bortes veut occuper l'espace médiatique sur le sujet, s'imposer comme une figure contestataire, garante des vraies valeurs républicaines. En politique, chacun doit trouver son cheval de bataille, être incontournable dans un domaine, et, par sauts de puce, accroître sa présence, au point de devenir légitime sur toutes les questions.

En attendant, il crève de chaud dans sa bagnole. Tristan Largile est assis à ses côtés. Luc se sent minable d'en être réduit à ça pour avoir voix au chapitre, prie pour que son travail sur le terrain porte ses fruits. Il pense aux enfants qu'il aura avec Pénélope – des garçons, espère-t-il. Il ne veut pas qu'ils grandissent dans un monde où les femmes et les pédés font la loi. Il souhaite une société juste, équitable, où chacun peut être heureux s'il s'en donne les moyens. C'est pour cela qu'il croit en Tristan Largile, un jeune homme qui se bat pour être aimé, qui vingt ans plus tôt aurait été chef de famille, et qui aujourd'hui se retrouve au ban de la compétition sexuelle. Ils relisent ensemble une dernière fois son discours. Tout va bien se passer.

Mei Cixin – *20 h 45*

Mei entre seule sur la scène éclairée par les spots, récite les consignes habituelles, ordonne au public de rester concentré sur la musique, sans bouger. Elle entame une ligne de basse, la joue en boucle pendant deux minutes. La pression monte. Il n'y a pas un bruit dans la salle. Soudain, les lumières s'éteignent, la basse maintient sa mélodie, et quand elles se rallument l'intégralité du groupe a pris place. Yvan Langalter s'avance face au public, monte sur le retour de scène, contemple l'audience et hurle dans le micro, un cri puissant, à la fois tragique et énergisant. Au moment où l'intensité de sa voix faiblit, la guitare de Xiu et la batterie de Gaspard entrent en jeu, déchirant l'espace sonore. Yvan s'autorise un saut arrière, puis s'ancre dans le sol. Mei sourit. Le dernier concert de la tournée *The Fall of the Blind Wall* vient de débuter.

Iris Velba – *20 h 55*

Malgré l'atténuation du son, Iris perçoit depuis la loge l'intensité qui se dégage des chansons de Significant Youth.

– Ça ne te dérange pas si je retourne à l'étage assister un peu au concert ? demande-t-elle à Simon. Si ça ne va pas, bipe-moi et je reviens de suite.

– Vas-y. De toute façon, tu ne peux rien faire pour moi.

Iris ouvre la porte massive de la loge, voit Simon se boucher les oreilles, comme si le son qui s'infiltre par la mince ouverture risquait de le contaminer. Elle ne sait plus comment gérer la situation. L'acouphène décuple les défauts de Simon : son intransigeance, son égoïsme, sa froideur. Simon a toujours été là pour elle, l'a soutenue dans sa dépression. Mais elle ne pourra pas en faire autant, car chez Simon le mal-être s'accompagne d'une noirceur à même d'engloutir l'amour de n'importe qui.

Du premier étage, la visibilité n'est pas optimale – la partie gauche de la scène est partiellement cachée par la façade d'enceintes –, mais elle peut profiter de la musique. Quand prend fin le troisième titre, après un déferlement noisy, un bref silence nait, une seconde de calme avant qu'une clameur s'élève de la salle. Plusieurs personnes crient à l'unisson des mots qu'Iris ne comprend pas tout de suite. Elle se concentre, entend maintenant distinctement : « Amour, famille, sexe : on a tous droit au bonheur. » Les ultra incels sont dans la place.

Les policiers cherchent d'où proviennent les slogans. Iris n'identifie pas d'attroupement. Les ultra incels se sont fondus dans le public. Impossible de savoir où et combien ils sont. Yvan et les autres avaient anticipé. Plutôt qu'arrêter le concert et confronter les importuns, le frère de Simon fait signe à l'ingénieur du son d'augmenter le volume. Xiu attaque sa guitare telle une démente, soutenue par la basse de Mei qui soulève les cœurs. Gaspard impose le rythme d'une frappe puissante. « Domestic Violence », un des titres les plus rageurs de leur premier album, résonne dans la salle. Une tornade sonore ravage l'espace, engloutit les voix des ultra incels. Sa voix dominant les instruments, Yvan hurle qu'il n'y a plus de règles. « Lâchez-vous ! » ordonne-t-il, avant de bondir dans tous les sens, vociférant son texte, haranguant le public, invoquant le chaos. La foule, auparavant statique, entre en transe. Un pogo généralisé s'installe. Les corps s'entrechoquent. Les gens dansent, chantent, crient, s'enlacent. Les ultra incels sont engloutis par la marée humaine, leur intervention, réduite à néant. Une vague de joie s'empare d'Iris. Elle croit leur plan déjoué, quand soudain à quelques mètres de la scène, une brèche apparaît : en son sein, deux hommes se foutent sur la gueule. La salle s'embrase d'un coup. Partout, Iris voit des bagarres exploser.

Tristan Largile – *21 h 02*

Les flics qui étaient restés dehors se sont précipités à l'intérieur. L'insurrection a commencé. Les premières expulsions du concert ne vont pas tarder. Tristan est prêt à jouer son rôle. Luc Bortes lui dit qu'il va assurer. Il reçoit une notification par mail, un message de Willburg sur Overluces qui lui glace le sang : « Striker vient de sortir un flingue. Il est devenu fou. Il parle de massacrer les neo straight edge. Je ne sais pas quoi faire. Préviens la police. »

Tristan pense immédiatement à Iris. Si Striker a tenté de la violer, elle pourrait bien être sa première cible. Bortes appelle le 17. Tristan prend une grande respiration, demande à Willburg de calmer Striker, de gagner du temps. Il essaye d'appeler Iris, qui ne répond pas, lui envoie un message bref : « Striker est là avec une arme, fuyez. » Il n'y a pas de temps à perdre, Il doit empêcher ça. Il se précipite hors de la voiture. Des journalistes négocient avec les videurs pour pénétrer dans l'Absolute Club, il profite de la confusion pour passer en douce.

À l'intérieur, immergé dans un magma sonore, il ne perçoit aucun coup de feu, tout en craignant qu'ils ne soient recouverts par le vacarme ambiant. Il s'habitue à l'obscurité, se faufile à travers les corps en mouvement, contourne un ultra incel à terre, recroquevillé sur lui-même pour encaisser les coups de trois adolescents. Il distingue la silhouette d'un policier, s'approche de son oreille pour le mettre en garde, se fait repousser fermement. Désorienté, il aperçoit sur le côté un escalier qui monte à l'étage. Il dégage le panneau « interdit au public » et enjambe la chaîne. En prenant de la hauteur, il espère apercevoir Iris ou Striker. Le premier étage est plongé dans le noir. Tristan avance à tâtons, utilise la lampe torche de son téléphone pour voir où il met les pieds, accablé par la puissance de cette musique qu'il déteste. Sur scène, les membres du groupe se lancent des regards inquiets, hésitent entre poursuivre le show et y mettre un terme. Au bout de la mezzanine, il voit le haut d'une silhouette se dessiner. Les mains agrippées à la balustrade, quelqu'un contemple le triste spectacle qui se déroule dans la fosse. Il ne sait pas s'il s'agit d'un homme ou d'une femme, prie pour que ce soit Iris. Sa lampe de poche attire l'attention. La silhouette se retourne. Il croit la reconnaître, se demande s'il ne prend pas ses rêves pour la réalité. Il hurle, mais elle ne l'entend pas. Il se précipite vers elle.

Simon de Christo – ***21 h 07***

L'accroissement soudain du volume sonore signifie que les ultra incels se sont manifestés. Yvan a mis son plan à exécution. Il a essayé de noyer leurs cris sous le son. Je n'en sais pas plus. Mon téléphone capte mal dans la loge. J'envoie des messages à Iris, mais ne reçois aucune réponse en retour. Je suis condamné à rester dans le flou. Je sens une vague de panique monter en moi. L'acouphène écrase de toute sa puissance les bruits étouffés qui parviennent de la salle. Je fais les cent pas, m'arrête, me bouche les oreilles, évalue le volume sonore de mon sifflement, m'assure qu'il n'a pas augmenté. J'ai l'impression qu'il est plus aigu, qu'il me perce le cerveau avec davantage de violence. J'ai du mal à rester rationnel. Je dois me calmer. L'acouphène se nourrit du stress, et je ne sais plus si mes angoisses sont la cause ou la conséquence du sifflement. Je me place dans le coin opposé à l'entrée. Recroquevillé sur moi-même, je prie non plus pour que l'acouphène disparaisse, mais pour que la situation ne s'aggrave pas.

Ne pas savoir ce qui se passe dans la salle me rend fou. Je pleure sur mon sort alors que mon frère a peut-être besoin d'aide. Je dois prendre sur moi, affronter le son et m'assurer que ce n'est pas le chaos dans la fosse. Je sors deux boules Quies de la poche de mon jean, les insère dans mes oreilles. Coupé ainsi du monde extérieur, l'acouphène résonne dans mon crâne avec une vivacité qui me donne envie de me tirer une balle. J'arrache les bouchons de cire, les jette à terre. Les larmes me montent aux yeux. « Ressaisis-toi, putain. »

Striker – *21 h 15*

Malgré le volume sonore, Striker entend un bruit sourd, puis des cris de terreur. Un attroupement se forme vers le côté gauche de la salle, non loin du bar. Il se fraie un chemin. Au sol, un corps, tombé du premier étage, est étendu. On le touche, le secoue, on le déplace, l'adosse contre le mur. Mais la silhouette reste inerte. Striker n'arrive pas à voir son visage – il fait trop sombre, il y a trop de monde –, comprend que la personne aurait chuté depuis la mezzanine. Un gamin gueule qu'il a déjà vu le type à terre sur YouTube.

Striker a assez attendu. La soirée a dégénéré au-delà de ses espérances. Il est temps d'offrir au public le clou du spectacle. Il sort son arme, l'empoigne par le canon, poste un dernier message sur Overluces. Il a hâte d'en finir. Hâte d'avoir la preuve qu'il ne s'est pas dégonflé.

Un mois auparavant, grâce à son réseau sur les forums, il est entré en contact avec un jeune trafiquant d'armes qui importe des flingues et des fusils achetés légalement aux États-Unis, envoyés en France en pièces détachées via de multiples petits colis. Il a opté pour du standard : un pistolet semi-automatique Sig Sauer P365 – il aurait préféré un fusil semi-automatique de petit calibre, comme l'AR-15, mais la discrétion primait pour ce qu'il avait à faire. Dans un livre grand format, il a dessiné la forme de l'arme, a creusé au cutter un espace où le dissimuler – Striker fait partie de cette génération qui a loué *Les Évadés* de Frank Darabont en vidéo-club et a été marqué à vie par la scène où l'on découvre qu'Andy Dufresne cachait dans une bible le pic avec lequel il a creusé un tunnel pour s'échapper. Trois jours avant le concert de Significant Youth, Striker s'est rendu à l'Absolute Club, avec un billet pour le concert du trompettiste de jazz Christian Scott, dont il ne connaissait pas la musique, mais qui attirait un public de bourgeois au sein duquel il saurait se fondre. Les deux videurs à l'entrée, débordés par la foule, dans l'incapacité de faire des fouilles sérieuses, lui ont demandé d'ouvrir son sac, avant de le tâter mollement, sans s'inquiéter de son contenu. Une fois à l'intérieur, il a assisté au concert comme si de rien n'était, subissant cette musique dont il ne percevait ni la beauté ni le dynamisme, s'absentant juste quelques minutes pour aller aux toilettes et scotcher derrière l'une d'entre elles le flingue déjà chargé, prêt à l'usage.

Il a pris sa décision quelques jours après la provocation d'Yvan Langalter, qui leur suggérait de régler ça d'hommes à hommes lors du concert du 13 juin. Il ne pouvait pas continuer ainsi. À 32 ans, conseiller clientèle en téléphonie mobile dans une Fnac parisienne, il n'attendait rien du futur. Son physique repoussait les femmes, son absence de diplômes l'empêchait d'évoluer. Il ne se mariera jamais, n'aura pas d'enfants, ne quittera son job qu'au hasard d'un plan social, ou au moment de la retraite. L'hiver dernier, il a violé deux femmes. Il avait rencontré la première à une soirée organisée par un collègue de travail. Des heures durant, il l'avait observée se trémousser et aguicher des hommes. Elle était jolie, avec une robe moulante qui ne faisait même pas pute. Vers minuit, enivrée par l'alcool, épuisée par la danse, elle ne tenait plus debout. Il avait proposé de la raccompagner chez elle, arguant que les rues n'étaient pas sûres. Sur le seuil de son appartement, elle avait refusé ses avances. Il l'avait poussée à l'intérieur, avait refermé la porte avant d'arracher sa culotte et ses collants. Ça avait été court et intense. Ce n'était pas la première fois qu'il couchait avec une femme – par le passé, la solitude l'avait poussé à solliciter des prostituées –, mais il n'avait encore jamais connu une telle jouissance. La seconde était une cliente du magasin, une petite beurette en mini-jupe, qui parlait fort et faisait tout pour qu'on la remarque. Il l'observait, sentait l'attraction et la répulsion jaillir simultanément de son bas-ventre. Elle lançait des regards dédaigneux à la vendeuse qui lui présentait les différents modèles, touchait à tous les téléphones, les jugeait soit trop moches, soit trop chers. « Elle mériterait que je la baise », avait-il pensé, d'abord comme un fantasme, puis comme une éventualité. Il finissait son service au moment où elle quittait la boutique, sans rien avoir acheté. Elle l'avait ignoré. Les jolies filles ne le remarquaient jamais. Il l'avait suivie jusqu'à son domicile. Au moment où elle refermait sa porte, il avait bloqué celle-ci avec son pied. L'appartement était vide, il se sentait bien, il avait profité du moment. Il ne comprend pas pourquoi il est encore en liberté. Les bons jours, il se dit que la première fille avait trop bu – soit elle ne se souvenait de rien, soit elle était paralysée par la honte – et que l'enquête consécutive à la plainte de la seconde n'a rien donné. Il a mis un préservatif. Ses empreintes ne sont fichées nulle part. Les mauvais jours, il vit avec la peur au ventre, terrorisé à l'idée de recroiser la beurette et qu'elle le reconnaisse, ou convaincu que la police va débarquer chez lui d'une minute à l'autre. Il ne regrette pas ses actes, juste d'avoir été contraint d'en arriver là. Il s'était promis de ne pas recommencer, mais quand il s'est retrouvé face à Iris Velba, après avoir peint la croix gammée sur sa porte, ça avait été plus fort que lui. Les occasions de baiser la crème de la crème sont trop rares pour les laisser passer. Il avait bandé comme jamais. Sans ce traître de Willburg, il s'en serait donné à cœur joie. Ça avait été la frustration de trop, celle qui l'avait convaincu d'opter pour la bonne voie. Il n'a plus la force de supporter l'absence d'amour et de sexe dans sa vie. Il préfère agir. Devenir quelqu'un et tirer sa révérence. Un destin plus réjouissant que de finir ses jours en prison.

Frappant hommes et femmes avec la crosse du Sig Sauer P365, Striker repère une pétasse, dont le joli minois laisse deviner une vie facile, faite de conquêtes et d'hommes rejetés. Il cale le canon contre son ventre, appuie sur la détente. Elle s'effondre. Il se retourne vers une grande brune, lui attrape le sein gauche et le malaxe, tout en lui tirant dans l'estomac. Elle hurle de douleur. C'est exactement comme il l'imaginait. Il se sent happé par l'arrière, se dégage d'un coup de coude, pivote : un mec en costard, du genre cadre sup qui fait mouiller les pimbêches, tente de le maîtriser. Il pointe le pistolet sur son front et presse la détente. Le silence se manifeste enfin. Significant Youth a posé ses instruments, tous savent désormais que le show a lieu dans la salle. Il lui reste sept balles. Il aurait aimé monter sur scène, clôturer la soirée avec la mort d'Yvan Langalter, mais ce lâche est déjà en train de fuir, tout comme les spectateurs qui courent vers la sortie, détalant tels des lapins. Il poursuit ce qu'il a entrepris, se jette sur la plus jolie fille à portée, la tripote en appuyant le flingue contre sa tempe, la regarde glisser entre ses doigts, morte. Quand il relève la tête, il n'y a plus personne autour de lui. Deux flics accourent, prêts à faire feu, lui ordonnent de jeter son arme. Il tire dans le tas sans trop d'espoir. Plusieurs balles lui traversent le corps.

Sébastien Mille – ***21 h 40***

Il raccroche, pris d'un vertige. Ce ne sont pas les mots d'Octave Malot qui le font vaciller, mais sa propre réaction, la manière dont il se réjouit d'avoir eu raison, d'avoir été le premier à identifier la menace incel. Puis, une peur irrationnelle s'empare de lui. Et si Holly était au concert ce soir ? Il sait qu'elle n'écoute pas ce genre de musique, mais un ami aurait pu l'y emmener. Il se chausse, prend téléphone, portefeuille et clefs, appelle sa fille dès la porte de son appartement claquée. Il tombe sur son répondeur, chasse les mauvaises pensées de sa tête, rejoint la ligne 2 à pied, prend le métro jusqu'à la station Rome, dont la sortie est déjà bloquée, se faufile parmi les forces de l'ordre, qu'il a parfois du mal à considérer comme des collègues. Sur place, les sirènes résonnent, les gens crient et se bousculent. La police a délimité un périmètre de sécurité, les ambulances sont déjà sur place, tout comme les journalistes qui veulent comprendre, interrogent des gens perdus, sous le choc, qui souvent n'en savent pas plus qu'eux. Sébastien Mille garde son sang-froid, cherche Octave Malot dans la foule, reste hermétique aux cris. Son téléphone sonne. C'est Holly. Entendre la voix de sa fille le soulage. Elle était au cinéma avec sa mère. Les résultats des partiels tombent lundi, elle avait besoin de se changer les idées. Il lui dit la vérité : les coups de feu, le nombre inconnu de victimes, l'attaquant mis hors d'état de nuire. Il lui dit qu'il l'aime, hésite à préciser qu'il aime aussi sa mère, son ex-femme, mais se retient. Cette dernière se fiche de ce qu'il ressent.

Sa carte à la main, il pénètre dans la salle de concert vide, sécurisée par les forces d'intervention. Il voit les corps, sent l'odeur du sang, s'approche d'un jeune homme en costume, un trou en plein milieu du front. Un policier le regarde, des papiers à la main : le jeune homme s'appelle Yoav Radur, il a 28 ans. Une main sur son épaule le fait sursauter. Octave Malot est livide, persuadé qu'il aurait pu éviter ça, s'il n'avait pas pris à la légère la menace ultra incel.

– Fais-moi le topo.

– On a reçu un appel anonyme, quelques minutes avant les premiers coups de feu, nous prévenant qu'un homme armé s'était introduit dans l'Absolute Club. Le temps qu'on arrive, le massacre avait eu lieu.

– Le premier bilan ?

– Sept morts : l'assaillant, un policier et cinq personnes dans le public. Beaucoup de blessés également, liés à une bagarre générale qui a précédé les tirs, et à des coups de crosse donnés par le tueur. Un peu avant 21 heures, alors que le concert avait commencé, des ultra incels se sont mis à brailler des slogans. Les gens dans le public ont protesté, des coups ont succédé aux insultes, la salle s'est embrasée. Ça se battait de partout. Les policiers présents se sont retrouvés débordés. Par-dessus le bruit, des tirs, à intervalles réguliers, ont retenti. Deux agents ont suivi les cris, avançant à contre-courant de celles et ceux qui s'enfuyaient. Ils sont tombés sur l'agresseur : corpulence banale, jean et polo noir, cheveux en bataille, barbe touffue ; un type lambda que rien ne distinguait des autres jeunes présents dans la salle. Ils l'ont sommé de jeter son arme. Il y a eu un échange de tirs. Hamid Rechani, qui bossait dans mon équipe depuis deux ans, a pris une balle dans le cou. On l'a retrouvé mort à quelques mètres du meurtrier.

– Je suis vraiment désolé, Octave.

– On est tous désolés, démunis face à une telle atrocité.

– On a la preuve que le tueur est un ultra incel ?

– Rien qui permettrait d'officialiser la chose. Il n'avait aucun papier sur lui.

– Et les membres du groupe ?

– Ils se sont barricadés dans la loge dès que les tirs ont commencé. Ils y sont encore. La fille que tu avais rencontrée, Iris Velba, est avec eux.

– C'est déjà ça.

– Une précision. Parmi les cinq victimes dans le public, l'une d'entre elles n'a pas été tuée par balle. Il s'agit de Tristan Largile.

Manon Parvel – *22 h 27*

Le film qu'elle regardait terminé, Manon parcourt négligemment son flux Facebook, voit apparaître le statut d'une amie d'amis : « J'étais à l'Absolute Club ce soir. Je vais bien. J'étais au fond de la salle et j'ai réussi à m'enfuir dès les premiers coups de feu. Je prie pour celles et ceux qui n'ont pas eu ma chance. » La peur s'empare de Manon. Elle se rend sur Twitter, voit son fil d'actualité déborder de témoignages et de *retweets* sur l'événement. Elle pense à Iris, s'imagine le pire, lui écrit alarmée. « On est à l'abri, ne t'inquiète pas, reçoit-elle en retour. Je suis avec Simon et tous les membres du groupe. La police nous a dit de rester dans la loge le temps que ça se calme. On n'en sait pas plus que ce qui se dit sur les réseaux. »

Manon clique sur le mot-dièse *#absoluteclub*, suit seconde par seconde les nouveaux messages, voit les premières estimations du bilan. Des personnes s'affolent, n'arrivent pas à joindre des proches qui étaient au concert, demandent de l'aide. Manon voit quelqu'un répondre : « Oui, je l'ai vu. Il va bien, mais il a perdu son téléphone à l'intérieur. » Des messages comme une délivrance, tandis que d'autres restent dans l'incertitude, redoutant un verdict tragique. La situation ravive le spectre du Bataclan, fait ressurgir la peur. On sait combien ça va être dur.

Kahina Val – *22 h 31*

Kahina voit le nom d'Yvan s'afficher sur son mobile : « On va bien. Ne t'en fais pas. » Elle ne comprend pas. Plongée dans la lecture des dernières avancées en matière d'exploration des aires cérébrales impliquées dans l'audition, elle ne sait rien de la tragédie. Elle se rend sur le site du *Monde*. Le titre de l'article qui fait la une se détache de l'écran : « Attentat incel à l'Absolute Club : 7 morts dont l'assaillant et un policier. » La terreur s'empare d'elle. Choquée par l'escalade dans la violence, elle regrette de ne pas être sur place pour réconforter ses amis. Un frisson lui parcourt alors le corps. Si elle n'avait pas quitté Yvan, elle aurait assisté à ce massacre. Et elle n'en serait peut-être pas sortie vivante.

Sébastien Mille

La justice et la morale

Sébastien Mille est rentré chez lui vers 2 heures du matin, les muscles tendus, l'esprit confus, dans un mélange d'excitation et de dégoût du monde. Lorsqu'il est sorti de l'Absolute Club, les jambes flageolantes et l'odeur du sang dans les narines, il s'est étonné de voir autant de journalistes déjà sur place. L'un d'eux l'a reconnu et s'est précipité vers lui dès qu'il a franchi le périmètre de sécurité.

– Monsieur Mille, confirmez-vous que l'auteur de l'attentat est un ultra incel ?

– Nous n'avons aucune certitude à ce stade, a-t-il répondu, regrettant que les spectateurs présents incriminent les ultra incels sans la moindre preuve.

– Pensez-vous que Luc Bortes a une responsabilité dans cette affaire ? Avez-vous été surpris en apprenant qu'il avait donné rendez-vous à certains médias devant l'Absolute Club ?

– Pardon ?

Sébastien Mille a tiré le journaliste à l'écart, et lui a fait cracher tout ce qu'il savait. Puis il a demandé à Octave Malot d'embarquer Luc Bortes pour tirer cela au clair. Son téléphone n'arrêtait pas de sonner. Il voyait apparaître des noms connus – des gens haut placés – et des numéros masqués. Il était soudain sur le devant de la scène. Il n'a répondu qu'à

Pierre Chambon, son supérieur direct, le seul à qui il soit tenu de rendre des comptes. Chambon sortait de visioconférence avec le ministère de l'Intérieur.

– Avez-vous vu la déclaration du tueur postée sur les réseaux sociaux ?

– Je sors seulement du lieu du massacre. Je n'ai encore rien lu.

– Vous aviez raison. C'est un incel qui est responsable de la tuerie. Cela prouve la nécessité d'accorder la plus grande attention à vos mises en garde. On va beaucoup vous solliciter. C'est l'occasion de montrer que vous êtes un élément clef du Service central de documentation criminelle.

Sébastien Mille a raccroché, choqué par le cynisme de Pierre Chambon, qui voit dans chaque tragédie une opportunité, mais aussi touché par la probité de son chef, dont la première préoccupation est qu'il soit reconnu pour son travail. Il est allé sur Twitter. La revendication de l'attentat, *retweetée* des milliers de fois, s'est affichée en premier. Un compte anonyme, créé pour l'occasion, a partagé sur le réseau social une copie d'écran des aveux de l'assassin, postés quelques minutes avant le premier coup de feu, sur un forum que Sébastien Mille imagine être le successeur d'Intralluces. Il n'a pas été surpris de voir la signature de Striker, pseudonyme d'un des ultra incels identifiés par Iris Velba comme particulièrement dangereux. On peut y lire : « Je suis un gentilhomme parmi tant d'autres, qui ne peut plus tolérer l'injustice. Ce soir, je prends les armes sans joie, mais avec la conviction d'agir pour le bien de tous. J'espère que mon geste attirera l'attention sur le déséquilibre entre les hommes et les femmes, que les putes comprendront où mène leur mépris. »

Les ultra incels n'ont rien à voir avec les harceleurs en ligne auxquels il est habituellement confronté. Ils ne sont pas là pour humilier les femmes, pour prendre leur revanche, mais pour exacerber une souffrance intime, ce qui les rend redoutables et imprévisibles. Plongé dans ses pensées, il a aperçu Iris Velba et ses proches en train d'être évacués par ses collègues. Le chanteur du groupe avait les larmes aux yeux. Il gémissait que tout était sa faute. Il faisait peine à voir. Les photographes présents n'en perdaient pas une miette.

Le personnel hospitalier examinait celles et ceux qui avaient été blessés lors de la bagarre, indiquait la procédure à suivre pour recevoir une aide psychologique. Les policiers relevaient les noms des personnes présentes, faisaient un premier tri entre ceux qui avaient assisté à la tuerie et ceux qui avaient pu s'enfuir dès les premiers coups échangés. On continuait de l'appeler, mais il n'a répondu qu'à sa fille. Elle suivait les événements sur son mobile, s'inquiétait de le savoir en première ligne, potentielle cible de représailles incels. Octave Malot lui a tapé sur l'épaule.

– La nuit va être longue. Je retourne au commissariat en voiture. Je t'emmène avec moi ?

– Oui, je veux interroger Luc Bortes au plus vite.

Sur le chemin, il a espéré que KenKillER soit impliqué et qu'une piste le mène à lui.

*

S'il y a une chose que Sébastien Mille déteste plus que les postes de police, ce sont les postes de police la nuit. Il ne supporte pas les cris, la misère et le malheur qui rougit les yeux des victimes fatiguées et à bout de forces. Il évite autant que possible d'y foutre les pieds, leur préfère l'ambiance du Service central de documentation criminelle, qui par son *open space*, ses salles de réunion et son espace détente ressemble en tout point au siège d'une entreprise. Le gros de son activité consiste à répondre à des mails, consulter et écrire des rapports, interroger des bases de données et faire des recoupements. Quand les gens s'extasient sur son travail, l'imaginent comme un acteur phare du renseignement français, voire une sorte d'agent secret, il est obligé de leur avouer que son quotidien ressemble plus à celui d'un cadre de banque ou d'un contrôleur de gestion.

Dès son arrivée à l'hôtel de police, il s'est senti pris dans une tempête d'agressivité. Alors qu'il revenait de l'enfer, avait touché des dépouilles encore chaudes, la vue de petits malfrats menottés, braillant, ivres, le perturbait. Il aimait analyser les mécanismes de la violence, pas y être confronté. Il s'est isolé dans le bureau de Malot, s'est fait un café et a allumé la vieille télé qui traînait là depuis une vingtaine d'années. Toutes les chaînes diffusaient des interviews de Luc Bortes, où il se targuait d'être un lanceur d'alerte, de mettre en garde depuis des mois l'opinion publique contre la colère qui gronde chez les incels. Il reprochait au gouvernement et aux associations leur absence de réaction. « Je savais qu'une telle tragédie finirait par se produire, a-t-il déclaré sur BFM TV. Je condamne fermement l'acte odieux commis par ce jeune homme, mais le pire arrive quand on laisse les gens dans la souffrance. » Une vague d'agacement s'est emparée de Mille. Il ne supportait pas l'arrogance du type. Au fond de lui, il pensait : « S'il y a un lanceur d'alerte en France sur le sujet, c'est moi. »

Dans la salle d'interrogatoire, Luc Bortes avait perdu de sa superbe. Rougeaud, la chemise imbibée de sueur, il protestait contre cette garde à vue « illégale ». Sébastien Mille n'avait pas le temps de jouer avec lui. Il s'est assis en face de lui, lui a offert une bouteille d'eau, est allé droit au but, technique de vieux flic pour déstabiliser son interlocuteur.

– Vous avez prévenu des journalistes qu'il allait se passer quelque chose de grave ce soir. Étiez-vous au courant du massacre à venir ? Avez-vous contribué à sa réalisation ?

– Voilà une idée étrange, a répondu Luc Bortes, sans se laisser intimider. Je suis un homme politique respectable, pas un terroriste. Qu'est-ce que j'aurais eu à y gagner ?

– Faire votre show. Vous imposer comme un visionnaire qui a anticipé le péril incel.

– Dans ce cas, vous aviez tout autant intérêt que moi à ce qu'un tel incident se produise, monsieur le spécialiste des masculinistes. Si j'avais convié la presse, c'est parce que les ultra incels allaient manifester en plein concert de ce groupe radical, qui incite à la haine des hommes.

– Comment étiez-vous au courant de cette action ?

– Par Tristan Largile, un membre du forum privé d'où est partie l'idée d'une manifestation contre le groupe Significant Youth et les idées qu'il véhicule. Je crois que vous l'avez déjà rencontré, le suspectant à mauvais escient d'avoir agressé une femme à son domicile.

– Tristan Largile est mort ce soir. On a retrouvé son corps étalé au sol, la nuque brisée.

Luc Bortes ne savait pas. Il a encaissé, décontenancé.

– J'éprouvais une véritable affection pour Tristan Largile. Il attendait avec moi, dans ma voiture. Il devait prendre la parole devant les médias après la manifestation. Il a reçu un message d'un autre membre du forum, un dénommé Willburg, lui annonçant qu'un des leurs avait une arme à feu. Tristan est parti en direction de la salle pour tenter de le raisonner et j'ai immédiatement appelé la police.

– C'est donc vous l'appel anonyme…

– Sur le coup, j'ai paniqué. La soirée risquait de dégénérer. J'étais venu soutenir des jeunes hommes exclus de la société, pas des fous armés. Je ne voulais pas être mêlé à tout ça.

– Mais vous avez préféré rester. Profiter des événements pour vous mettre dans la lumière.

– J'ai assumé mes responsabilités. Le fait qu'un incel prenne les armes en France, comme c'est déjà arrivé aux États-Unis, est significatif du malaise qui ronge notre société.

– Cela signifie surtout que vos petits copains sont complètement tarés.

– Faites votre boulot de flic, et laissez-moi mener mes combats politiques comme je l'entends. Je ne suis pas votre ennemi. Je suis disposé à collaborer pleinement, à vous dire tout ce que je sais.

Il a raison, a pensé Mille. Il doit rester neutre, ne pas laisser son dégoût des politicards aux idées nauséabondes prendre le dessus.

– Quand Largile a reçu le message de ce Willburg, a-t-il dit quelque chose au sujet de l'ultra incel qui était armé ?

– Il m'a juste donné son pseudonyme : Striker. Je n'arrive pas à réaliser que Tristan Largile est mort, a déclaré Bortes. Vous avez une idée de ce qui s'est passé ?

– Aucune, à ce stade. On suppose qu'il a été poussé du premier étage.

– Les neo straight edge le détestaient. Il avait cassé le nez de la compagne du chanteur de Significant Youth. On a pu le reconnaître et s'en prendre à lui.

– Tout comme il aurait pu repérer Striker sur la mezzanine, et tenté de le neutraliser…

Luc Bortes a proposé de partager ses messages échangés avec Tristan Largile, précisant qu'il n'y avait pas grand-chose à en tirer, mais « on ne sait jamais ». Sébastien Mille l'a laissé rentrer chez lui. De nombreuses questions restaient sans réponse. Malgré l'heure tardive, il a appelé Iris Velba pour qu'elle lui dise tout ce qu'elle savait sur Striker et Willburg, l'autre administrateur d'Intralluces, qui avait alerté Tristan Largile. Son témoignage serait précieux pour reconstituer les événements. Iris était encore sous le choc. Une des victimes, Yoav Radur, était un ami proche.

Elle ne lui a rien appris d'exploitable sur Willburg, mais a confirmé les dires de Luc Bortes. Peu avant les premiers coups de feu, Tristan Largile lui a écrit un message pour l'alerter et lui dire de fuir. Elle était dans la loge, derrière la scène, où le réseau ne passait pas. Elle a appris sa mort avant de découvrir son message.

– Pourquoi Tristan Largile vous a-t-il prévenue ? Je croyais qu'il vous détestait.

– Il m'a écrit après l'agression à mon domicile pour m'assurer qu'il était innocent. Nous sommes allés boire un café ensemble. Ce n'était pas le connard que j'imaginais. Nous avons fait la paix. Je crois qu'il m'aimait bien.

– Et votre compagnon, quelles étaient ses relations avec Largile ?

– Ils s'ignoraient mutuellement. Simon refusait de le voir, de s'en faire un ami, mais ils étaient quittes. Simon se réjouissait de cet assainissement de la situation.

Sébastien Mille a laissé Iris Velba se reposer. Il collecterait les témoignages des neo straight plus tard. Pour l'heure, il était lui-même épuisé. Il a commandé un taxi, a somnolé dans la voiture. À la radio, des personnes présentes au concert racontaient le cauchemar qu'elles venaient de vivre.

*

Sébastien Mille se réveille tôt, après quelques heures de sommeil agité. Il s'attend à être épuisé, mais une tension inattendue parcourt son corps. Durant la nuit, il a reçu un message de Pierre Chambon. L'Unité de coordination de la lutte antiterroriste, dirigée par Yveline Brassart et en charge de l'investigation, réclame son aide pour démanteler ce qu'ils appellent déjà « les cellules ultra incels ». Il prend son café seul dans la cuisine, Twitter remplaçant les conversations qu'il avait auparavant avec sa femme. De nombreux incels condamnent l'attentat, souhaitent se désolidariser du mouvement. D'autres arrivent encore à se moquer, à dire que les neo straight edge ont récolté ce qu'ils ont semé. Les pires se réjouissent que la France ait enfin son Elliot Rodger. Sébastien Mille guette les réactions de KenKillER. Mais ce dernier n'a pas *tweeté* depuis l'attentat, n'a déposé aucun message sur les forums masculinistes qu'il dirige et que Mille surveille.

Quand il arrive au commissariat, Octave Malot est là. Mille voit tout de suite les cernes sous ses yeux, signe de la nuit blanche passée au poste. Ils boivent un café, chacun rappelant à l'autre qu'il a fait de son mieux, que personne ne pouvait anticiper ce qui est arrivé. Les membres de l'UCLAT ont également travaillé toute la nuit. Dans un grand bureau transformé en salle de crise, une vidéo tirée des caméras qui filmaient le concert relate les événements. On y suit dans la pénombre l'attroupement autour de Tristan Largile ; le parcours, jonché de cadavres, de Striker ; l'intervention des policiers sur place. La vue du corps inanimé de Largile a marqué pour Striker le début de sa macabre traversée au sein de la foule.

La mezzanine, fermée ce soir-là, n'était pas couverte par les caméras. En passant la vidéo au ralenti, l'officier en charge de la présentation montre Tristan Largile pénétrer dans le cadre tête la première, en pleine chute. Si les causes exactes de sa mort seront déterminées par le légiste, l'anévrisme cérébral consécutif à la violence de l'impact est pour le moment privilégié. Une fois au sol, le corps a été déplacé par des membres du public, soucieux de le protéger des piétinements. Les empreintes relevées sur ses vêtements ne sont pas exploitables. La mezzanine a été passée au peigne fin. Les balustrades sont recouvertes de traces de doigts, probablement laissées lors des concerts précédents à l'Absolute Club. Rien à tirer de ce côté-là non plus. « Pour le moment, le mieux à faire est d'attendre qu'une personne reconnaisse le tueur », dit l'officier de l'UCLAT. À peine ses mots résonnent-ils dans la salle où les flics éreintés luttent contre le sommeil, qu'une fille de l'équipe d'Octave Malot débarque. « On a identifié notre homme ! » clame-t-elle. Une femme vient d'appeler.

Elle a reconnu son frère sur la photo diffusée par les médias : Kris Terneuil, un homme blanc de 32 ans, employé à la Fnac.

Alors qu'une équipe prend la direction de Saint-Ouen où vivait Kris Terneuil, une autre se rend chez Tristan Largile. Sébastien Mille accompagne la seconde. Il ne souhaite pas aller chez Striker. Il n'aime pas connaître l'intimité des tueurs, découvrir qu'ils vivent comme tout le monde, entourés de meubles Ikea, de vaisselle usagée, de bibelots qui prennent la poussière. Arrivés sur le palier de Tristan Largile, un policier sort de sa poche le trousseau de clefs récupéré sur le cadavre et pénètre à l'intérieur. Sébastien Mille attend que le périmètre soit sécurisé. Il connaît l'appartement, y a déjà interrogé Tristan Largile suite à l'agression d'Iris Velba. Sur le bureau, occupant tout un angle du salon, trônent trois énormes écrans, un ordinateur portable dernière génération, des disques durs externes, le tout noyé sous les câbles, avec perdu dans un coin un cube constitué de boules magnétiques multicolores, un antistress dont Mille possède également un exemplaire sur son bureau. Au sol, sous la large planche en bois, deux vieux PC fixes semblent avoir rendu l'âme. Sans mot de passe pour ouvrir les sessions, impossible d'accéder sur-le-champ aux fichiers. L'UCLAT embarque le matériel. En quelques semaines, Largile était devenu une figure pour les incels, et ils espèrent trouver sur ses disques durs des éléments à même d'éclairer la situation.

La pêche s'avère moins fructueuse côté Kris Terneuil. L'homme savait qu'il ne reviendrait pas. Il avait mis de l'ordre dans ses affaires et formaté son PC. Son appartement n'apporte pas d'élément nouveau sur sa personnalité. Pas de posters, pas de photos. Des DVD de vieux westerns, quelques livres en parfait état, comme si on ne les avait jamais ouverts, essentiellement des essais alarmistes, écrits par des personnalités conservatrices.

Octave Malot propose à Sébastien Mille d'aller déjeuner. Ils s'installent en terrasse, commandent deux salades de légumes « pour reprendre des forces avec de la nourriture saine ». Malot ne veut pas parler de l'enquête. Non par désintérêt, mais parce qu'il n'y a pas grand-chose à en dire.

– Les gens cherchent des explications à de telles tragédies, dit Malot. Mais ce n'est pas à la police de leur en fournir. Le tueur est identifié, le reste n'est que du détail, de la reconstitution morbide.

– Il y a encore le cas de Tristan Largile.

– Quelqu'un a dû le pousser dans le vide. Soit Striker, parce que Largile tentait de l'arrêter. Soit un neo straight edge parce que la bagarre s'était étendue à l'étage.

– Si on découvre qu'un neo straight edge a tué Tristan Largile, dit Sébastien Mille, les incels vont dénoncer la violence à leur égard. Certains prétendront que les torts sont partagés, que la haine s'exerce dans les deux sens et qu'ils sont également des victimes.

– Tu préférerais qu'on ne découvre pas comment il est mort ?

– Pas si c'est un neo straight edge qui l'a tué. Entre la justice et le bien commun, mon cœur balance.

– Tu luttes contre des mouvements politiques. Ton regard est forcément biaisé. Je n'ai pas ce problème sur le terrain. J'applique la loi à la lettre. J'arrête les criminels, sans questionnement moral.

Sébastien Mille acquiesce. Son collègue a raison. Mais à vrai dire, il aime l'idée que la justice soit un instrument de la construction sociale, et non un cadre figé, immuable. Il est 14 h 30 quand ils reviennent au bureau. Yveline Brassart vient de faire une déclaration publique. Le véritable nom de Striker est désormais connu de tous. Les premiers papiers intitulés « Qui est Kris Terneuil, le tueur de l'Absolute Club ? » font leur apparition.

Un élément perturbe Sébastien Mille. Il se rend sur le profil Twitter de KenKillER et constate que ce dernier est toujours inactif. KenKillER vit sur Internet. Il ne reste jamais plus de douze heures sans donner signe de vie, alimente sa communauté en prêt-à-penser, saisit toutes les occasions de se moquer, d'attiser la haine. Compte tenu de l'actualité, il devrait être aux premières loges, scandant des insultes, planqué derrière son ordinateur. Pourtant, il n'a laissé aucune trace sur les réseaux depuis l'attentat. « Depuis la mort de Tristan Largile », pense Mille. Contrairement à Striker, Tristan Largile correspond parfaitement au profil. Il était éduqué, solitaire, manipulateur, féru d'informatique. L'idée se loge en Mille vigoureusement : Tristan Largile pourrait être KenKillER.

Il passe voir Lucie Marque, ingénieure informatique, *geekette* réputée de l'UCLAT. Il aurait préféré solliciter quelqu'un de son équipe, mais ce n'est pas son enquête. Lucie Marque a récupéré les ordinateurs de Largile. Elle insère une clé USB dans le portable, l'allume, accède à la configuration du système, lance le logiciel installé sur la clé. Quand l'écran demandant le mot de passe apparaît, la jeune femme tape n'importe quoi, et les voilà à l'intérieur. Sébastien Mille lance le navigateur, se rend sur Gmail. Les comptes sont déconnectés. Sur la page d'accueil, on lui propose de s'authentifier avec différentes adresses : tristan.largile@gmail.com, ines.coste@gmail.com, nathan.caradec@gmail.com, elisa.meyer@gmail.com, tan.nguyen@gmail.com... Mille a un frisson. Largile utilisait plusieurs identités pour se connecter en ligne. Si les noms affichés ne lui disent rien, cela renforce l'idée qu'il pouvait incarner plusieurs personnalités sur un même forum.

– Il faut lancer une procédure auprès de Google pour récupérer le contenu de toutes ces boîtes mail. Vous pouvez vous en occuper ?

– Je vais préciser que c'est dans le cadre de l'enquête sur l'attentat à l'Absolute Club, répond la jeune femme en hochant la tête. On devrait avoir tout récupéré d'ici un mois maximum.

– Merci. J'ai une autre demande. Si je vous donne deux textes distincts, est-ce qu'un logiciel peut déterminer la probabilité qu'ils aient été écrits par la même personne ?

– Je ne suis pas spécialiste en analyse sémantique, répond-elle. Mais il existe des intelligences artificielles qui font cela très bien.

– Je vous envoie les éléments dans la journée.

Alarmé par la concomitance entre la mort de l'un et la disparition des réseaux de l'autre, Sébastien Mille rentre chez lui, fouille dans ses dossiers, transfère à Lucie Marque les copies d'écran d'Intralluces réalisées par Iris Velba et lui demande de comparer les écrits de KenKillER et de Mialek.

Il passe le reste de la journée chez lui, se sent démuni, incapable de rendre justice aux victimes. Son téléphone n'arrête pas de sonner. Des journalistes se succèdent à sa porte. En tant que spécialiste français des masculinistes, tout le monde veut connaître son analyse de la situation. Il se prête au jeu. Pierre Chambon le lui a demandé. La télé diffuse en boucle des images de lui, où il explique le phénomène ultra incels tout en restant factuel sur le déroulé des événements du 13 juin 2025. Il passe bien à l'écran. On ne se dit pas qu'il perd ses cheveux, mais qu'il a un grand front. Sa barbe de quelques jours masque en partie ses traits vieillis. Sa posture volontaire donne l'illusion d'un homme droit dans ses bottes. Il espère que son ex-femme le verra, se dira qu'il tient sa place dans le monde. Qu'il compte pour la France, et peut-être un peu pour elle.

Le lendemain, il essaye de récupérer. Il traîne au lit, feuillette un magazine, poursuit sa lecture d'un roman d'anticipation, constate que KenKillER ne donne toujours aucun signe de vie. Il se lève un peu avant 11 heures, va courir, mais seulement une vingtaine de minutes – il se fatigue et s'ennuie vite. Il n'est pas du genre obsessionnel, aime se vider la tête avant de revenir à ses enquêtes. Il ne prétend jamais faire un métier-passion qui le mobiliserait sept jours sur sept. Il se laisse le temps de vivre. Quand on lui demande pourquoi sa femme l'a quitté, il répond qu'il travaillait trop, qu'il délaissait son couple. En réalité, elle a mis un terme à leur relation à cause de la fatigue et de l'ennui. Exactement les mêmes raisons pour lesquelles il ne peut pas courir longtemps.

L'après-midi, il participe à la marche contre la misogynie, grande manifestation organisée par des associations féministes en réponse à l'attentat incel. Il fait beau. Il se réjouit de voir le peuple français uni face à la tragédie, scandant des slogans contre les féminicides. Seul point noir du rassemblement : une demi-douzaine de militantes répètent à l'unisson : « Un homme bon est un homme mort. » Elles feront la une des journaux, suscitant l'indignation, jetant l'opprobre sur le mouvement, certains y voyant la confirmation que les féministes ne veulent pas la paix mais la guerre.

*

Lundi 16 juin. Il se lève après une nuit difficile, où il s'est inquiété des conséquences de l'attentat. Il aimerait croire à un acte isolé, écarter l'hypothèse d'autres tueries à venir, menées par des hommes qui n'ont rien à perdre, chez qui la haine s'autoalimente, comme on en voit aux États-Unis. Mais son optimisme en a pris un coup depuis qu'il étudie les groupuscules malveillants. La majorité des ultra incels, choqués par la concrétisation dans le monde réel de leurs pensées malades, ont annoncé leur désolidarisation du mouvement. Mais les plus virulents voient dans le sacrifice de Striker le début d'une croisade. Kris Terneuil a lancé un message fort. Il a dit aux femmes : « Rejetez-nous et vous mourrez. » Il y aura des hommes pour lui emboîter le pas.

Il regarde l'heure, avale son café en priant pour que la caféine l'aide à tenir jusqu'au prochain remontant, file à l'hôtel de police. Toute la journée, avec Octave Malot et leurs collègues de l'UCLAT, ils interrogent les personnes qui étaient au concert : spectateurs, employés de la salle, vigiles, policiers et journalistes présents sur les lieux, ainsi que les membres du groupe et leur entourage.

Sébastien Mille se retrouve dans un bureau avec Iris Velba. Il aurait aimé la revoir dans d'autres circonstances, ou peut-être ne pas la revoir du tout, tant sa jeunesse et sa beauté inaccessible le ramènent à sa condition de quinquagénaire que les femmes ne regardent plus. Puis il réalise que vingt ans de moins n'y auraient rien changé. Jamais il n'aurait été en mesure de séduire ce genre de fille. Il lui présente ses excuses. Il lui avait promis que la police assurerait leur sécurité, mais le dispositif en place aura juste permis de limiter les dégâts. Iris lui raconte en détail les événements qu'elle n'avait fait qu'effleurer lors de leur conversation le soir même. Simon, son compagnon, souffre d'acouphènes. Il ne peut plus s'exposer au son, et ils ont passé toute la soirée, coupés du monde, dans la loge insonorisée. À un moment, le volume sonore a augmenté, signe que des ultra incels étaient présents et que l'ingénieur du son cherchait à couvrir leurs voix, conformément au plan d'Yvan Langalter. Puis la musique s'est arrêtée. Ils ont pensé à un incident technique. Quelques secondes plus tard, les quatre membres de Significant Youth les rejoignaient, livides de peur. Ce n'est qu'à ce moment-là qu'elle a su ce qu'il s'était passé.

– Quand je pense que Tristan Largile m'avait prévenue. Si j'avais vu son appel, j'aurais pu intervenir.

– Cela n'aurait rien changé, répond-il. Tristan s'inquiétait pour vous. Il voulait vous protéger. En ne recevant pas son message et en restant à l'abri dans la loge, vous avez agi comme il le souhaitait.

– Je ne comprends pas qu'il se soit jeté dans la gueule du loup.

– D'après Luc Bortes, il voulait empêcher Striker d'agir. Il était un des rares à savoir à quoi il ressemblait physiquement. Sa mort vous attriste ?

– Il avait commis des erreurs, mais ne méritait pas de mourir. Il croyait intimement que les hommes comme lui étaient malheureux de manière systémique. Il était à côté de la plaque, mais j'avais bon espoir de le faire changer.

– Vos amis neo straight edge partagent votre point de vue ?

– Seul Simon savait que j'étais en contact avec Tristan. J'ai préféré ne pas en parler aux autres.

– Ils n'auraient pas compris ?

– Les membres de Significant Youth m'auraient soutenue dans mes choix. Mais il y avait un risque que Tristan cherche à les atteindre à travers moi. Dans le doute, je préférais rester sur mes gardes.

*

En fin d'après-midi, Sébastien Mille, Octave Malot et Yveline Brassart se retrouvent en salle de débriefing. Les entretiens menés dans la journée n'ont apporté aucun nouvel éclairage : tout s'est passé très vite, dans une confusion générale, personne n'a vu Tristan Largile emprunter l'escalier ; aucune des personnes interrogées n'a signalé être montée à l'étage avant les premiers coups de feu. Par ailleurs, Mille a rencontré Simon de Christo, qui a corroboré le témoignage d'Iris Velba. Yveline Brassart les remercie pour leur travail et se réjouit de cette collaboration entre la Brigade criminelle, le SCDC et l'UCLAT. Les deux hommes acquiescent. Il aurait été indécent que des guerres de chapelles nuisent à l'enquête, mais ils ont tous les trois assisté à de telles aberrations par le passé qu'il y a effectivement de quoi se réjouir.

Sébastien Mille s'apprête à rentrer chez lui quand un homme d'une trentaine d'années débarque au poste et demande à lui parler. Il mesure 1,80 mètre, porte un t-shirt blanc, sans marque, et un jean bleu dont la poche droite est déformée par un téléphone. Des lunettes rondes en métal argenté habillent un visage glabre. Son crâne a été passé à la tondeuse. Sa posture légèrement courbée et ses bras rachitiques traduisent une fragilité que peinent à masquer ses gestes et sa démarche résolue. On l'amène dans le bureau d'Octave Malot.

– Je m'appelle Amaury Bloch, dit le jeune homme. J'étais présent au concert vendredi, et je pense être la dernière personne à avoir parlé à Kris Terneuil.

– Vous êtes celui qui se fait appeler Willburg sur les réseaux ?

– Oui. Comment le savez-vous ?

– Luc Bortes, que vous devez connaître, était aux côtés de Tristan Largile quand vous lui avez écrit.

– Je comprends. J'étais avec Striker dans la salle. Le son nous perçait les tympans, les neo straight edge voulaient faire la peau aux ultra incels venus scander leur slogan. Striker m'a tiré à part, a soulevé son t-shirt et m'a montré le pistolet coincé entre son jean et sa peau. J'ai eu un mouvement de recul. Je lui ai demandé d'où il sortait cette arme et ce qu'il comptait en faire. On ne s'entendait pas parler à cause du volume sonore. J'ai vaguement compris qu'il était venu plus tôt dans la semaine et l'avait cachée dans les toilettes. Il était là pour faire un massacre. Une bousculade nous a séparés. J'ai écrit à Tristan, que je fréquentais en ligne et que j'avais déjà rencontré une fois dans la vie réelle. J'espérais qu'il saurait comment réagir.

– Que s'est-il passé ensuite ?

– J'ai voulu calmer Striker, le faire renoncer à son projet. Mais je ne l'ai pas retrouvé dans la foule. J'ai repéré un policier. Je me suis précipité vers lui, hurlant qu'un type était armé. Il m'a dit de rester calme, de ne pas lancer un mouvement de panique. Je n'ai pas bien vu son visage, mais je crois que c'est l'agent qui a été tué. Je ne savais pas quoi faire de plus, alors j'ai pris la direction de la sortie.

– À aucun moment, vous n'avez recroisé Striker ?

– Non, mais alors que je me rapprochais de l'entrée principale, j'ai vu Tristan Largile en train de monter à l'étage. Je l'ai appelé, mais il ne pouvait pas m'entendre. J'ai hésité à le rejoindre, mais mon instinct me disait de ficher le camp de là.

– Vous n'avez vu personne le suivre ?

– Non. J'ai surtout vu des gens quitter la salle comme moi, pour éviter d'être pris au milieu de la bagarre.

– Pourquoi avoir mis autant de temps avant de venir ici ?

– Personne ne savait qui se cache derrière le pseudonyme de Willburg. Au départ, je pensais rester loin de tout ça. Je n'imaginais pas que notre combat puisse déboucher sur une telle violence. On n'est pas aux États-Unis ici ! J'ai eu honte d'appartenir aux ultra incels, peur d'être accusé de complicité, ou même de complaisance. J'ai beau avoir fait partie du mouvement, j'ai une conscience. C'est dur de rester insensible face à la douleur des gens…

Sébastien Mille poursuit la discussion, intrigué par ce garçon simultanément lâche et courageux. Amaury Bloch vit dans un appartement de famille appartenant à sa grand-mère. Après des études d'ingénieur, où « il n'y avait que des mecs », il a fondé une entreprise qui opérait des données issues de plusieurs systèmes pour les rendre exploitables par des outils statistiques. Cinq ans après sa création, le rachat de sa société par l'un des leaders de la *data visualisation* l'a mis à l'abri du besoin. Quand Sébastien lui demande comment il occupe ses journées désormais, le jeune homme dit réfléchir à une nouvelle idée de *business*. En attendant, il passe son temps à « rêvasser sur Internet ».

– Rêvasser sur Internet, c'est une jolie expression pour ne pas dire « harceler en ligne », souligne Sébastien.

– Je n'ai jamais harcelé personne, se défend Amaury Bloch. J'exprime mes idées sur des forums, parle avec des hommes qui ressentent les mêmes choses que moi. On ne fait rien de répréhensible.

– Et quelles sont ces idées ?

– Que les médias et le gouvernement ont bourré le crâne des femmes, leur ont fait croire que les hommes étaient leurs ennemis. Tout est fait pour que les femmes ne couchent plus avec des hommes.

– Dans quel but ?

– Peut-être pour nous empêcher de nous reproduire à cause de l'impact écologique des enfants. Ça pourrait renforcer l'effet des *chemtrails*, ces traces blanches, laissées dans le ciel par les avions, qui diffusent des produits chimiques destinés à nous rendre stériles. Ou peut-être simplement pour nous faire payer des millénaires de « domination patriarcale », dit-il en formant des guillemets dans l'air avec ses doigts. Je n'en sais rien. Je me pose des questions. Ce que je vois, c'est que malgré mon travail, malgré tout l'argent que j'ai gagné, les femmes ne veulent pas de moi. J'ai beau être gentil, attentionné, je suis toujours rabaissé à mon statut d'homme. Les mêmes filles qui se précipitent dans les bras de mâles alpha, machos comme il faut, me repoussent, s'imaginent que je suis un connard libidineux. C'est normal qu'on ait la rage et qu'on ait besoin de partager nos expériences sur des forums.

Sébastien Mille prend des notes, bien qu'il connaisse ce discours victimaire, teinté de complotisme, sur le bout des doigts. Il n'arrive pas à savoir si les incels croient à ce qu'ils racontent. Il reste persuadé que la majorité se complait dans cette posture de célibataire esseulé, s'en sert comme d'une excuse pour mal se comporter.

– Connaissez-vous un dénommé KenKillER ?

– Bien sûr, répond Amaury Bloch, surpris par la question. Tout le monde le connaît. C'est l'une des figures majeures du mouvement incel en France. Il a été un des premiers à fournir des outils à la communauté, à lui permettre de s'organiser. Il a monté un paquet de sites, notamment Overluces dont je suis un membre très actif.

– Vous parlez parfois avec lui ?

– C'est l'administrateur du forum. On a régulièrement l'occasion d'échanger.

– Est-ce que vous pourriez vous connecter à Overluces, me montrer vos derniers messages, et les réactions des gens à l'attentat ?

Amaury Bloch sort son mobile, lance son navigateur, fronce les sourcils.

– Un souci ?

– Je ne comprends pas. J'accède bien au forum, mais tous les anciens messages ont disparu. Il ne reste que ceux postés aujourd'hui après 17 heures. C'est la panique, tout le monde se demande ce qui se passe.

Sébastien Mille prend son propre téléphone, constate le même phénomène sur les autres sites gérés par KenKillER, dont *unevoixpourleshommes.fr* et *équilibreetconvergence.fr*, complètement vidés de leur contenu. Il contient son désappointement.

– KenKillER est encore en vie et cherche à effacer ses traces, on dirait.

– Vous pensiez qu'il était mort ? demande Amaury Bloch.

– Il ne s'est pas manifesté en ligne depuis le décès de Tristan Largile. Ça aurait pu être la même personne.

– C'est étrange. KenKillER fait tellement partie du paysage qu'on en oublie qu'il y a un humain, avec une véritable identité, caché derrière. Je n'ai jamais imaginé que cela puisse être Tristan Largile ou une autre personnalité du web. Le fait que le contenu ait disparu quelques jours après sa mort ne discrédite pas votre théorie.

– Comment ça ?

– La personne derrière KenKillER est experte dans l'anonymat en ligne. La preuve, vous n'avez jamais réussi à remonter à elle. J'imagine qu'elle avait très bien pu prévoir un mécanisme d'autosuppression des données, si elle ne se connectait pas au système durant une période définie. En cas d'arrestation, elle s'assurait de ne laisser aucune preuve.

– Est-ce que vous avez les droits pour ajouter des utilisateurs sur Overluces ?

– Oui. Si vous le souhaitez, je peux vous créer un profil. Ça vous permettra de suivre les échanges et de voir si KenKillER réapparait. Vous voulez quoi comme pseudonyme ?

– Je vous laisse choisir.

Amaury Bloch réalise les manipulations nécessaires, épelle à Sébastien Mille son identifiant. Sur Overluces, il s'appellera « Striker4life ».

– Pas de risque que l'on vous prenne pour un flic avec un pseudo aussi provoc.

– Et pour le mot de passe ?

– Je vous mets la date de l'attentat : « 13062025 ». C'est facile à retenir. Vous pourrez le changer ultérieurement.

– Je pense que vous en êtes conscient, mais depuis l'attentat, la situation est devenue critique. Cet entretien est cent pour cent confidentiel. Si nous apprenions que vous avez partagé des informations avec KenKillER ou avec d'autres incels, il y aurait des conséquences pour vous.

– Une seule personne ne représente pas toute une communauté. Striker était un déséquilibré. Je ferai tout ce qui est en mon pouvoir pour aider la police.

Sébastien Mille raccompagne Amaury Bloch, lui serre la main. Sans pour autant l'estimer, il se réjouit que les ultra incels ne soient pas tous des causes perdues, que les événements extrêmes de vendredi dernier engendrent une prise de conscience chez certains d'entre eux.

Demain Sébastien retournera au SCDC. Concernant Largile, il va laisser Malot et son équipe faire le travail, rester focalisé sur la lutte antifasciste, comme défini dans son propre code moral. Traquer KenKillER et mettre à mal les sites masculinistes reste son objectif principal. Il veut démasquer les manipulateurs, offrir de la clarté, que les gens sachent qui prend la parole et pourquoi.

Iris Velba

D'une rive à l'autre

Iris aimerait rester seule, mais Simon ne la quitte pas des yeux. Il ne veut pas qu'elle sorte, prétend qu'ils doivent faire profil bas, limiter leurs déplacements. Depuis vendredi dernier, sa vie a basculé. Elle observait la fosse, sidérée par l'immense bagarre qui se déroulait sous ses yeux, quand un homme est apparu sur la mezzanine, accourant vers elle, avant d'enjamber la séparation qui délimitait l'espace VIP de celui réservé au public. Tristan Largile, à bout de souffle, s'est matérialisé dans l'obscurité. Il lui a pris la main, criant que Striker était armé, qu'il allait s'en prendre à elle. Le premier réflexe d'Iris a été de prévenir les autres, mais Tristan ne lui en a pas laissé la possibilité. Avec une force inattendue, il l'a fait basculer sur son épaule pour l'emporter vers la sortie, faisant le chemin inverse, son énergie décuplée par le fait de la tenir entre ses bras. Confuse, elle n'a pas essayé de se débattre. Elle avait le sentiment que Tristan savait ce qu'il faisait, qu'elle devait lui faire confiance.

Arrivée à la moitié de la mezzanine, Iris s'est sentie arrachée à l'étreinte de Tristan. Une pensée fugace a traversé son cerveau : « Cette fois, les ultra incels ne vont pas me rater. » Mais c'était les mains de Simon, qui l'avaient agrippée, jetée au sol, avant de saisir Tristan par le col. Dans l'obscurité, elle a entrevu Largile lever ses deux mains dans un signe d'apaisement, crier qu'il allait tout lui expliquer. Simon l'a plaqué contre la balustrade, et, d'un mouvement puissant, l'a fait basculer dans le vide. Iris n'a pas eu le temps de réagir. Déjà, son compagnon l'attirait dans la loge, ses doigts enroulés autour de son poignet. Elle s'est retrouvée assise sur l'un des canapés rouges, sans voix. Elle ne parvenait pas à prendre la mesure de ce qui venait de se passer. Ça ne pouvait pas être aussi grave que ça en avait l'air. Elle ignorait que la chute avait été fatale à Tristan Largile.

Quelques minutes plus tard, ils étaient rejoints par les membres de Significant Youth et de Spoliation, qui leur révélaient la tuerie en cours. Après les coups de feu, ils ont joint leurs proches présents au concert. Le compagnon de Mei avait quitté le club dès les premiers mouvements de foule, celui de Gaspard s'était jeté à terre et avait rampé jusqu'à la sortie en longeant les murs. Caleb, le patron de leur label, et Fabrice, leur manager, s'étaient réfugiés à l'étage. Ismaël, le jeune neo straight edge qui les avait aidés lors des représailles contre Tristan Largile, avait foncé dans les couloirs de service. Tous ont répondu à leurs messages, sauf un : Yoav Radur, l'ami d'enfance de Gaspard et Simon, soutien historique de Significant Youth. Lorsque le policier chargé de les évacuer leur a annoncé qu'il faisait partie des victimes, ils ont encaissé comme s'ils le savaient déjà. Sauf Yvan, qui a fondu en larmes : « Putain, mais qu'est-ce qui m'a pris de provoquer les ultra incels ? »

Simon a gardé le silence jusqu'à leur retour dans leur appartement. Mais, la porte fermée, il a pété un câble, martelant qu'ils auraient pu empêcher les événements.

– Des mois durant, tu as fréquenté Striker sur Intralluces. On savait pertinemment qu'il était dangereux. On n'a rien pu faire à cause de ce foutu anonymat qui protège les ordures, a-t-il dit, avant de lancer une chaîne d'information sur son ordinateur.

Iris observait, ahurie, l'homme avec qui elle avait construit sa vie. Quelques heures plus tôt, il avait commis un meurtre, et ça ne semblait pas le toucher. Luc Bortes apparaissait à l'écran. La mâchoire fermée, le regard haineux, Simon éructait contre « cette enflure qui se pavanait devant les caméras ».

– Il faut qu'on parle de ce qu'il s'est passé, a bredouillé Iris. Tristan… Il est mort. Tu t'en rends compte ? Tu réalises que c'est toi qui l'as tué ?

– Tu veux qu'on parle de ton amant ? De cette petite merde que tu voyais en cachette ?

Iris était choquée. Elle n'imaginait pas Simon au courant de sa relation avec Tristan, et encore moins envisager qu'il s'agisse d'une aventure. Son premier réflexe a été de se justifier. Elle le détestait de la mettre dans une telle position. Alors qu'ils venaient d'échapper à une tuerie, qu'ils étaient cernés par les morts, elle était là dans son salon à expliquer qu'il n'y avait rien eu entre Tristan et elle.

– Jamais je n'aurais fraternisé avec un ultra incel. Quant à coucher avec l'un d'eux, n'en parlons pas ! Tristan m'intriguait et je voulais découvrir ce que les ultra incels mijotaient. C'était une personnalité atypique. Quelqu'un qui avançait avec conviction dans la mauvaise direction et qu'on avait envie de réorienter. Il avait parfois de bonnes intentions. La preuve : il a cherché à me prévenir pour Striker.

– Tu es une menteuse. Tu ne vaux pas mieux que les autres. Rien de ce que tu diras à partir de maintenant n'aura de valeur à mes yeux.

Elle s'est approchée de lui, a essayé de lui toucher le visage. Elle voulait abaisser la tension, revenir à une discussion rationnelle. Il l'a repoussée, levant la main sur elle. Elle aurait juré qu'il allait lui en coller une. Elle a hésité à le provoquer. Des mots lui brûlaient les lèvres : « Vas-y, frappe-moi, connard ! » Elle s'est ressaisie. Dire cela, c'était franchir un point de non-retour, acter que Simon lui faisait peur, peut-être encore plus que les brutes masculinistes qu'il prétendait combattre. Son monde allait s'effondrer, ses repères se dissoudre. Elle n'était pas prête.

– Comment as-tu su que je voyais Tristan ?

– Comment les gens découvrent qu'on les trompe ? C'est toujours la même histoire. Mardi dernier, j'ai vu une notification apparaître sur ton téléphone, alors que tu étais sous la douche. Je n'arrivais pas à y croire. Tu m'as dit que tu allais boire un verre avec Manon. J'imagine que tu lui as demandé de te couvrir. Je savais que c'était faux, parce qu'un membre de l'Adile avait mentionné une conférence qu'elle donnait ce jour-là sur la question du sous-titrage des films au cinéma. Je t'ai suivie jusqu'au Mellotron et je l'ai vu te prendre dans ses bras !

– Pourquoi n'as-tu rien dit ?

– J'étais curieux de savoir combien de temps tu me cacherais la vérité.

– Simon, je te jure qu'il ne se passait rien entre nous. Il aurait aimé, mais j'ai repoussé ses avances. Je voulais me faire ma propre opinion sur lui avant de t'en parler. J'ai réalisé que je le trouvais attachant. J'appréhendais ta réaction. Je n'en reviens pas qu'il soit mort.

– Yoav, un de mes plus vieux amis, trois femmes et un flic se sont fait trucider par un ultra incel, et toi tu t'inquiètes pour l'un d'eux ? Tu me fais pitié.

– Ils ont été tués par un malade. Tristan, lui, est mort parce que tu l'as volontairement poussé dans le vide.

– Je ne pouvais pas deviner que ce gros tas était en sucre, qu'il se briserait en morceaux en tombant de quelques mètres.

– Qu'est-ce que tu comptes faire ?

– Comment ça ?

– Est-ce que tu vas te dénoncer à la police ? Tu devrais appeler le commissaire Mille. Il t'écoutera. J'ai son numéro.

– Il faisait noir. Personne ne m'a vu. L'anarchie régnait. N'importe qui aurait pu pousser Largile depuis le balcon. Il aurait pu tomber tout seul en se penchant. Se suicider, même ! C'était un garçon fragile.

– Mais je t'ai vu le tuer, Simon. Tu ne peux pas faire comme si je n'existais pas...

– Quand on t'interrogera, tu diras qu'on ne sait rien, qu'on a passé tout le concert dans la loge, à l'écart du son.

– La police va enquêter. Ils vont analyser ses boîtes mail, découvrir que je le fréquentais. Ils vont poser des questions.

– Tu leur diras la vérité : tu avais fait la paix avec Largile. Ils ne découvriront rien dans ses mails qu'ils ne savent déjà. Nous n'avions aucune raison d'en vouloir à Largile. Nous avions enterré la hache de guerre.

– Et les caméras qui filmaient le concert ? Et les empreintes ? Est-ce que la police ne va pas retrouver les tiennes sur le corps de Tristan ?

– J'ai entendu un technicien dire que le premier étage n'entrait pas dans le champ des caméras. Et, encore une fois, on était dans l'obscurité. Quant aux empreintes, ça m'étonnerait. D'autant plus qu'une fois tombé, Largile a dû être déplacé. Tu penses avoir pu laisser les tiennes sur la rambarde ?

– Non, je portais des gants. Mais je ne crois pas que tu puisses t'en tirer comme ça. Tu as forcément laissé des preuves. Tu dois prendre les devants, expliquer à la police ce qu'il s'est passé.

– Au contraire. Rien ne presse. Si on finit par m'accuser, il sera toujours temps d'invoquer la légitime défense. Je dirai que Largile nous a trahis, qu'il s'était rapproché de toi pour mieux nous planter un couteau dans le dos, qu'il t'a agressée et que je l'ai poussé pour te protéger. On était traumatisés par l'attentat, on a pris peur. On a préféré taire l'incident. Ne t'inquiète pas, Iris. Tout va bien se passer.

– Ton frère n'acceptera jamais de garder le secret.

– Il n'a pas besoin d'être au courant.

– Tu vas lui mentir à lui aussi ?

– Tu es mal placée pour me juger. Je n'ai pas le choix. On permet aux extrémistes de déverser leur fiel, cachés derrière des pseudonymes. On les laisse, eux et leurs mensonges, proliférer sur Internet. En retour, je n'apporterai aucune clarification sur la mort de Largile. En créant du mensonge sur Internet, on récolte du mensonge dans la réalité.

*

Le soir suivant l'attentat, Iris a appelé ses parents, rassuré les proches qui s'inquiétaient, échangé des messages sur Whatsapp avec Kahina, sur Telegram avec Manon. Partout dans le monde, des gens apposaient le fameux X sur leur photo de profil Facebook, clamaient leur soutien, partageaient des chansons de Significant Youth, appelaient à des mesures radicales contre les incels. Les fans, eux, disaient que Significant Youth avait donné ce soir-là son meilleur concert, que leur musique était plus forte que la mort.

Iris a retiré son débardeur, regardé le X imprimé dessus, en se disant que jamais ses amis n'accepteraient de continuer à faire de la musique après ça. Elle a pénétré dans la douche – son refuge depuis des semaines –, espérant que l'eau brûlante détourne momentanément son cerveau des angoisses qui l'assaillent. Elle ne sait pas si elle arrivera à couvrir Simon sur la durée, si la culpabilité n'aura pas raison de sa loyauté. Quand elle est sortie de la salle de bains, Simon semblait dormir. La lumière éteinte, elle s'est glissée dans les draps, en lui tournant le dos. Alors qu'elle allait sombrer, elle a entendu son compagnon pleurer. Il devait être accablé par la mort de Yoav, rongé par la culpabilité suite au meurtre de Tristan, déchiré entre la tentation de se livrer à la police et l'envie de préserver son avenir. Elle a posé une main sur son épaule.

– Que se passe-t-il, Simon ?

– C'est mon acouphène. Je n'en peux plus de ce son.

*

Elle a passé le week-end en apnée, sans savoir si Simon était son allié ou son ennemi. Elle n'en revenait pas que tout puisse changer si vite, qu'une personne qu'on aime puisse soudainement nous faire peur. Elle a tout fait pour se ressaisir, se convaincre que son couple surmonterait cette mauvaise passe. Simon lui a présenté ses excuses : il n'aurait pas dû supposer qu'elle le trompait. Il n'éprouvait aucun remords pour Largile, mais accordait de l'importance à leur relation. C'était déjà ça.

Le dimanche, ils ont étoffé leur histoire, accordé leurs violons, répété leur déposition. Le lundi, face à Sébastien Mille, ils ont parfaitement joué leur partition, affirmant au policier qu'ils n'avaient jamais quitté la loge, chacun offrant un alibi à l'autre. Iris a été surprise de la facilité avec laquelle elle mentait. C'était comme sur Intralluces quand elle endossait la personnalité d'Aldana. Elle jouait un rôle, inventait une réalité où se confondaient mensonges et faits réels.

Yvan Langalter

L'enterrement de Yoav Radur

Prostré chez lui depuis quatre jours, le téléphone coupé, la box Internet débranchée, Yvan n'a parlé qu'à ses parents, son frère, et Octave Malot, le policier qui l'a interrogé sur le déroulement de la soirée. Simon lui donne des nouvelles des autres membres du groupe. Il n'a pas le courage de les appeler, de partager leur ressenti, pas envie d'entendre qu'il n'y est pour rien, que ce n'est pas sa faute. Il ne sait pas ce que la presse dit de lui. Il est celui par lequel le malheur arrive, et il imagine qu'elle s'en fait l'écho. Il ne regrette pas de s'être dressé contre les salauds, n'assume pas les conséquences de ses actes pour autant. Les médias couvrent l'événement sous tous les angles. Fabrice, leur manager, gère la communication du groupe, accuse les journalistes de sombrer dans le sensationnalisme, convoque l'indécence des questions pour détourner l'attention de la vacuité des réponses. Quand Yvan rallume son téléphone et consulte sa boîte mail, cette dernière déborde de sollicitations de journalistes, de demandes d'interviews. Tout le monde veut connaître son avis, sa réaction à la tragédie.

Le week-end, malgré les morts qui le tourmentaient, la culpabilité qui lui compressait les entrailles, et l'impression aussi tenace qu'angoissante qu'il ne remonterait plus jamais sur scène, sa réelle préoccupation venait de l'absence de manifestation de Kahina. Après l'attentat, il a cru qu'elle reviendrait, que par droiture, elle ne le laisserait pas traverser seul ces événements. Il a prévenu Simon : « Si elle te contacte, dis-lui que je ne bouge pas de chez moi, qu'elle peut passer à toute heure. » Simon a acquiescé d'un regard jugeant, condamnant la façon dont Kahina obsédait son frère à un moment où l'amour aurait dû être le cadet de ses soucis. Elle ne s'est jamais présentée sur le seuil de sa porte. « En dépit de la situation, a-t-il pensé, elle préfère affirmer combien elle ne m'aime plus, combien je ne représente rien à ses yeux, combien elle est insensible à ma douleur. » Accablé par le manque, il a fait ce qu'il s'était promis de ne jamais faire : il s'est rendu sur Pornhub, a tapé « Kahina Val » dans le moteur de recherche, et s'est masturbé devant la vidéo truquée, où l'on voit son ex-compagne se faire prendre en levrette par un quinquagénaire bedonnant. La voir ainsi, les traits de son visage déformés par des intelligences artificielles pour simuler le plaisir, l'a fait jouir en un instant. Après quoi il s'est senti pitoyable. Ce n'était pas mieux que rien. C'était pire que tout.

L'enterrement de Yoav aura lieu dans quelques heures. Il doit sortir de sa torpeur, mouvoir sa carcasse affaiblie par l'absence de nourriture et la haine de soi jusqu'à la salle de bains. Sous la douche, il pense à celles et ceux qui le prennent pour un héros, un combattant qui via la musique lutte pour un monde meilleur. Lui connaît la vérité. Il a choisi cette voie par facilité, pour s'éviter un travail salarié laborieux, et donner un sens à sa vie, un luxe que la majorité des gens ne peuvent se permettre. Il n'est pas un héros, juste un privilégié. À la fin de leur carrière, sa mère et son père étaient respectivement directrice générale des laboratoires Nornoiron et associé dans le cabinet d'avocats Marshall, Gunn & Carcher. Simon et lui ont grandi dans un contexte où l'argent n'a jamais été un problème, où ils pouvaient choisir leur voie sans s'inquiéter des conséquences matérielles. Quand après ses études, Yvan a décidé de donner la priorité à Significant Youth, ses parents l'ont soutenu financièrement, lui versant même une rente mensuelle.

Simon et Iris viennent le chercher. Il y aura des journalistes, des photographes. Arrivés sur place, après avoir traversé les allées bordées de stèles du cimetière du Père-Lachaise, ils se mêlent à la foule. Accablé, Yvan reste silencieux, évite de croiser des regards, laisse son frère parler à sa place et repousser les importuns. Parmi les jeunes hommes présents, il ne sait pas lesquels sont des neo straight edge ou des ultra incels condamnant l'action de Striker. Quoi qu'il en soit, la cérémonie est difficilement supportable. La famille parle de pardon, d'autres crient vengeance. Chacun fait au mieux pour accepter cette mort atroce. Il a envie de disparaître, sait qu'il n'aura pas le courage d'assister aux autres funérailles, celles des filles et du flic assassinés. Gaspard prend la parole, dit des choses très belles, qui le font vaciller, parce qu'elles l'émeuvent, mais aussi parce qu'elles soulignent son incapacité à ressentir correctement la tristesse, obnubilé qu'il est par Kahina et sa propre solitude. Il fait signe à Simon, le supplie de le sortir de là. Son frère le prend par le bras, soutient sa démarche fragile. Ils se faufilent à travers le monde, tête baissée, les yeux rivés sur leurs pieds foulant la terre où reposent les cadavres. Ils sortent du cimetière par la porte principale, laissant dans leur dos le portail entouré des inscriptions latines « l'espérance est pleine d'immortalité » et « celui qui croit en moi, même s'il meurt, vivra ».

Yvan craque, pleure au beau milieu de la rue.

– Il faut te secouer, Yvan. Change d'environnement, mets des kilomètres entre Kahina et toi, récupère loin de Paris et de l'Absolute Club.

– Ce week-end, Kahina et moi devions partir tous les deux dans la nouvelle maison des parents dans le Var. Ils m'ont proposé d'y aller avec eux, de passer l'été là-bas.

– Ils m'en ont parlé aussi. Ils aimeraient que l'on vous rejoigne avec Iris. On avait prévu d'y passer deux semaines en août. Tu devrais dire oui.

Simon de Christo

L'enterrement de Tristan Largile

Ce matin, nous nous sommes rendus aux funérailles de Tristan Largile. Iris voulait que je l'accompagne, persuadée que notre présence donnerait de la consistance à notre témoignage. C'était une belle réunion de salopards. Un paquet d'hommes, dont une bonne moitié devaient être des ultra incels. À la place de Sébastien Mille, je les aurais tous arrêtés, puis obligés à dévoiler leur pseudonyme sur Internet. Luc Bortes aussi était là, à fanfaronner devant les caméras, clamant que Largile méritait nos prières, au même titre que les autres victimes, que ses opinions politiques ne rendaient pas sa mort moins injuste. J'ai rongé mon frein sans faire d'esclandre.

La mère de Largile a fait un beau discours, plein de tendresse et d'humanité. Elle avait les mains croisées sur son ventre, comme pour se raccrocher à elle-même. Sa douleur m'a retourné les tripes et je n'ai pas réussi à retenir mes larmes. Iris a pris ça pour du regret, comme si je réalisais soudain le mal commis. Elle se trompait. J'étais ému par cette femme, par son parcours, par sa tristesse. Elle avait consacré sa vie à élever son fils, à faire le maximum pour qu'il soit heureux. Elle avait échoué. Tristan était seul, et la solitude l'avait transformé en salaud. Que savait-elle de la méchanceté de son fils ? L'entrevoyait-elle ou se voilait-elle la face ? Sa souffrance me mortifiait, sans remettre en question mon geste. J'aurais préféré que Largile s'en sorte, mais je n'ai pas de remords. Quand il est passé par-dessus la balustrade, j'ai espéré que mon acouphène disparaisse avec lui. Apprendre sa mort m'a peiné, car elle n'a pas brisé la malédiction. Je n'en ai tiré ni jouissance ni culpabilité. Il est étrange de ne rien ressentir face à un événement aussi grave. J'imagine que l'acouphène modifie mes réactions, bloque des signaux électriques dans mon cerveau, perturbe mon rapport au monde.

Iris n'a pas voulu rentrer avec moi après l'enterrement. Elle avait soi-disant besoin d'être seule. Je suis sûr qu'elle déjeunait avec Kahina. Elle ment comme elle respire. Depuis l'attentat, je ne supporte plus sa présence. Des années durant, je me suis raconté des histoires. Je voulais être un neo straight edge exemplaire, follement amoureux de sa compagne, qui ne regarde pas les autres femmes, qui ne questionne jamais son couple, insensible à l'idée de pouvoir trouver mieux. Tout s'est effondré. Entre l'acouphène qui m'interdit les concerts et l'idée que mon frère ne remettra peut-être plus jamais les pieds sur scène, un écart se crée entre moi et le mouvement neo straight edge. Je ne ressens plus l'obligation d'aimer Iris pour renvoyer l'image d'un homme épanoui dans une relation authentique. Mais alors que je devrais me sentir libre, le meurtre de Tristan Largile, dont Iris a été témoin, m'oblige à perpétuer mes mensonges, à prétendre que je l'aime. À n'importe quel moment, Iris peut me dénoncer à la police. Je dois m'assurer qu'elle ne me trahira jamais, la convaincre que notre histoire est éternelle. Moi aussi, je suis condamné à me vautrer dans la duplicité. Me contenter d'Iris m'a toujours paru noble. Aujourd'hui je trouve cela lâche et méprisable.

Je passe l'après-midi derrière mon ordinateur, profitant du télétravail pour avancer sur les protocoles de raccordement des objets connectés à My French Réseau, impatient d'être à demain soir, où je retrouverai Manon et les membres de l'Adile. À 16 heures, débute la conférence téléphonique avec mes homologues allemand, suédois et estonien. Dans plusieurs pays, les ministères du Numérique ont lancé des initiatives similaires à My French Réseau pour contrer la toute-puissance des réseaux sociaux détenus par des compagnies privées, de Facebook à Sina Weibo. La Chine notamment rêve de déployer son propre réseau étatique dont les données viendraient nourrir son système de crédit social. Dans l'attente que la Commission européenne se positionne sur le sujet, idéalement en actant la création d'un réseau européen unique, nous, les architectes de la transformation numérique des États, travaillons de concert, définissant des standards rendant interopérables nos développements, optant pour les mêmes langages, les mêmes protocoles, anticipant en amont ce qui arrivera un jour : la nécessité de fusionner nos systèmes d'information.

Quand Iris rentre, je suis encore en réunion. Nous passons la soirée au calme, l'humeur sombre. Dans les médias, des hommes qui n'avaient jamais entendu parler des ultra incels il y a une semaine se bousculent pour livrer leurs analyses. Avec Yvan, nous les méprisons tous.

Lors du dîner, quelque chose se brise en moi. L'acouphène, les morts, Iris, la tristesse de mon frère, la peur de la prison, je n'arrive plus à encaisser. Je me laisse aller, ne retiens plus mes larmes. Iris m'observe, pose sa main sur la mienne. Face à mes sanglots, elle se lève, me prend dans ses bras, sa main droite caresse mes cheveux. Ses gestes ne sont pas ceux d'une fille qui va livrer son compagnon à la justice. Ils me calment, m'offrent un répit.

Sébastien Mille

Des lieux évanescents

Les jours passent, mais la guerre entre les ultra incels et les neo straight edge reste au cœur des débats. Il est interdit de ne pas avoir d'avis. Se taire signifie soutenir le pire des deux camps. Twitter flambe, Facebook déborde d'immondices, et toutes les heures Sébastien Mille reçoit un appel tantôt de Pierre Chambon, tantôt d'un ministre, tantôt d'un journaliste. Tous veulent savoir où en est l'enquête, avides de découvertes qui pourraient éclairer les événements sous un angle nouveau. Sébastien Mille n'a rien à leur dire. Ce n'est plus à la police d'apporter des réponses, mais au gouvernement. Il faut des prises de position fortes pour prévenir les tueries de masse. Ne pas laisser le crachoir à des types comme Luc Bortes.

Concernant la suite de l'enquête, Sébastien Mille n'a aucune carte en main. Découvrir comment Tristan Largile est mort envenimerait probablement la situation. Retrouver le trafiquant d'armes qui a vendu le Sig Sauer P365 à Striker aurait pu aider – un message retrouvé dans le téléphone de Striker prouve que le pistolet lui a été fourni par un dénommé Narval –, mais la piste n'a mené nulle part. La seule chose que Mille peut faire, c'est coincer KenKillER, ce cancer de la pensée qui endoctrine les jeunes, en faisant passer la haine des femmes pour un jeu, une manière de bien se marrer entre hommes. Mais les dernières nouvelles ne sont pas bonnes. Lucie Marque lui a envoyé les résultats de l'analyse sémantique des messages de KenKillER et de Tristan Largile, sous le pseudonyme de Mialek. Aucune correspondance. Pas la moindre récurrence grammaticale, pas de fautes en commun. Même le niveau de langue diffère.

À l'affut d'un indice, il saisit l'adresse d'Overluces dans son navigateur, mais un message d'erreur s'affiche : « Ce site est inaccessible. Impossible de trouver l'adresse IP du serveur de overluces.fr. » Il essaye de se rendre sur les autres sites de la sphère KenKillER. Même résultat. Fébrile, il affiche le profil Twitter de KenKillER : les mots « ce compte n'existe pas » apparaissent en gras. « Ce salaud est en train de me filer entre les doigts », maugrée-t-il. Non seulement, KenKillER n'est pas Tristan Largile, mais en plus, non content d'avoir déjà supprimé le contenu de tous ses projets, l'incel est en train de disparaître d'Internet.

Le soir, maussade, il retrouve sa fille, Holly, au Pas de loup. Quand il lui raconte l'impasse dans laquelle il est, Holly ne cache pas sa surprise.

– Obliger ces sites à fermer était ton objectif principal. Tu devrais fêter ça !

– Je voulais une confrontation avec KenKillER.

– À quoi bon ? Il aurait affirmé ne pas être responsable des contenus publiés sur ses plateformes. Jamais tu n'aurais réussi à prouver qu'il allumait les mèches, que sans lui ces filles ne se seraient pas suicidées. Il n'aurait pas été condamné.

Sébastien est persuadé du contraire. Son dossier à l'encontre de KenKillER est solide. Il aurait tellement aimé planter son regard dans les yeux de ce salaud, le voir se décomposer, prendre conscience de la fin de son impunité. Il a trop imaginé la scène pour accepter sereinement qu'elle ne se produise jamais.

– Je suis fière de toi, lui dit Holly. Si tous les pères étaient comme toi, le monde serait un plus bel endroit.

Ça le touche. Malgré les doutes, malgré les échecs, une telle phrase justifie de se tuer à la tâche, quels que soient les obstacles et les déceptions.

Timothée Vorzet

#justicepourtristanlargile

Face aux féministes hystériques exigeant la censure des artistes hip hop, jugés misogynes et homophobes – de Kanye West à Booba –, Timothée a senti la colère monter en lui. Fan de rap, il ne supporte pas que des pétasses incultes, ne possédant pas les codes de cette musique, viennent lui dicter quoi écouter : non contentes d'avoir, dans la foulée du mouvement #MeToo, muselé de grands réalisateurs et empêché des films d'être tournés, les voilà qui veulent redéfinir l'ensemble du paysage artistique mondial, imposant leur bienpensance idiote. Sur les réseaux sociaux, puis sur des forums, Timothée a découvert des hommes qui, comme lui, ne supportent plus ces discours confus où criminels, provocateurs et personnalités aux positions clivantes sont logés à la même enseigne, désignés comme ennemis du monde moderne, sans nuance ni hiérarchisation. Timothée, qui méprise les violeurs et les pédophiles, ne comprend pas que les féministes mettent dans le même panier les vrais sales types et les artistes qui utilisent la violence à des fins esthétiques. Il n'a rien contre la libération de la parole, mais à une condition : qu'elle n'ait pas de répercussions sur la production artistique.

Toute une génération de femmes déteste les hommes, s'attaque à leurs créations pour mieux les émasculer. Les nouvelles fréquentations de Timothée ont levé le voile sur le péril féministe. L'année dernière, il a entendu parler pour la première fois des ultra incels et, sans même savoir ce qu'était un incel classique, il a adhéré aux thèses du mouvement. Ayant grandi sans se préoccuper de la politique, trouvant dans le rap une compensation à son isolement social et au mépris des filles à son égard, il voit désormais les éléments s'imbriquer et identifie les traîtres à leur sexe : les gauchistes, les partisans des luttes intersectionnelles et les neo straight edge, qui assènent des contre-vérités, diffusent des chansons de propagande, lèchent les bottes des féministes, qui voient en eux, à raison, des petits chiots serviles. Au fil des mois, son aversion pour les féministes s'est confondue avec son animosité à l'égard des neo straight edge. Il déteste leur musique, leur petit côté gendre idéal déguisé en punk, leur absence d'empathie envers les types comme lui, toujours puceau à 20 ans.

Frustré par la disparition d'Overluces, Timothée Vorzet ère sur Twitter, lit tous les messages contenant le mot-dièse #justicepourtristanlargile. Il ne comprend pas le silence qui règne autour de sa mort. Il n'y pas eu cinq victimes à l'Absolute Club, mais six ! Tristan Largile n'est pas tombé tout seul du balcon. Ce n'est pas un accident. Pourquoi n'a-t-il pas droit au même traitement que les autres ? Timothée en est convaincu : il a été assassiné par un neo straight edge et la police refuse d'enquêter pour ne pas contredire la belle histoire racontée par le gouvernement et les « merdias », celle où les ultra incels seraient les uniques méchants, face auxquels la France devrait se serrer les coudes. L'injustice de la situation lui file la gerbe. Il repense aux messages de Tristan Largile sur Intralluces, à cette fois où les neo straight edge lui ont tendu un piège et où Simon de Christo lui a cassé la gueule. Pendant que les ultra incels sont montrés du doigt par tout le monde, les neo straight edge vivent leur vie en toute impunité.

Timothée enfile un jogging, un t-shirt du groupe PNL et une casquette Ünkut, se rend au cybercafé le plus proche, crée un compte anonyme sur Gmail, retrouve sur Internet le nom du commissaire qui a pris la parole face caméra suite à l'attentat, identifie facilement la manière dont sont structurées les adresses mails, puis écrit à octave.malot@interieur.gouv.fr le premier mensonge qui lui passe par la tête : « Bonjour. Je suis un neo straight edge qui était présent au concert de Significant Youth, le 13 juin 2025 à l'Absolute Club. Lorsque la bagarre a explosé dans la fosse, j'ai pris peur et ai enjambé la barrière de sécurité pour me réfugier à l'étage. Là j'ai vu Simon de Christo, le frère du chanteur du groupe, pousser une personne par-dessus la balustrade. Je condamne fermement l'action des ultra incels, mais je crois aussi en la justice, et espère que cette information vous aidera à éclaircir l'affaire de la mort de Tristan Largile. Bien cordialement. »

Après avoir cliqué sur « envoyer », Timothée se déconnecte, efface ses traces, et, le sourire aux lèvres, rentre chez lui, amusé à l'idée de voir les flics débarquer chez de Christo et sa pétasse.

Simon de Christo

Belle comme une Apache

Vendredi 24 juin. Maigre consolation suite aux événements, nous avons fêté hier soir la fermeture des sites de KenKillER, avancée déterminante dans la lutte contre les incels.

Après presque une semaine d'absence, je remets les pieds au bureau. On m'y accueille en héros, comme si survivre à l'attentat avait été une question de volonté. Je suis à jour dans mes tâches, tiens mes engagements. Ces derniers mois n'ont pas entaché ma popularité. Peu après mon arrivée, Béatrice Carnot, qui dirige le programme My French Réseau, me demande si on peut se voir en fin d'après-midi. À peine plus âgée que moi mais bien plus ambitieuse, elle maîtrise parfaitement les enjeux du web. Quand il le faut, elle sait mettre les mains dans le cambouis pour s'approprier les problématiques techniques. Sa capacité à monter des plans d'action rapides et à se battre pour nos budgets lui vaut la reconnaissance des équipes. Être convoqué dans son bureau est rarement une bonne nouvelle, mais, protégé par mes compétences, je ne suis pas inquiet.

L'*open space* se vide et je me retrouve assis en face de Carnot. Elle me demande comment ça va, s'intéresse à mes états d'âme. « Entre tes problèmes de santé et ce terrible attentat, tu as de bonnes raisons d'être perturbé, me dit-elle.

Si tu as besoin de temps pour toi, d'aménager tes horaires, tu auras notre soutien. » Je la remercie, accepte la proposition, tout en précisant que j'ai besoin de travailler pour m'occuper l'esprit. Nous parlons du futur de My French Réseau. Nous partageons la même vision : celle d'un réseau social mondial qui serait au service des citoyens et des États, et non à la solde de grandes corporations nourrissant des intérêts d'investisseurs privés. Elle regrette de voir des milliards dépensés dans des initiatives propres à chaque pays, au détriment d'une politique commune. La conversation s'éternise, je n'ose pas la couper. Quand elle y met un terme, il est déjà 19 heures. Je serai en retard à la réunion de l'Adile.

Dans le métro, je savoure ma chance de travailler sur un projet excitant, dans une ambiance bienveillante, là où la majorité de nos connaissances diplômées d'écoles de commerce ou d'ingénieurs sont confrontées à l'aliénation du travail : toxicité des échanges, priorités changeantes, échéances intenables, feuilles de route en forme de chemin de croix. Je ne pense pas à la mort de Tristan Largile. Mon acouphène est aussi puissant que possessif. C'est un tyran qui ne laisse aucune place aux autres angoisses. La perspective d'être arrêté pour meurtre me suit comme mon ombre, sans que j'y prenne garde, sans que jamais je ne me retourne.

De retour dans les couloirs de la faculté Xavier-Bichat, je me laisse guider par la voix d'Alice, l'interprète, impatient de montrer à Manon mes nouveaux progrès en LSF – depuis ma première venue à l'Adile, dès que j'en ai l'occasion, je suis des tutos en ligne pour apprendre la langue des signes. Lorsque j'arrive dans la salle, le générateur de bruit blanc est déjà en marche. Manon est en plein discours. Ses mains s'agitent avec précision. Je la trouve étonnamment belle. Je me glisse discrètement à l'intérieur, m'adosse au mur pour ne pas l'interrompre.

« Nombre d'entre nous sont maintenus en position de faiblesse, dit-elle. On nous force à porter des appareils auditifs, on limite nos capacités à communiquer, on nous coupe de notre peuple, on ne cherche pas à nous comprendre, mais à nous réparer contre notre volonté. Le corps médical, les penseurs, les politiques prétendent tout savoir de nous, écrivent sur nous, édictent des règles nous concernant, mais ne savent pas communiquer avec nous, ne connaissent ni la LSF ni notre mode de vie, ignorent nos peines, nos joies, nos difficultés et nos espoirs. Leur principale préoccupation est de dépister les Sourds à la naissance pour les faire entrer au plus vite dans ce qu'ils appellent la normalité sonore. Ils nous traitent comme un peuple indigène, avec condescendance, en méprisant notre culture. Ce sont des colons, désireux d'apporter le bruit dans un monde de silence. Mais nous connaissons la vérité. L'important est de pouvoir communiquer, de posséder une langue, pas de capter les sons du monde. Le son ne nous manque pas. Il ne faut plus se définir par son environnement sonore ou son absence d'environnement sonore. Je me définis par ma gestuelle, non par mes oreilles défaillantes. Nous devons lutter contre l'oppression oraliste. » Son discours terminé, les Sourds et Sourdes présents lèvent les mains et les font vibrer pour dire « Bravo ». Pour la première fois depuis des semaines, je sens mon sexe se gonfler.

Je m'excuse pour mon retard, m'installe, attrape un café au passage. Manon me propose de prendre la parole, et je réponds oui, moins par nécessité de me confier que pour impressionner la galerie avec les quelques phrases que j'ai apprises en LSF. Accompagnant mes gestes avec ma voix – je n'arrive pas à signer sans parler en même temps –, j'explique mon combat quotidien contre l'acouphène, mes techniques pour me soustraire momentanément à la violence du son, les déceptions répétées quand il se manifeste à nouveau dans mon environnement. « Je vais mal, mais je continue à vivre, conclus-je. Je préfère souffrir plutôt qu'abandonner. » Je fais des erreurs de langue, mes signes sont approximatifs, mais la majorité de l'auditoire me comprend sans poser les yeux sur l'interprète. Sur le visage de Manon, je lis la surprise et la satisfaction.

Lorsque nous quittons la faculté, il fait encore jour. Le temps est doux. Comme à leur habitude, les membres de l'association décident d'aller boire un verre. Nous marchons ensemble jusqu'à Lamarck-Caulaincourt. L'interprète nous a quittés et je n'arrive pas à suivre les conversations en marchant. Je m'efforce de profiter de la balade, malgré l'acouphène calé un cran au-dessus des bruits de la rue. Nous sommes six à nous installer à la terrasse du bar Le Refuge. Les mains s'agitent, Manon mène la danse, parle de son travail de graphiste dans une agence web. Je savais qu'elle avait un emploi salarié, mais la rabaissais inconsciemment à son statut de Sourde, comme s'il s'agissait de sa fonction dans la société. Les gens savent qui je suis et ce que j'ai vécu à l'Absolute Club. Mais ils ont la décence de me foutre la paix, de ne pas remuer le couteau dans la plaie.

Derrière nous, des cadres supérieurs parlent bruyamment, fêtent la fin de la semaine, s'angoissent déjà pour le lundi suivant, de cette charge de travail qui jamais ne diminue. Je suis le seul à être dérangé par leur conversation – les Sourds sont hermétiques à la pénibilité du monde sonore environnant. Manon se lève, va jusqu'à la pharmacie du 79 rue Lamarck, revient avec des boules Quies : « Pas besoin de subir les bruits de la ville quand tu es avec nous », signe-t-elle. J'appréhende de diminuer les sons extérieurs et de valoriser l'acouphène, mais Manon pose sa main sur la mienne : « Focalise-toi sur nos gestes, oublie le son ! »

Quand le barman vient prendre notre commande, l'un des Sourds pose son index sur la carte, et mime le chiffre six.

Quelques minutes plus tard, six pintes de bière arrivent sur la table. Je n'ose pas expliquer que je ne bois pas d'alcool. Manon ne fait rien pour m'aider. Je lis dans ses yeux que ce n'est qu'une bière, que le mouvement neo straight edge ne s'effondrera pas parce que j'ai pris l'apéro avec des amis. Perturbé par les événements, me convainquant qu'une ivresse légère apaisera l'acouphène, j'avale une grande gorgée. Cela fait des années que l'alcool n'a pas coulé dans ma gorge. J'avais oublié combien j'aimais ça.

Nos verres finis, chacun s'apprête à rentrer chez soi. Par un texto plus discret que des gestes, je propose à Manon de poursuivre la soirée avec elle. Elle accepte, nous empruntons l'escalier qui longe Le Refuge pour rejoindre la rue du Ruisseau, puis tournons à gauche jusqu'à L'Esquisse, un restaurant végétarien. À peine installés, Manon commande une bouteille de vin blanc. Nous parlons de nos métiers respectifs, de notre croyance en Internet.

– Les réseaux sociaux ont ouvert un nouveau monde aux Sourds, signe-t-elle, décomposant ses gestes pour me permettre de comprendre. Les Sourds et les entendants y sont sur un pied d'égalité. Parfois, je me dis que je ferais mieux d'arrêter de me battre dans le monde réel, ne vivre que dans le monde virtuel, cachée derrière mon ordinateur.

– Je suis d'accord, Internet est le plus bel espace de discussion et d'émancipation sociale, écris-je sur le carnet de Manon, ne possédant pas le vocabulaire nécessaire en LSF. Dommage qu'il soit gangréné par les harceleurs, les manipulateurs et les extrémistes en tout genre.

– Tu dis ça à cause de l'attentat et des ultra incels ?

– Non, en général. La vraie vie, celle des idées, se déroule en ligne aujourd'hui, mais on ne la canalise pas. On légifère peu à son sujet, on y tolère l'anonymat comme s'il s'agissait d'un monde parallèle.

– Internet est à l'image de la société. Les gens n'ont pas besoin d'être anonymes pour se comporter comme des connards.

– Ce n'est pas une raison pour les laisser écrire en toute impunité. On ne les empêchera pas de mal se comporter, mais au moins on saura les tracer.

– L'utopie Internet, c'est justement de pouvoir se réinventer, se détacher de son identité pour libérer la parole, non ?

– C'est un palliatif aux failles de la démocratie. On devrait tous pouvoir s'exprimer librement, sans avoir recours à une existence virtuelle. Mais plutôt que de se battre pour la libération de la parole dans le monde réel, on crée des perchoirs pour les corbeaux du monde virtuel. On permet aux racistes, aux misogynes, aux homophobes de proliférer anonymement.

– Fustiger l'anonymat, c'est un peu un discours de droite, écrit Manon.

– Ce sont les politiciens qui en ont fait un combat de droite, mais en réalité, la transparence est bien une valeur de gauche. Il faut que l'on puisse distinguer le vrai du faux, débusquer les mensonges, démasquer les manipulateurs. Je crois en une démocratie bienveillante où l'on sait d'où les gens parlent et pourquoi ils disent les choses, où toutes les paroles ne se valent pas, où l'on vote sans être influencé par des forces manipulatrices.

– En dévoilant l'identité des gens en ligne, on en ferait des cibles, rétorque Manon. Les policiers, les professeurs, les activistes politiques seraient traqués jusqu'à leur domicile.

– Oui, c'est pour cela qu'il faut agir dans le monde réel, y condamner toute forme de harcèlement et de discrimination, que nos identités n'y soient jamais sujettes aux jugements de valeur.

– J'ai l'impression qu'on ne va pas avoir assez d'une seule bouteille, s'amuse Manon qui termine son troisième verre.

– Je suis désolé. C'est la première fois que nous dînons ensemble et je t'ennuie avec mes histoires politiques.

– Au contraire. Je suis contente d'avoir de vraies discussions. Quand on est sourde, les gens s'imaginent parfois qu'on est un peu bête, qu'on ne s'intéresse pas au monde des idées.

– On peut quand même changer de sujet. Il y a plein de choses que je ne sais pas sur toi, alors que je suis sûr que tu connais tout de moi par Iris.

– Qu'est-ce que tu voudrais savoir ?

– Je ne suis pas quelqu'un de très sociable. Je ne sais pas mener de conversations personnelles, même si j'en ai envie.

– Sois instinctif !

– D'accord. Est-ce que tu es en couple ?

– Voilà une question claire et directe ! Pas vraiment. J'ai des histoires, rien de bien glorieux. Comme tous les célibataires de Paris, j'ère sur les applications de rencontres, avec un succès mitigé. Je tombe sur trois types de personnes : des Sourds persuadés d'avoir trouvé l'âme sœur en moi, notre appartenance au même peuple suffisant à me transformer en la fille de leurs rêves ; des sales types qui s'imaginent qu'une handicapée va se réjouir qu'on daigne vouloir coucher avec elle ; et enfin quelques gars sincères, convaincus que ma spécificité ne leur posera pas de problème, mais qui se détournent de moi quand je leur demande d'apprendre la LSF.

– Je ne m'attendais pas à ça.

– Tu t'attendais à quoi ?

– À ce que les hommes se battent pour sortir avec toi. Que tu sois en couple, ou célibataire par choix.

– Mais Simon, je suis sourde, j'ai un visage lambda et de grosses cuisses. Sans parler de mon militantisme, de la mauvaise image des féministes qui se mettent en avant, qui prennent la parole, même si dans mon cas c'est une parole silencieuse.

– Moi je te trouve brillante et charismatique. Pleine d'idées et d'enthousiasme. Et très belle.

– C'est gentil. L'alcool te réussit bien. Comment se fait-il que tu aies accepté de boire ce soir ? Iris m'a dit que tu ne faisais jamais d'exception.

– L'attentat de l'Absolute Club a tout changé. Il y a le traumatisme, la perte d'un ami proche, mais aussi cette mise en lumière non consentie. Sur les réseaux, on a reçu beaucoup de messages de soutien, mais aussi des insultes, des gens qui disaient que c'est bien fait pour les neo straight edge et la culture de la bien-pensance. J'ai besoin de lâcher du lest, de panser mes plaies sans m'imposer de contraintes. Si l'alcool peut m'aider à me détendre, à mettre sur pause mes combats, ça me va bien.

Durant le dîner, l'acouphène s'efface au second plan, comme une blessure intime que l'on peut cacher quand les circonstances l'imposent. L'addition payée, nous marchons dans Paris, tremblant à cause de la froideur inattendue de la nuit et de l'alcool qui, au lieu de réchauffer nos corps, nous empêche de maîtriser nos membres. Manon habite vers Abbesses. J'ai envie de lui prendre la main, sans oser, craignant sa réaction. Arrivés devant son immeuble, elle me remercie pour la soirée, me dit combien Iris compte dans sa vie, et l'importance pour elle de tisser des liens avec moi. Je ne retiens que ses derniers gestes, m'approche d'elle pour l'embrasser, vois son regard se figer, l'incompréhension dans ses yeux. Espérant que le contact de mes lèvres sur les siennes provoquera un électrochoc, convaincu que le vin excusera mon manque de discernement, je ne renonce pas. Elle me repousse brutalement, les doigts repliés, ses ongles grattant sa poitrine pour signifier la colère. Elle a l'air furieuse et incrédule, comme si elle n'avait rien vu venir. Ma main droite forme un rond et dessine des cercles sur mon cœur : je suis sincèrement désolé. Manon me dit qu'elle m'aime beaucoup, mais qu'elle déteste ce que je viens de faire. Au fond, elle doit se demander : « Pourquoi moi alors qu'il peut avoir toutes les femmes qu'il veut ? » Bien sûr, Iris arrive sur le tapis. « Jamais je ne volerais le mec de quelqu'un, encore moins celui de ma meilleure amie, signe-t-elle. Tu me mets dans une position délicate. Je vais être obligée de mentir à Iris. Taire ce qui s'est passé pour ne pas lui faire de peine. Mais je te préviens, si tu retentes quoi que ce soit, je te balance direct. »

Iris Velba

La corruption du son

Lorsque Simon rentre, elle est déjà au lit. Il se dirige sans un mot vers la salle de bains, et à travers la porte ouverte, lui raconte sa soirée, vante l'esprit de camaraderie qui règne au sein de l'Adile, dit combien il a apprécié le dîner avec Manon. « Je regrette de ne pas l'avoir fréquentée plus tôt », affirme-t-il. Iris entend l'eau qui coule, la brosse à dents qui s'active, le gargarisme avec le bain de bouche. Elle se lève, s'approche de Simon. Sa toilette n'y fait rien, il sent l'alcool.

– Tu as bu ?

– Une bière et deux verres de vin. Trois fois rien.

– Que s'est-il passé ?

– Rien de particulier. J'en ai eu marre des dogmes neo straight edge. Tout ça me paraît ridicule depuis l'attentat.

Iris se renfrogne, hésite à lui rentrer dans le lard, se demande si ça vaut encore le coup. Quand son petit ami est un meurtrier, peut-on vraiment s'inquiéter de le voir s'enivrer ? Elle se ressaisit, décide de ne rien laisser passer, de confier ce qu'elle a sur le cœur, sans s'énerver, sans le détester.

– Je ne comprends pas, lui dit-elle. L'alcool a toujours été un sujet de tension entre nous. Chaque fois que j'ai bu en cachette, tu m'as fait une scène. Et là, tu rentres ivre, comme si de rien n'était.

– Tout a changé depuis vendredi dernier. Ce n'est plus le même contexte.

– Je pensais que le jour où tu changerais d'avis, tu aurais envie de boire ton premier verre avec moi. Je trouve ça moche que tu aies pris cette décision sans m'en parler.

– Ce n'était pas un moment important pour moi. On m'a proposé de boire un verre. J'ai dit oui, sans y voir le moindre symbolisme.

– Le pire, c'est que tu étais avec Manon, ma meilleure amie, que tu as dénigrée pendant des années, alors que tu savais combien elle compte pour moi, à quel point j'aurais aimé qu'elle fasse partie de notre vie.

Iris fixe Simon, veut des explications, un raisonnement qui donne du sens à son comportement. Alors qu'il se lance dans une justification, Simon chancelle, prend sa tête entre les mains, tombe à genoux, hurle que son acouphène vient d'augmenter. Il se relève, tourne sur lui-même comme un dément, prononçant des mots qu'Iris n'arrive pas à entendre. L'enlaçant pour le calmer, elle rapproche son oreille de son visage et distingue sa supplique : « Pitié, faites que le son diminue. »

Une heure plus tard, Simon s'est calmé. « Le sifflement s'est accru, dit-il, comme si l'une de mes artères avait explosé et que j'entendais la pression du sang qui s'en échappait. Ça va mieux maintenant. L'acouphène est revenu à son intensité initiale. »

*

Iris entend un bruit sourd, sans savoir si elle rêve ou si elle est déjà réveillée. Elle ouvre les yeux, reprend pied dans la réalité. On frappe à la porte. Elle regarde l'heure : 9 h 15. Simon dort encore. Elle se lève, enfile une robe de chambre. Il s'agit sûrement d'un livreur, même si elle ne se souvient pas qu'ils aient commandé quoi que ce soit. Lorsqu'elle ouvre, elle se retrouve nez à nez avec deux policiers, entre 30 et 40 ans, le corps massif, le visage placide. Son corps se crispe, comme s'ils venaient de la prendre en flagrant délit d'une activité illégale.

– Madame Velba ?

– Oui ?

– Désolé de vous déranger à une heure si matinale, s'excuse celui au crâne rasé, probablement le plus âgé des deux. Nous souhaiterions nous entretenir avec votre conjoint, Simon de Christo.

Iris se ressaisit, masque son stress.

– Il dort encore. Je vous fais un café et je vais le chercher.

La cafetière mise en route, elle s'assoit aux côtés de Simon, le secoue légèrement pour qu'il se réveille en silence. Simon réagit vite, sans affolement. Ignorant sa gueule de bois, il se glisse dans son jean, se rince le visage à l'eau froide, pénètre dans le salon où les flics l'attendent.

– On voulait savoir si vous aviez eu le temps de repenser aux événements du 13 juin depuis votre déposition, si vous vous étiez souvenu de nouveaux éléments.

– J'ai déjà raconté au commissaire Mille en détail le déroulé de la soirée.

– Vous pourriez reprendre à zéro ?

Simon s'exécute. Il a l'impression de réciter un texte qu'il a toujours connu.

– Vous dites que vous n'avez pas quitté la loge, mais il y a bien un moment où vous êtes allé sur la mezzanine ?

– J'y suis monté avant le début de la première partie, pour saluer mon frère qui s'y trouvait. Mais une fois les concerts débutés, ma compagne et moi n'avons pas quitté le rez-de-chaussée. Pourquoi toutes ces questions ?

– Nous avons reçu un mail d'une personne qui dit vous avoir vu pousser Tristan Largile dans le vide.

– C’est impossible. Soit cette personne me confond avec quelqu’un d’autre, soit elle ment.

– Je confirme, dit Iris. Il est resté à mes côtés toute la soirée. Vous êtes sûrs que ce n’est pas quelqu’un qui en veut à Simon, un ultra incel qui voudrait détourner l’attention des siens ? Peut-on le ou la confronter pour tirer les choses au clair ?

– Ce sera malheureusement impossible, affirme le second policier. Nous ne savons pas qui est cette personne. Il s’agit d’une dénonciation anonyme reçue par mail.

– Un corbeau ? Je ne pensais pas que la police prenait au sérieux ce genre de message, s’étonne Iris. Si un anonyme accuse un neo straight edge de quoi que ce soit, vous pouvez parier qu’un incel se cache derrière.

Les agents acquiescent, les remercient pour leur collaboration et pour le café. « On se doutait que ce n’était rien, mais on devait vérifier. »

Les deux hommes partis, Simon, la mâchoire contractée et le regard mauvais, retrouve Iris dans la cuisine, s’approche l’air menaçant, au point qu’elle a un mouvement de recul. « C’est toi qui es derrière ce mail anonyme ? » Iris s’attendait à tout sauf ça. Elle ne sait pas comment réagir. D’un côté, l’énervement qu’il puisse penser une telle chose, l’envie de le claquer ; de l’autre, un besoin immédiat de se justifier, de prouver que jamais elle ne le trahira. Elle se tait, paralysée par la cruauté de sa remarque.

– Tu es la seule à savoir ce que j’ai fait. Tu veux qu’on m’arrête, mais sans prendre le risque de t’exposer, c’est ça ?

– Tu déréailles, Simon. Pourquoi te dénoncer, pour ensuite prendre ta défense devant les flics ?

– Parce que tu crains des représailles. Parce que tu as peur de moi.

– Je n’ai peur d’aucun mec. Si je décide un jour de te balancer, tu seras le premier au courant.

– Tu étais amoureuse de Tristan Largile, et maintenant tu veux me faire payer.

Elle n'a pas le temps de réagir. Le poing de Simon heurte ses lèvres. Le sang jaillit dans sa bouche, chaud, métallique, incongru. Effarée, elle reste immobile. Elle ne comprend pas comment Simon a pu en arriver là. L'acouphène corrompt sa psyché, le pousse vers la folie. Elle ne voit pas d'autre explication. Malgré son envie de rester digne, elle se met à pleurer. Le visage de Simon se détend, comme si les pleurs d'Iris avaient masqué l'acouphène et qu'il avait retrouvé sa véritable personnalité. Il la prend dans ses bras, lui murmure des excuses fébriles à l'oreille. Il ne la frappera plus jamais. C'est promis.

Yvan Langalter

Ascèse estivale

Installé à l'arrière de la voiture, ses parents silencieux à l'avant, Yvan somnole en se remémorant les trajets sur l'autoroute quand, alors enfant, ils descendaient en famille dans le sud passer l'été dans des résidences somptueuses louées par leur mère ou prêtées par des amis de leur père. Il imagine Simon assis à ses côtés, impatient d'arriver et de plonger dans la piscine, sourit en se rappelant combien il était vif, énergique, habité par une envie permanente de se dépenser et de découvrir de nouveaux lieux, quand lui, son aîné de deux ans, ne pensait déjà qu'aux livres et aux BD qu'il allait dévorer, allongé au soleil. Il soupire. La fuite du temps est une tache noire qui assombrit sa mémoire, l'empêche de contempler sereinement les souvenirs qui s'y attardent. Il ne pense qu'à la mort de ses parents qui se rapproche inéluctablement, à son corps vieillissant, privé de la vigueur de ses vingt ans, enlaidi par la perte de ses cheveux, les poches sous les yeux et le gras qui s'invite sournoisement, malgré son activité sportive et son hygiène alimentaire. Tandis que son père annonce qu'ils arriveront à destination dans une vingtaine de minutes et l'incite à profiter du paysage, il se demande si une femme pourra encore tomber amoureuse de lui. Si Kahina l'a quitté, c'est probablement qu'elle ne supportait plus la vue de son corps. Il faut qu'il se prépare psychologiquement à ce qu'il en soit de même pour toutes les femmes. « Mes plus belles années, pense-t-il, celles de la joie et de l'amour, sont derrière moi. »

Un large portail automatique s'ouvre, laisse passer le 4x4 BMW que ses parents ont choisi orange métallisé, persuadés qu'il s'agit d'une couleur moderne. Comme sur les photos qu'ils leur ont montrées, la maison, perdue au milieu de nulle part, se dresse avec une vue imprenable sur les gorges du Verdon. Il faut y entrer pour prendre la mesure de sa superficie. Après avoir coupé le système de sécurité, composé d'alarmes, de caméras et de capteurs, ils pénètrent dans un vaste salon, accompagné d'une cuisine américaine, à la fois épurés et chaleureux, dont les tons principaux évoluent entre le blanc et l'anthracite, rehaussés par quelques touches d'orange – à nouveau – qui égayent plusieurs objets clés de la pièce : fauteuils encadrant une table en granit, abat-jours contribuant aux ambiances tamisées, robots ménagers et cafetière, ainsi que quelques bibelots, choisis avec soin et parcimonie. Le tout s'étend sur 50 mètres carrés et est agrémenté d'une spacieuse terrasse, où l'on peut déjeuner, dîner, passer la journée à rêvasser. Une porte, située derrière l'un des deux canapés en cuir, mène à une discrète salle de bains. On pourrait penser que la maison se résume à cet espace, avant d'apercevoir, à droite de l'entrée, un escalier en colimaçon. Il permet de descendre d'un étage, débouchant sur un nouvel espace creusé dans le sol, abritant quatre chambres – trois pour des couples, une pour les enfants que Simon et Yvan n'ont pas encore –, deux salles de bains et une seconde terrasse transversale en forme de L, située sous celle du salon et alignée dessus, mais dont l'une des extrémités se rabat dans la pierre, dévoilant un espace à l'abri des rayons du soleil. Par ces quelques marches, le visiteur change complètement d'univers, quittant une décoration paisible et contemporaine pour atterrir dans une maison de campagne à l'élégance rustique, murs en pierre apparente, meubles chinés chez des brocanteurs, bibliothèques courant le long de chaque couloir.

La maison, faite de bois et de chanvre, a été conçue par un architecte spécialiste de l'écoconstruction. Bioclimatique par l'implantation de ses pièces et ses vitrages ultra isolants qui représentent plus de la moitié de la surface murale, elle produit toute l'énergie dont elle a besoin grâce à des panneaux solaires aérovoltaïques et une pompe à chaleur air-eau, qui alimente un plancher chauffant offrant à l'habitation en hiver une température constante. L'eau de pluie, récupérée et filtrée, est utilisée pour le nettoyage des sols, les machines à laver et l'arrosage du jardin, entretenu par Jean-Louis Ruperti, homme à tout faire, alternativement électricien, plombier et jardinier, sur qui Daniel et Laurence de Christo comptent pour maintenir la maison en bon état durant leur absence.

Ses parents jubilent à l'issue de la visite de leur construction écologique, où l'on peut se prémunir de la canicule l'été et se réfugier l'hiver, qu'ils considèrent comme l'aboutissement d'une vie. Yvan a toujours condamné cette débauche de luxe, et plus encore les passe-droits par lesquels ils ont obtenu le permis de construire sur un site classé naturel. Ils espèrent que sa méfiance disparaîtra devant tant de beauté architecturale. Il les sent prêts à le traiter de « peine à jouir » et à souligner que, malgré ses réticences, il sera le premier à vouloir venir passer ses étés ici. Mais pour une fois, Yvan coupe court en leur donnant satisfaction. Il s'émerveille. Il est venu en connaissance de cause.

Il pose ses affaires dans la chambre la plus isolée, fait glisser la baie coulissante, s'engage sur la terrasse, pose ses mains sur la rambarde et s'avance pour contempler le canyon, l'eau turquoise qui serpente entre les parois rocheuses, les canoés qui glissent sur elle. Son premier réflexe est d'envoyer une photo de ce paysage idyllique à Kahina, moins par nécessité de partager ce moment avec elle que pour lui dire :

« Regarde ce que tu as perdu en me quittant. » Il se contient, appelle son frère, active la caméra, marche sur les lames de bois, longeant une à une les quatre chambres qui donnent toutes sur le ravin, jusqu'au renfoncement où l'on peut disparaître dans la roche. Simon lui confirme qu'ils le rejoindront début août, puis lui raconte la visite de la police chez lui ce matin et l'accusation anonyme dont il est victime. Même sans KenKillER à leur tête, les ultra incels restent de sinistres personnages. L'hostilité d'Yvan à leur égard ne cesse de s'accroître. Il ne fait rien pour l'apaiser, espérant qu'elle détourne ses pensées de Kahina.

*

Sa première semaine dans le Verdon est décevante. Obnubilé par les événements, il passe ses journées sur la terrasse, scotché aux réseaux sociaux, à l'affût des derniers commentaires sur les incels, des témoignages recueillis par les médias, des prises de parole des politiques ou des autres groupes de musique, ne quittant sa chaise longue que pour se nourrir, sa mère s'occupant des repas. Son corps pâle recouvert de crème, étendu au soleil, il lit dans *Libération* des portraits d'anciens incels qui se sont pris en main, se vantent de coucher avec des filles, et vilipendent les ultra incels, leur passivité et leur capacité à se morfondre en restant les bras croisés. Sur Twitter, il tombe sur un fil où des ultra incels aux pseudonymes sans équivoque, comme AdamSansEve, Mickey_S&T – « S&T » signifiant « Seul et triste » –, ou encore Anpcqns93 pour « Aimez-nous pour ce que nous sommes », condamnent violemment l'attentat perpétré par Striker, prolongent les discussions initiées sur un forum dont il n'a pas connaissance, se revendiquent comme des « #trueincels ». C'est la première fois qu'il lit ce terme. En cliquant sur le mot-dièse, il apprend que les ultra incels qui souhaitent prendre leurs distances avec le mouvement ayant abrité l'auteur de la tuerie sont invités à se regrouper sous la bannière true incel. « Les true incels sont des garçons rejetés par les femmes, qui recherchent l'amour vrai, refusent de recourir à la force pour avoir des relations sexuelles et être aimés, désapprouvent toutes formes de violences sexuelles », écrit Alone_Brando. Rapidement, des ultra incels et des true incels se foutent sur la gueule. Les vannes et les insultes fusent, les *retweets* avec commentaires prolifèrent. En moins d'une heure, des alliances se défont et de nouveaux clans se forment. Des misogynes, issus de divers courants, affirment être des droiani, des hommes qui exigent le « droit à niquer », parce que c'est la seule chose qui compte. Ils moquent les incels qui parlent d'amour, les traient de fiottes. Entre jubilation et consternation, Yvan observe les masculinistes se déchirer entre eux. Quand la nuit tombe, Yvan n'en peut plus de ce cirque. Dans un moment de lucidité, il supprime Facebook et Twitter de son téléphone, enfouit son amour pour Kahina au plus profond de lui-même et décide de se reprendre en main.

Le lendemain, il établit un programme quotidien auquel il se tiendra sans fléchir, sans penser au futur, sans s'apitoyer sur son sort : jogging, étirements et assouplissements dès le lever ; décryptage de l'actualité environnementale via la presse jusqu'à midi ; cuisine et repas en famille pour le déjeuner ; lecture sur la terrasse, alternant fictions et non-fictions, l'après-midi ; pompes, abdos et gainage avant le dîner ; discussions avec ses parents le soir ; écriture de chansons avant de se coucher ; le tout densifié par des appels à son frère, à Iris et aux membres de Significant Youth. Un cadre, une routine. Profiter de cette retraite pour devenir une meilleure personne dans l'espoir de reconquérir Kahina. Ou, en cas d'échec, améliorer ses chances sur les sites de rencontres, ces machines à briser la confiance en soi, qui consomment un temps infini, condamnant les gens à faire le tri parmi des milliers de profils, à fréquenter des personnes qui ne sont pas faites pour eux, la faute aux algorithmes jamais assez précis, aux critères de recherche jamais assez fouillés.

Les jours s'écoulent étrangement, comme si le temps était distordu, provoquant simultanément la fuite en avant et le ralentissement des secondes. L'attentat lui paraît être un lointain souvenir. Chaque matin, son premier réflexe est de chercher Kahina dans le lit. Ses parents réagissent admirablement. Ils ne comprennent pas ce qu'il traverse. Sa vie, ses ambitions, ses engagements leur sont étrangers. Ils s'efforcent de l'épauler sans jugement, sans question. Il ne pouvait espérer mieux.

Très vite, les seules vraies discussions qu'il a sont celles avec son frère. Alors que parfois un mur invisible se dresse entre eux lors de leurs échanges physiques, leurs conversations téléphoniques sont fluides, profondes et stimulantes. Chaque jour, ils listent les maux de la société, crachent sur le capitalisme, imaginent de nouveaux systèmes politiques, rêvent du revenu universel, du démantèlement du tourisme de masse, de la régulation du monde virtuel.

– Il se passe un truc de dingue, lui dit Simon un après-midi, deux semaines après l'instauration de sa routine quotidienne. KenKillER vient de réactiver son compte Twitter, et a posté un message.

– Que raconte ce fumier ? Il s'en prend à une nouvelle cible ?

– Tu ne vas pas le croire. Il vient de balancer la véritable identité de plusieurs masculinistes de sa sphère.

Yvan réinstalle Twitter sur son téléphone et se rend sur le profil de KenKillER, dont il a plusieurs fois souhaité la mort. Simon dit vrai. Sur le compte de ce dernier, on peut lire : « Après la tuerie de l'Absolute Club, il est temps de faire le ménage : RedFrog = Loïc Palet / Loup_Rouge = Baptiste

Fareau / Tranleur = Gauthier Marsain ». Loup_Rouge et Tranleur ont clôturé leur compte dans la foulée, confirmant la véracité de l'information. RedFrog, lui, est en rage. Il demande publiquement à KenKillER ce qui lui prend.

– Je vais te retrouver et te niquer ta race, sale traître, écrit-il, face à son silence.

– Si tu trouves mon adresse, tu es le bienvenu, répond KenKillER.

– Tu veux faire le ménage, alors que c'est toi le pire salaud de l'histoire, celui qui pousse les gens à faire le sale boulot à sa place.

– Je fais ce que je veux. À la différence de toi, je suis vraiment anonyme. Si je veux me repentir, je n'ai pas besoin de demander la permission.

– On sait tous que Striker ne serait jamais passé à l'acte si tu ne l'y avais pas poussé. On va bien rigoler quand les flics vont débarquer chez toi.

– Tu ne sais pas de quoi tu parles. Ce qu'a fait Striker me répugne.

– Laisse-moi rire, rétorque RedFrog. T'es le premier à souhaiter la mort des filles trop bien pour toi. Si t'es blanc comme neige, pourquoi garder ton identité secrète ?

– Vu toutes les personnes que tu as harcelées, et le contenu de tes messages privés sur Équilibre et convergence, que je me suis fait un plaisir de conserver, tu auras du temps en prison pour réfléchir aux conneries que tu dis.

Yvan et Simon hallucinent. Ils ne comprennent pas à quoi joue KenKillER. Ils ne sont pas les seuls. Les incels nagent en pleine confusion, ne savent pas quel parti prendre. KenKillER est leur leader, il connaît l'identité d'un paquet d'entre eux. Ils découvrent, choqués, qu'il a accès à tous les messages privés qu'ils ont pu poster sur les forums qu'il avait créés. KenKillER se moque d'eux : « À quel moment avez-vous pu penser que je n'avais pas accès à vos données ? Vous êtes vraiment des puceaux d'Internet. » Les incels les plus complotistes voient en lui un agent secret, qui aurait monté des sites masculinistes dans le seul but de les piéger.

– En fait, ce qui intéresse ce type, dit Yvan, c'est moins d'humilier les féministes que de jouir de son pouvoir en ligne.

– Peut-être qu'il a eu une révélation après l'Absolute Club. Il veut aider la police et faire amende honorable.

– Non, c'est juste un putain de maniaque qui se touche en avilissant amis comme ennemis.

Après avoir raccroché avec son frère, Yvan traîne sur son fil d'actualité. Tout ce qu'il lit génère des affects négatifs. Au bout de dix minutes, il suffoque déjà, ne comprend pas comment des gens peuvent encore traîner sur les réseaux, en supporter la toxicité. Ce retour de KenKillER, qui se présente comme un ennemi des harceleurs, après avoir lui-même été la pire des raclures, le mortifie. Il enrage de savoir ce type intouchable, qu'il puisse retourner sa veste en toute impunité, en sortir grandi. Les anonymes n'ont de comptes à rendre à personne, peuvent se réinventer à l'infini, effacer l'ardoise d'un seul *tweet*. Ils nient le concept de responsabilité, d'engagement.

Yvan retourne dans sa chambre, ouvre son ordinateur portable, sur lequel il écrit ses chansons, prend une grande respiration, et répond à toutes les demandes d'interviews qu'il avait ignorées après l'attentat. « Je suis prêt à me confier », écrit-il.

*

Cinq jours durant, il donne des interviews, par écrit, à l'oral, en visioconférence, explique que l'anonymat rend possible la prolifération de la haine sur Internet, tout en empêchant de mettre hors d'état de nuire celles et ceux qui l'alimentent.

Que dans un monde sans anonymat, l'attentat de l'Absolute Club n'aurait pas eu lieu. Il dénonce la toxicité des trolls, la veulerie des autorités, anticipe la fin de Twitter. À une journaliste du *Monde*, il répond : « L'anonymat est antidémocratique. En autorisant les gens à n'exposer qu'une facette de leur personnalité, il aboutit à une négation de leur individualité et de leur complexité. Il transforme les êtres en membres de mouvements, où seuls persistent des idées, des points de vue, et non des individualités. Il induit une confusion entre liberté d'expression et incitation à la haine. Il valorise la lâcheté et la calomnie. Surtout, il sert d'excuse aux gouvernements pour ne pas protéger celles et ceux qui prennent des risques en s'exposant sous leur vrai nom, argumentant que l'anonymat leur garantit la liberté de parole. Si nous ne faisons rien, l'Internet tel que nous le connaissons va s'éteindre, laissant la place à un champ de bataille où seuls les esprits torturés oseront mettre les pieds. » Chaque fois qu'on lui demande d'illustrer son propos, il prend Striker et KenKillER pour exemple. Le premier étant mort, il y a matière à faire du second l'ennemi public numéro 1.

C'est l'été. Il imagine que ses mots n'auront aucun impact, qu'un tel sujet n'intéressera pas les foules. Malgré les attentats, la propagande et les tentatives de déstabilisation politique, personne ne s'inquiète vraiment de l'anonymat. Il ne voit pas pourquoi ça changerait aujourd'hui. Pourtant, il se passe quelque chose. Dans le discours d'Yvan, l'anonymat n'est pas qu'un concept. Il a un visage. Un visage plongé dans l'obscurité. Un visage caché derrière un masque. Le visage de KenKillER. L'émotion suscitée par l'Absolute Club est encore vive. Les gens ont besoin de désigner un coupable. Pointé du doigt par Yvan, soudainement identifié comme un sale type au-delà des sphères féministes, KenKillER se retrouve pris à partie. On fait des mosaïques de ses messages les plus dégueulasses. On l'injure, on le conspue. C'est un lynchage public. Ayant tourné le dos à ses compères incels, KenKillER se retrouve quasi seul face à une horde qui lui demande des comptes. Il n'y a bien que Willburg et quelques autres pour encore prendre sa défense. KenKillER écrit qu'il est désolé, présente ses excuses aux gens qu'il a persécutés, jure qu'il a changé. « J'aimais l'humour noir. Je pensais être drôle et corrosif. J'espérais briller, me faire un nom. Je ne me rendais pas compte de la gravité de mes mots », *tweete*-t-il.

Les réponses sont cinglantes :

– Ferme ta gueule. On ne veut pas des excuses d'un gros miso comme toi. On veut juste que tu dégages.

– Un gamin de 12 ans aurait compris qu'il blessait des gens. Tu savais pertinemment ce que tu faisais.

– Va dire ça aux parents de Juliette Gosset, fils de pute. Je signale ton compte.

Des comptes anonymes, créés pour l'occasion, présentent KenKillER, comme le cerveau de l'attentat de l'Absolute Club, reprennent les accusations de RedFrog. Il aurait sciemment manipulé Striker, le convainquant d'en finir en beauté, la tuerie de masse comme meilleure conclusion à sa vie de souffrance.

Yvan hésite à en rajouter une couche. Depuis l'attentat, il n'utilise les réseaux sociaux que pour poster de l'information factuelle, épargnant au monde ses états d'âme. Mais là, il voudrait trouver la bonne formule, celle qui serait partagée des milliers de fois et achèverait KenKillER une bonne fois pour toutes. Mais le temps d'y réfléchir, KenKillER a fait ses adieux. Anticipant la suspension de son compte par Twitter, il a préféré fermer définitivement celui-ci.

Les jours suivants, le débat sur l'anonymat explose en France. Politiques, éditorialistes, journalistes : toutes et tous ont leur mot à dire sur le sujet. En quelques jours, l'anonymat devient pour certains « un cancer qui gangrène la cohésion sociale », voire « le mal du siècle », mais pour d'autres, « un bastion de la liberté individuelle », « le dernier rempart avant le fichage généralisé ». « L'anonymat, c'est comme les armes à feu. En donnant les moyens aux plus faibles de se défendre, on ouvre les vannes à l'ignominie, aux agressions et aux vengeances personnelles », tranche le Premier ministre.

Yvan a allumé la mèche d'un questionnement plus grand que lui. D'autres pays, nécrosés par les conflits en ligne, les *fake news* et le complotisme, avaient entamé une remise en question de l'anonymat. La France leur emboîte le pas et étend la réflexion au culte du secret, aux transactions souterraines, aux intérêts cachés, aux dissimulations en tout genre, certains remettant même en cause le concept de vie privée à l'heure où l'humanité doit se serrer les coudes pour lutter de concert contre la crise écologique. Sur Twitter, des hommes et des femmes clament qu'ils n'ont rien à cacher. Le mot-dièse #rienaca – pour « rien à cacher » – fait son apparition.

Sébastien Mille

Un de moins

Quand il a vu que KenKillER dénonçait ses anciens camarades, Sébastien Mille, las de courir après un fantôme, lui a envoyé un message privé sur Twitter :

– Vous devriez vous rendre. Si vous nous aidez à démanteler les réseaux masculinistes français, nous pourrions trouver un arrangement.

– Un arrangement ? a répondu KenKillER quelques minutes plus tard. Je n'ai rien à me reprocher d'un point de vue légal.

Incapable de lui mettre la main dessus, Sébastien Mille lui a dit la vérité. Il lui a parlé des plaintes, des mains courantes, des signalements, du dossier qu'il avait constitué contre lui.

– Je peux vous aider. Si vous continuez de fuir, ce sera encore pire.

– Je n'ai pas la moindre idée de ce dont vous parlez. En revanche, j'ai quelque chose de concret pour vous.

Sébastien Mille a cliqué sur le lien qui est apparu dans la boîte de dialogue. Une archive s'est téléchargée sur son poste. Il ouvre le fichier intitulé RedFrog. Il s'agit d'une extraction des conversations privées sur les forums appartenant à KenKillER, prouvant que le dénommé Loïc Palet a sciemment orchestré le suicide de Juliette Gosset.

– Merci. C'est une information précieuse pour nous. En avez-vous d'autres à nous communiquer ?

Mais KenKillER n'a plus rien dit. L'arrestation de Loïc Palet, un homme de soixante-cinq ans, retraité de l'Éducation nationale, s'est passée sans heurt. Il a reconnu être l'auteur des propos publiés, tout en niant sa responsabilité dans le suicide de la jeune femme. « S'il suffisait d'ordonner aux gens de se suicider pour qu'ils s'exécutent, les morgues déborderaient de macchabées », a-t-il dit, entre deux saillies contre ce « traître de KenKillER ». Tout au long de l'interrogatoire, il a maintenu ses propos, désignant KenKillER comme l'instigateur de l'attentat de l'Absolute Club. Sébastien Mille ne sait pas quel crédit accorder à cette déclaration, et aux accusations du même type qui fleurissent sur Twitter. Au fond de lui, il a envie d'y croire. Cela confirmerait que KenKillER est bien le monstre qu'il a toujours imaginé. « Si KenKillER balance ses anciens camarades et alimente la police en preuves, c'est qu'il a quelque chose de grave à se reprocher », se dit-il. Dans tous les cas, il se réjouit d'avoir mis la main sur RedFrog, espère une condamnation future pour « harcèlement ayant entraîné la mort » dans le cadre du procès sur le suicide de Juliette Gosset – depuis le 7 décembre 2022, quand le harcèlement d'une victime entraîne une suppression de ses capacités de jugement, de son libre arbitre, de ses résistances psychiques et son instinct de survie, conduisant au suicide, la justice peut qualifier l'acte de suicide forcé.

Grisé par cette arrestation, Sébastien Mille a relancé KenKillER par message privé, l'incitant à collaborer. Mais quelques jours plus tard, KenKillER fermait son compte suite à la tempête médiatique initiée par Yvan Langalter à son encontre.

*

Sébastien Mille passe la matinée à lire les déclarations d'Yvan Langalter dans la presse. Cela fait longtemps qu'il suit le chanteur de Significant Youth sur les réseaux sociaux pour identifier les comptes incels qui s'en prennent à lui. Il apprécie ses points de vue sur le monde, sa sensibilité et la sincérité avec laquelle il partage ses états d'âme. Même quand Yvan Langalter ramène tout à lui, s'indigne à tort et à travers, épuise son public, il émane de lui quelque chose de solaire, un désir d'aider le monde à marcher dans le bon sens. Sébastien Mille a l'impression de connaître cet homme depuis des années, d'en savoir plus sur lui que sur la majorité de ses proches. Le discours d'Yvan sur l'anonymat est en train de porter ses fruits. Ce matin, Pierre Chambon l'a appelé pour lui dire que le Service central de documentation criminelle allait être doté de plus de moyens pour traquer les anonymes.

Un message l'alerte que Lucie Marque, son rendez-vous de 11 heures, est à l'accueil. Il passe la prendre, la guide à travers les allées du SCDC, slalomant entre les bureaux fermés et les pièces opaques, propres aux entités administratives vieillissantes, qui ont encore le goût du secret. Ils s'installent dans une salle de réunion. Sur la porte de celle-ci, on peut lire « Megaman », un petit malin des services généraux ayant jugé convivial de donner aux salles de réunion des noms de personnages de jeux vidéo.

Elle se branche à l'écran, ouvre les fichiers envoyés par Google, contenant les mails de Tristan Largile, extrait des bases de données de l'entreprise américaine.

– Il y a beaucoup de matière. Tristan Largile utilisait de nombreux alias. Professionnellement, il faisait croire qu'il était à la tête d'un cabinet composé d'une dizaine de collaborateurs et collaboratrices, alors qu'il traitait seul les demandes, optimisant avec des robots les tâches récurrentes.

– Vous avez trouvé des échanges personnels, des communications avec d'autres incels ?

– C'est pour cela que je suis ici, dit-elle en affichant des listes de caractères dénués de sens. De nombreux messages envoyés et reçus par Tristan Largile sont chiffrés de bout en bout. Impossible de les lire en l'état et de connaître ses interlocuteurs.

– Il faut un mot de passe pour les décrypter ?

– FlowCrypt est installé sur son navigateur. C'est une extension qui permet de sécuriser ses correspondances, en s'appuyant sur le logiciel de chiffrement cryptographique PGP. J'ai regardé ses paramètres, il faut qu'un objet physique soit branché pour pouvoir lire ses emails.

– Une clé USB ou un téléphone portable ?

– Exactement. J'ai tout de suite testé avec son mobile. Sans succès.

– S'il avait besoin de cet objet pour sécuriser son ordinateur, il le conservait forcément sur lui ou dans son appartement.

*

Sébastien Mille ne fait pas partie des enquêteurs stars dont les intuitions se révèlent toujours justes. Il est plutôt du genre besogneux, ouvrant des portes qui ne mènent à rien, suivant des pistes qui s'avèrent impraticables, ne devant son succès qu'à sa rigueur et son travail. Après la visite de Lucie Marque, lui et des gars de Malot se sont rendus à nouveau chez Largile. Ils ont fouillé les lieux de fond en comble, démonté ce qui était démontable. Ils ont trouvé trois clefs USB. Deux étaient vierges et la troisième contenait une présentation Power Point volumineuse, destinée à un client. Récupérer les effets personnels de Largile, conservés le temps de l'enquête, ne l'a pas aidé non plus. Outre son trousseau de clefs, il avait sur lui, au moment de sa mort, un portefeuille dénué de monnaie, contenant cartes de crédit, de Sécurité sociale et de transport, un pense-bête avec les grandes lignes de son discours, un chargeur d'iPhone et un pendentif en forme de croix, qu'il portait autour du cou. Le bijou chrétien, composé de plusieurs parties métalliques de couleurs différentes – cuivrées, argentées et dorées –, a tout de suite éveillé l'intérêt de Mille. Il espérait qu'une des parties soit amovible, qu'en la retirant il découvre un connecteur électronique. Il a eu beau la triturer dans tous les sens, il s'agissait d'une banale breloque.

Iris Velba

Des hommes et des masques

Iris et Simon arrivent dans le Var la première semaine d'août, pour deux semaines de congé, au moment où les températures atteignent en journée leur maximum estival. Ils ont loué une voiture hybride avec laquelle ils poursuivront leurs vacances dans la famille d'Iris, non loin d'Agen. Dans le coffre : une valise, un sac de voyage et l'unité centrale de Simon, qui ne va nulle part sans elle. Pour des raisons écologiques, ils refusent de mettre la climatisation, voyagent fenêtres ouvertes, l'acouphène de Simon se noyant dans les mouvements de l'air autour du véhicule. Iris est en nage. La chaleur l'étouffe, accroît son anxiété. Durant le mois de juillet, la situation avec Simon a continué de se détériorer. Après qu'il l'a frappée, la lèvre fendue et la joue enflée, elle a fait ce qu'elle ne pensait jamais faire. Elle a menti, a prétendu s'être cognée dans une porte, estompant sa plaie avec du maquillage. Même à Manon, elle n'a rien dit. Elle s'est glissée sans effort dans la peau d'une femme battue, en a accepté immédiatement les codes, s'est convaincue qu'il ne recommencerait pas, qu'il s'agissait d'un accident. Simon traversait une mauvaise passe. Ça ne durerait pas. Bientôt, il redeviendrait lui-même. Il avait passé sa vie à combattre les oppresseurs. Il ne deviendrait pas l'un d'eux.

Jusque-là, les faits lui ont donné raison. Depuis, il ne l'a pas touchée. Mais ça ne la rassure pas pour autant. Alors qu'il devrait faire profil bas, accablé par les conséquences potentielles de son crime, la bénir pour son silence et s'excuser chaque jour de l'avoir frappée, il fait preuve d'une insupportable désinvolture, se montre irascible, ne contrôle pas sa méchanceté. Confrontée à son ton acrimonieux et à ses gestes brusques, Iris s'imagine qu'il retourne contre elle le dégoût qu'il ressent pour lui-même. Simon lui affirme que seul son état de santé, devenu référentiel de toute chose, explique ses colères. Il est désolé, prétend que la situation s'améliorera à mesure de la diminution du sifflement, que ses sentiments à son égard n'ont pas changé. Iris n'en croit pas un mot. Elle devine que Simon ne la voit plus comme un soutien, par son incapacité à l'aider dans son combat contre l'acouphène, mais aussi parce qu'il la suspecte encore d'être à l'origine de la dénonciation anonyme. Et pour cause : chaque jour, elle se lève rongée par l'envie de tout avouer à la police.

La voyant en sueur, Simon rassure Iris sur la température au sein de la maison, plus fraîche en raison de la présence du Verdon et de son écoconception. « Les nuits y sont froides, les amplitudes thermiques journalières, importantes. On se croirait dans le désert saharien, selon Yvan. » Iris acquiesce en passant son avant-bras nu sur son front trempé. Plus ils se rapprochent de la maison, plus son angoisse s'accroît. Ces vacances sont une pièce jetée en l'air : face, elles apaiseront les tensions. Pile, elles verront son histoire avec Simon prendre fin.

*

Yvan les enlace dès qu'ils sortent de la voiture, content de voir la famille réunie. Laurence et Daniel de Christo font de même, avant de les emmener faire le tour du propriétaire.

Iris ne cache pas sa stupéfaction face à la beauté du lieu. Une fois sur la terrasse, contemplant le plus grand canyon européen et ses falaises de calcaire, elle imagine l'endroit capable, non pas de leur faire oublier la tragédie du 13 juin, mais de temporiser leur accablement, l'englobant dans une bulle de bien-être, afin qu'il flotte dans les airs et ne les tire plus vers le bas. De retour dans le salon, Laurence propose un apéritif, avec ou sans alcool, précise-t-elle à l'égard de ses garçons. Iris défie Simon du regard. Depuis la soirée où il est rentré ivre, il s'autorise un verre de temps à autre, et elle guette le moment où il boira devant son frère. D'un ton neutre, elle répond qu'elle prendra une bière avec plaisir. Les deux garçons se contenteront d'une eau gazeuse.

Sur la terrasse, le regard dans le ciel bleu, ils se réjouissent de la disparition de KenKillER, tout en regrettant qu'il n'ait pas emporté toute sa clique avec lui. Ils n'ont rien de malheureux à se raconter. Ces dernières semaines, ils se sont suffisamment appelés pour tout savoir de la maladie de Simon, de la blessure émotionnelle d'Yvan et des flashs qui assaillent Iris, qui se remet difficilement de son agression. Yvan se montre précautionneux, lui demande comment elle va sans remuer le couteau dans la plaie. Il prend garde à ne pas étaler ses problèmes, pour rester dans une position d'écoute. Iris se surprend à se demander ce qu'aurait été sa vie si elle avait préféré Yvan à son frère.

*

Les premiers jours, la magie fonctionne. Coupée du monde, adoptant la stratégie d'Yvan d'éloignement des réseaux sociaux, profitant des rayons fortifiants du soleil et de la vue dans laquelle se perdent tous ses problèmes, elle retrouve un semblant de sérénité.

Le matin, ils courent, alternent terrains en pente, chemins accidentés et routes bitumées, bordées de chênes blancs ou de pins sylvestres. Ils passent des ravins, observent la flore, longent le Verdon, cherchent à distinguer des poissons sous la surface de l'eau turquoise de la rivière. Ils rentrent pour prendre un grand petit déjeuner en famille. Laurence et Daniel sont aux petits soins avec eux, espèrent qu'ils passeront régulièrement des vacances ici. Le reste de la journée, ils se détendent sur la terrasse. Les frères de Christo refont le monde en écoutant de la musique – les sorties récentes de la scène hardcore, dont les nouveaux albums de Soakie et Redbait, mais aussi du rap et de l'électro avec les derniers Vince Staples, Future, Laurel Halo et Alva Noto. De son côté, installée sur la partie de la terrasse qui rentre dans la roche, à l'abri des regards, Iris lit *Le Monde englouti* et *Vermilion Sands* de J. G. Ballard. Rafraîchi par la brise qui longe les parois du canyon, son corps se détend, relâche la pression. Elle écrit à Manon, lui envoie des photos du lieu, espère un jour y revenir avec elle. Son amie s'excuse encore de s'être saoulée avec Simon. Elle est désolée de ne pas avoir anticipé la portée symbolique de son retour dans une vie alcoolisée.

Adouci par la présence de sa famille, intimidé par l'aura de son père, qui ne tolère pas la mauvaise humeur, Simon fait bonne figure, se montre attentionné, prêt à repartir sur de nouvelles bases. Le voir feindre ainsi répugne Iris. Sa capacité à dissimuler sa colère, à étouffer sa douleur, prouve qu'il sait se contrôler. Il a volontairement déversé sur elle des torrents de rage, qu'il aurait pu maîtriser.

Lorsque à table, les deux frères brandissent les mots « honnêteté » et « véracité », Iris se retient d'étaler les mensonges de Simon. Elle s'imagine détailler devant sa famille le déroulement de la soirée à l'Absolute Club. Chaque jour, le désir de vérité grandit en elle. Comment se projeter dans le futur, quand la police peut débarquer d'un instant à l'autre ?

Peut-on envisager d'avoir un enfant, d'acheter une maison ? Ses convictions trahies la réveillent en pleine nuit. Simon dormant à ses côtés d'un sommeil usurpé aux justes, elle hésite entre le dénoncer et se taire, craignant dans le premier cas que la justice ne lui reproche son long silence, dans le second que Simon soit tout de même arrêté et qu'on l'accuse de complicité.

Un après-midi, épuisée, elle s'enferme dans l'une des salles de bains, déverrouille son téléphone, cherche Sébastien Mille dans sa liste de contacts. Elle lance l'appel et raccroche aussitôt, paniquée. Elle se laisse tomber sur le rebord de la baignoire. Quelques secondes plus tard, son mobile vibre dans sa main serrée. Elle décroche. « Vous avez cherché à me joindre ? » demande le policier. Iris ne sait plus ce qu'elle veut.

– Je voulais savoir si l'enquête avançait, finit-elle par lâcher, en se mordant la lèvre.

– Au sujet du décès de Tristan Largile ?

– Au niveau des ultra incels en général, précise Iris. Doit-on s'attendre à de nouvelles attaques ?

– Il est trop tôt pour l'affirmer, mais tout porte à croire que les incels sont divisés. L'attentat a tempéré leurs ardeurs. Entre les dénonciations de KenKillER et les déclarations de votre beau-frère dans la presse, certains vont prendre peur, d'autres se serrer les coudes. Vous craignez pour votre sécurité ?

– C'est surtout la situation des membres de Significant Youth qui me préoccupe. Que le geste de Striker fédère les misogynes extrémistes, qu'il suscite des vocations dont Yvan et mes amis seraient la cible.

– Suite à l'analyse des ordinateurs et téléphones des ultra incels identifiés, rien n'indique l'existence d'un réseau d'incels incitant la communauté à prendre les armes. Nous ne baissons pas la garde pour autant.

– D'accord. Je suis désolée pour le dérangement. J'ai du mal à reprendre le cours de ma vie, à penser à autre chose.

– Je comprends. C'est une expérience traumatisante. Profitez de l'été pour vous reposer. Et ne vous tracassez pas pour cette dénonciation anonyme. J'ai eu mes confrères de la Brigade criminelle. Ils n'accordent aucune importance à ce témoignage.

– Merci pour vos mots de réconfort. Vous partez en vacances de votre côté ?

– Deux semaines, fin août, en Italie avec ma fille. J'ai hâte. Mais n'hésitez pas à m'appeler si vous aviez un souci durant cette période.

– Je n'y manquerai pas.

– Madame Velba, j'ai une question pendant que je vous ai au téléphone. Lors de vos conversations avec Tristan Largile, aurait-il évoqué un objet qui comptait particulièrement pour lui, dont il ne se séparait jamais, ou qu'il conservait précieusement chez lui ?

– Non, je ne crois pas. Pourquoi cette question ?

– Nous pensons qu'il aurait pu cacher des informations sur ses fréquentations incels dans une clef USB.

– Il portait une croix autour du cou. Il la touchait régulièrement pour vérifier qu'elle était encore là. C'est tout ce qui me vient à l'esprit.

Lorsque Iris raccroche et sort de la salle de bains, déboussolée, culpabilisant à la fois d'avoir appelé et de n'avoir rien dit, Simon l'attend dans le couloir.

– Je t'ai entendue parler. Tu étais au téléphone ?

– Oui. Je me suis isolée pour discuter tranquillement.

– Tu as besoin de te cacher pour passer tes appels ? demande Simon, d'un ton neutre.

– J'étais avec Kahina, répond Iris instinctivement. Je ne veux pas l'appeler devant Yvan. Ça le blesserait inutilement.

– Tu as raison. Elle va bien ?

– La routine. Elle travaille beaucoup et n'a pas prévu de partir en vacances.

– Ça ne m'étonne pas d'elle. Le frigo de la terrasse est vide. Je vais chercher de l'eau, je te rapporte quelque chose à boire ?

Simon monte à l'étage comme si de rien n'était. Iris, flageolante, reprend sa respiration. Soit il n'a pas entendu sa conversation, soit il fait semblant. Comment savoir face à cet homme, qui se revendique comme un modèle de vertu, mais ment à son frère, à ses proches et à la police avec un aplomb qui fait froid dans le dos ? Elle hésite à le rejoindre, avouer son appel à Sébastien Mille, lui annoncer la bonne nouvelle : les flics ne le croient pas impliqué dans la mort de Largile. Mais elle ne sait pas quel crédit accorder aux propos de Sébastien Mille, qui la manipule peut-être. Iris a envie de rentrer à Paris, de boire des verres en terrasse avec Manon et Kahina, loin de l'atmosphère feutrée et délétère de cette maison bourgeoise. En attendant, elle doit rester sur ses gardes.

*

Malgré les inquiétudes d'Iris, l'attitude de Simon s'améliore de jour en jour : il sourit, participe à la vie familiale. Son acouphène n'est plus au cœur de ses conversations, il enfouit sa gêne, la confine, soulageant son entourage. Le mercredi soir précédant leur départ, Simon se couche aux côtés d'Iris, se blottit contre elle, l'embrasse dans le cou, passe sa main froide sous son t-shirt, englobe son sein frêle. Cela fait si longtemps qu'ils n'ont pas couché ensemble. Iris appréhende. Elle a envie de lui, mais n'oublie pas qu'il a osé la frapper. Qui plus est, elle s'étonne de la faisabilité de la chose, Simon étant toujours sous Rivotril, incapable de focaliser ses sens sur le plaisir, subissant de front les tourments de l'acouphène et les effets secondaires du médicament. Elle pose sa main sur son entrejambe sans provoquer de réaction, son membre restant insensible à ses caresses. « J'ai envie de toi, mais je ne peux pas », lui dit Simon. Il glisse un doigt dans son vagin, invoquant le désir de « s'occuper d'elle ». La probabilité qu'elle jouisse de cette manière est nulle. Pour ne pas accroître la gêne de la situation, ou laisser supposer un sentiment d'hostilité, Iris simule un orgasme. Puis éloigne son corps de celui de son piètre amant, un faux sourire aux lèvres.

Au réveil, après une nouvelle nuit pleine de pensées confuses, elle en a la conviction : ils ne retrouveront pas leur vie d'avant. Sa décision est prise : dès qu'ils auront quitté la maison, elle lui annoncera son intention de tout dire à la police. Elle ne veut pas créer un esclandre devant sa famille.

*

Le jour du départ, ils se lèvent aux aurores. Ils ont presque six heures de route et souhaitent arriver chez la cousine d'Iris pour le déjeuner. L'air est froid. Sur le large sweat à capuche Pearl Jam que porte Iris, une jeune femme flotte tout habillée sur une mer déchaînée, dans laquelle elle voudrait disparaître. Elle ne doit pas reculer. Si elle ne le lui dit pas maintenant, elle ne le lui dira jamais. Alors que le soleil se lève, que les phares de la voiture s'éteignent automatiquement, Iris annonce à Simon qu'elle ne peut pas continuer ainsi, qu'elle appellera demain Sébastien Mille pour lui dire la vérité.

– Je te soutiendrai si tu expliques que c'était un accident, précise Iris.

– Tu as raison, concède-t-il. J'y ai réfléchi aussi. Il n'y a pas d'autre solution.

Iris pose affectueusement sa main sur celle de Simon, qui la retire aussitôt. Les premiers kilomètres se succèdent sans un mot échangé. Ils filent à vive allure sur une route bordée de platanes. Le soleil brille à nouveau, accompagnant la température vers son apogée quotidienne. La chaleur pénètre le véhicule, réchauffe le corps d'Iris. Plutôt que de se contorsionner pour retirer son sweat, elle défait sa ceinture de sécurité. Simon hurle, lâche le volant et se bouche les oreilles, comme si l'acouphène implosait et qu'il cherchait à le contenir. La voiture dévie de sa trajectoire sans ralentir, percute de plein fouet un arbre sur le bas-côté. Iris est éjectée hors du véhicule. Son corps se fracasse sur le sol. Elle meurt sur le coup.

Simon de Christo

Machines carnassières

Les premières choses que j'entends sont des cris, des ordres d'hommes à d'autres hommes, me parvenant étouffés. Ensuite arrive le bruit des sirènes. Je perçois l'agitation, sans pouvoir bouger. J'ai l'impression d'être enseveli sous les pierres. L'airbag me compresse la poitrine, paralyse mes bras. Mon cœur s'alarme, porté par un sentiment de joie : l'acouphène semble avoir disparu du spectre sonore. Mon espoir est de courte durée. Très vite, je le distingue, résonnant au milieu des alarmes. Je reste immobile, les yeux fermés, attendant que les secours me sortent de là, sans savoir si Iris a survécu.

Je me remémore les instants avant l'incident : l'acouphène qui double de volume alors qu'Iris vient de retirer sa ceinture de sécurité, la conviction qu'il s'agit d'un signe, que le sifflement m'indique une voie de sortie, que la mort d'Iris dans un accident résoudrait tous mes problèmes – le risque qu'elle me dénonce, la peur de la prison, mon incapacité à la quitter, l'impossibilité de séduire Manon tant qu'elle fait partie de ce monde. Je me souviens d'avoir douté, une fraction de seconde. Et si elle ne mourait pas ? Et si je mourais, moi ? J'ai bloqué ma respiration et mes pensées. Je m'en suis remis à l'acouphène et j'ai volontairement foncé dans l'arbre. Puis l'impact. L'impression que toute la matière humaine contenue dans mon cou – os, veines, muscles, artères, nerfs et cartilages – a été brisée, déchirée, hachée par la puissance du choc.

J'entends des appareils découper la carrosserie. Deux hommes m'empoignent avec précaution et fermeté. J'abandonne mon corps entre leurs mains. L'air chaud empestant la fumée me saisit les narines. J'ouvre les yeux, vois l'avant de la voiture plié en accordéon. Quelques mètres plus loin, un corps recouvert d'un drap blanc. Je suis submergé de tristesse et de joie. Tristesse d'avoir dû en arriver là, joie de la liberté retrouvée. Je joue ma partition, me débats en criant « Iris », demande aux ambulanciers si elle est encore en vie, les supplie de la sauver. Doucement, ils me disent de me calmer. Je m'agite, annonce des difficultés à respirer, préviens que je vais vomir. « Il est en état de choc », annonce un des deux hommes. « On le sédate », répond l'autre.

Je me réveille à l'hôpital, mes parents et mon frère à mes côtés, ballottés entre le chagrin causé par la perte d'Iris et l'ivresse de me savoir en vie. Ils me prennent dans leurs bras, m'annoncent que je vais bien, côtes fêlées et contusions pour seules conséquences physiques. Yvan a les yeux boursouflés. Il a beaucoup pleuré. Je raconte le drame d'un ton neutre – l'accroissement de l'acouphène, la perte de contrôle, le trou noir –, comme s'il s'agissait d'un événement extérieur à mon existence, avant de me réfugier dans le silence. Ma mère serre ma main, ne la lâche pas.

La police vient m'interroger, une femme et un homme. La première se présente comme l'inspectrice Élisa Ruperti et précise, avant que je pose la question, qu'elle est la cousine de Jean-Louis Ruperti, l'employé de mes parents. Le second est une nouvelle recrue, un garçon qui me semble incroyablement jeune, inapte à encaisser la dureté de son métier. Ils se sont assurés que je n'étais pas sous l'emprise de l'alcool ou de stupéfiants, ont pris connaissance des anti-épileptiques que je prends chaque jour et de leurs effets secondaires, dont la somnolence à laquelle je ne suis pas sensible. J'explique ma maladie, leur suggère de contacter le docteur Ohresser pour en savoir plus. Je détaille ma relation avec Iris, le couple soudé que nous formions. « C'est de ma faute si elle est morte », dis-je, les larmes aux yeux. Élisa Ruperti est compatissante, ne cherche pas à faire du zèle. Elle me raconte qu'elle a également perdu son mari dans un accident de voiture, non loin de l'endroit où j'ai fait ma sortie de route. Elle était enceinte au moment du drame. Elle redoute les routes de la région. Son pouls s'accélère à chaque fois qu'elle démarre le moteur. Le jeune policier l'écoute d'un air apathique. Ils s'entretiennent ensuite avec ma famille, concluent à une tragédie dont je ne suis pas pénalement responsable. Ils contacteront les proches d'Iris. Personne chez les de Christo ne s'en sent capable.

Nous rentrons à Paris tous ensemble. Mes parents et Yvan ne veulent pas me laisser seul. Lors du trajet en voiture, je cale ma tête contre la vitre du véhicule, laisse les vibrations entre les roues et le bitume se répercuter jusqu'à mon crâne, persuadé qu'elles auront un effet bénéfique sur le sifflement, tel un massage pour acouphènes. J'appuie ma tête plus fort contre le verre et contemple le ciel bleu, libre de toute impureté. Je suis jaloux de sa perfection, moi qui me sens abîmé, évoluant dans un espace sonore saccagé. En deux mois, j'ai tué deux personnes. Je devrais me sentir minable, détestable, rongé par le remords. Je suis vide de tout regret, convaincu d'avoir bien agi, persuadé que la lutte contre les salauds justifie la mort de l'un d'entre eux et le sacrifice de ma compagne, dont le témoignage aurait légitimé les ultra incels en soulignant que leurs adversaires ne valaient pas mieux. Alors qu'à mes côtés dans la voiture, Yvan semble démoli, je le suspecte de feindre sa tristesse, de jouer comme moi un rôle. J'ai envie de lui taper sur l'épaule pour lui demander de confirmer mon sentiment : on se doit socialement d'être ému par la mort des gens, mais dans le fond, rien d'autre ne compte que notre propre vie.

Arrivés dans le 11e, mon frère me propose de dormir chez lui : « Tu ne peux pas te retrouver seul au milieu des affaires d'Iris. » Je dépose mon ordinateur dans sa chambre et, assis sur le lit, une tisane entre les mains, lui demande un service :

– Pourrais-tu écrire à Manon pour la prévenir ? Dis-lui que je suis dévasté, mais que j'irai la voir quand ça ira mieux.

– Je m'en occupe, répond Yvan. Je vais aussi appeler Kahina.

Sébastien Mille

Sous le vernis écaillé

Sébastien Mille apprend la mort d'Iris Velba en consultant son fil Twitter, le lundi 18 août, dans le métro le menant au travail. Il est choqué, se laisse tomber sur un strapontin. Une semaine plus tôt, il était au téléphone avec elle. Il poursuit son trajet, assailli par des images de cette jeune femme, qui lui a fait forte impression à chacune de leurs rencontres. Mourir dans un accident de voiture à cet âge, quelle tristesse. Mille pense à ses vacances en Italie. Sa fille et lui prendront la route après-demain, traverseront le pays de Florence à Bologne. Il sera le seul à conduire. Holly n'a pas le permis.

Arrivé au SCDC, Sébastien Mille ne s'arrête pas à la machine à café, évite de croiser les rares collègues qui arpentent les couloirs, déjà revenus de vacances, ou, comme lui, comptant les jours avant le départ. Il s'enferme dans son bureau. Il avait prévu de mettre de l'ordre dans ses dossiers, trier ses e-mails avant de prendre le large. Mais Iris Velba l'obsède. Il retourne sur Twitter, lit les condoléances présentées par des neo straight edge à Yvan Langalter et à son frère. Il se souvient de leur dernière conversation. Elle lui avait parlé de la croix de Tristan Largile. Machinalement, il ouvre son tiroir, en retire le bijou, l'observe sous plusieurs angles, se remémorant les trais d'Iris Velba et la manière dont il s'était senti vieux et misérable la première fois qu'il s'était retrouvé face à elle. Il doit chasser ces pensées et se remettre au travail. Il pose la croix à droite de son clavier. Dans le silence de son bureau isolé, il entend un clic. Surpris, il reprend l'objet métallique. Le bruit, celui d'un petit engrenage qui s'enclenche, résonne à nouveau. Il ne comprend pas tout de suite ce qui se passe. C'est en reposant la croix près des boules magnétiques, avec lesquelles il joue lorsqu'il a besoin de faire le vide dans son crâne, qu'il réalise qu'un mécanisme à l'intérieur de la croix réagit à la présence des aimants. En maintenant celle-ci à proximité des sphères, il la sépare en deux parties, la première s'emboîtant tel un capuchon sur la seconde, et découvre, ébahi, une clef USB.

Coup de chance, Lucie Marque n'est pas partie en vacances. Trente minutes plus tard, un taxi dépose Sébastien Mille à Boulogne-Billancourt, au pied du siège de la Direction générale de la Sécurité intérieure. Lucie Marque a tout préparé. Ils se saluent à peine, insèrent la clef USB, voient les mails cryptés se déchiffrer instantanément. L'excitation laisse place à une masse d'éléments à analyser, des milliers de messages échangés avec des ultra incels. Ils ouvrent au hasard une conversation entre Tristan Largile et Amaury Bloch. Un torrent d'immondices. Protégés derrière les pseudonymes de Mialek et de Willburg, persuadés de la confidentialité complète de leur correspondance, les deux jeunes hommes, qui dans le monde réel pouvaient paraître rationnels, se livrent ici à des joutes verbales insensées, chacun rivalisant de bêtise et de cruauté, pour prouver à l'autre qu'il hait les femmes plus que lui. Ce n'est pas de l'humour. Ce n'est pas un exercice de style ou un recueil de phrases chocs de deux adolescents libidineux, ne connaissant rien de la vie, cherchant à imiter les rappeurs des années 1990, que l'on qualifiait de « sulfureux » pour ne pas dire « misogynes », s'évitant ainsi de passer pour un conservateur qui entrave la création artistique. C'est de la pure saloperie. Une prose sans garde-fou, sans réflexion, sans limite. De l'acharnement décérébré, à la lisière du fanatisme, où il est question d'esclavager les femmes, d'en faire des êtres soumis et dociles, se nourrissant du jus de couilles de leurs maîtres, de les ramener à leur condition originelle, soit des trous que chaque mâle peut fourrer, dès qu'un autre homme lui en donne la permission, dans le cadre d'échanges de bons procédés.

Lucie Marque en a la nausée.

– Quand des incels répandent leur fiel sur les réseaux, je me dis qu'ils font ça pour épater leur public, qu'ils sont soumis à des mécanismes de bande qui les abêtissent. Jamais je n'aurais imaginé qu'ils pouvaient être pires encore dans leurs échanges privés.

– Je les déteste, marmonne Sébastien Mille. Nous sommes impuissants face à de tels propos, tenus dans un cadre privé. Sans moyen de relier leurs idées aux actions de Striker, cela n'est pas plus répréhensible que les élucubrations douteuses d'un vieil oncle à un dîner de famille. Est-ce que vous pouvez me transférer les fichiers ?

Sébastien Mille s'installe dans un box à l'écart pour poursuivre sa lecture. Tristan Largile et Amaury Bloch évoquent longuement les filles qu'ils voudraient baiser, et comment ils s'y prendraient. Mille s'attend à y lire des fantasmes sordides relatifs à Iris Velba. En recherchant les occurrences de son nom dans les messages, il tombe sur un passage où Largile évoque, non sans fierté, la relation naissante entre lui et la compagne de Simon de Christo. Bloch est sceptique, fait des circonvolutions pour ne pas traiter son compère de mythomane. Tristan lui montre des copies d'écran où Iris le relance, lui donne un nouveau rendez-vous, conclut ses messages par « je t'embrasse ». Bloch trouve le ton équivoque : « Cette pute a envie de toi, c'est sûr. » Tristan ne renchérit pas. Sa plume s'amollit. Il n'a pas le courage d'interdire à son compagnon de lutte de parler d'Iris en ces termes. On sent tout de même qu'il meurt d'envie d'écrire qu'Iris vaut mieux que les autres. Un scénario se dessine dans le subconscient de Sébastien Mille. Iris Velba est tombée amoureuse de Tristan Largile. Simon de Christo l'a appris. Il n'a pas supporté de voir sa compagne le tromper avec un de ses pires ennemis. Il avait un mobile pour se débarrasser de Largile, a profité de la confusion régnant dans l'Absolute Club pour le pousser du premier étage. Iris aurait couvert son crime, avant de se repentir et de menacer de le dénoncer – peut-être est-elle l'autrice du mail anonyme. Acculé, Simon de Christo a fait disparaître le seul témoin de son meurtre, la femme qu'il aimait, cette traîtresse qui allait l'envoyer en prison.

Il ne devrait pas se préoccuper de la mort d'Iris Velba. Ce n'est pas de son ressort. Mais c'est plus fort que lui. Il demande le rapport des policiers sur place, ceux qui ont interrogé Simon de Christo, après qu'il a percuté le platane. Il le reçoit le lendemain matin. C'est son dernier jour avant les vacances. Tant pis pour le rangement et le classement. Il parcourt le document, un café à la main. Tout a été fait selon les règles. Rien n'infirme la thèse de l'accident, rien ne la confirme non plus. « Je n'ai pas le temps pour ça », se dit-il en refermant le dossier. Pourtant, quelques minutes plus tard, il appelle Simon de Christo, le convoque au siège du SCDC pour l'après-midi même.

Quand le jeune homme pénètre dans son bureau, le teint livide, le dos courbé, la démarche triste, Sébastien Mille regrette déjà de l'avoir fait déplacer. Le scénario qu'il a imaginé lui paraît soudain abracadabrant, ses intuitions grotesques. Il fait s'asseoir Simon, lui présente ses condoléances et, sans transition, lui demande s'il a tué Tristan Largile, puis Iris Velba qui avait assisté au meurtre. Simon de Christo l'observe estomaqué, comme s'il n'avait pas réfléchi préalablement aux raisons de cette convocation et qu'il découvrait à l'instant, terrifié, qu'on pouvait le soupçonner d'être impliqué dans le décès de sa compagne.

– Vous savez, répond Simon, la tuerie à l'Absolute Club, la mort de mon ami Yoav, et maintenant la perte d'Iris, que j'allais prochainement demander en mariage, c'est beaucoup de malheurs.

– Je sais, mais le malheur ne peut pas être un frein à mon travail.

– Si vous voulez la vérité, il y a deux responsables à la mort d'Iris. Largile et moi. Largile parce qu'il m'a donné le coup de poing qui a provoqué l'apparition de mon acouphène. Moi parce que je n'ai pas su maîtriser cet acouphène, et que je me suis encastré dans un arbre au pire moment qui soit.

– Vous dites que c'est la frappe de Tristan Largile qui a déclenché votre maladie ?

– Oui, le sifflement est apparu juste après. L'impact a dû casser, ou déplacer quelque chose dans mon crâne.

– Largile est donc à l'origine de votre problème de santé, celui qui vous gâche la vie, vous interdit d'assister à des concerts ?

– Je n'en ai pas la preuve scientifique, mais c'est ma conviction.

– Vous aviez donc deux bonnes raisons de tuer Largile. Le type qui vous a blessé, que vous haïssiez au fond de vous, était en train de vous ravir votre compagne.

– Je ne sais pas ce qui vous fait penser qu'Iris pouvait avoir des sentiments pour Tristan Largile, mais c'est complètement faux. Iris s'intéressait aux gens. Elle voulait comprendre les incels pour les faire changer. Elle n'avait pas baissé les bras comme moi, qui pense que rien ne sert de débattre, que la meilleure stratégie est d'ignorer ces types, de limiter la casse, en les tenant à distance. Iris avait les hommes à ses pieds. Elle pouvait séduire qui elle voulait. Je n'aurais pas été surpris qu'elle me quitte pour quelqu'un de plus fascinant que moi. Mais entre nous, il y a bien une chose sur laquelle les incels ont raison : jamais ils n'arriveront à séduire une fille de la classe d'Iris.

– Et votre acouphène ? Vous aviez pardonné à Tristan Largile ? Je vous vois mal absoudre un ultra incel qui a ruiné votre vie.

– Je ne vis pas dans la rancœur. C'est contraire à la philosophie neo straight edge. On se bat pour modifier le futur, pas pour ruminer le passé. Pensez ce que vous voulez, mais j'avais fait la paix avec Largile. C'était un type malheureux, comme beaucoup d'entre nous. Nous sommes responsables de nos actes, mais ne pouvons pas anticiper leurs répercussions.

– Qui d'autre avait une raison de pousser Largile dans le vide ?

– Vous savez bien qu'il n'y a pas besoin de raison pour tuer quelqu'un. Un coup mal placé, un geste qui dépasse ses intentions. Nous sommes trop fragiles. Un vaisseau qui pète quelque part dans le corps, une mauvaise chute, un accident de voiture, et c'est la fin.

– C'est parce que les corps sont fragiles qu'il est facile de s'en débarrasser, répond Sébastien Mille.

– Je ne sais pas. C'est vous le spécialiste de la question. En tout cas, si Iris avait été amoureuse de Largile et que je l'avais tué, elle ne m'aurait jamais protégé. C'était une fille droite, qui refusait les compromis et les petits arrangements avec la réalité. C'est une insulte à sa mémoire de penser qu'elle aurait pu mentir à la police.

Sébastien Mille ne le contredit pas. Il a sûrement raison. Au moment de quitter son bureau, Simon de Christo se retourne et lui dit : « Vous devriez venir à l'enterrement d'Iris. Elle vous aimait bien. Elle aurait apprécié que vous soyez là. » Il n'ose pas lui dire qu'il ne sera pas là, qu'il va plier bagage, prendre la route dès le lendemain avec sa fille et oublier les affres de la condition humaine pour profiter de la vie.

Yvan Langalter

Les mots qui restent

Yvan appréhendait les funérailles d'Iris, craignait d'y revoir Kahina. Sur le coup, il a cru que tout se passerait bien. Dès que leurs regards se sont croisés, elle s'est précipitée vers lui, l'a enlacé en lui disant combien elle était désolée pour son frère et lui. Ils ont pleuré ensemble et prévu de se revoir le lendemain, dans un café à Jussieu, près du laboratoire Neuroscience Paris Seine où elle travaille.

Il est arrivé le premier dans le bar, agité. Dès qu'il l'a vue, son cœur s'est serré. Un débardeur, un jean et des talons, un peu de maquillage et un collier qu'il ne connaissait pas : il ne lui en a pas fallu plus pour la désirer, tout en l'imaginant en couple avec un nouveau type, qui la couvrait de bijoux, et dont il n'oserait pas demander la confirmation de l'existence, de peur de ne pas le supporter. Ils se sont fait la bise, la main d'Yvan posée sur sa hanche. L'affection était intacte, comme les sourires et la tendresse. Assis, leurs mains se sont trouvées naturellement, mais ce n'était pas le signe d'un futur possible, juste du respect pour leur histoire passée. Yvan s'est mis à parler, altérant les facettes de sa personnalité qui selon lui avaient nourri le désamour de Kahina – son égocentrisme, son incapacité à jouir de l'instant présent, ses peurs irrationnelles –, affichant l'image d'un homme mature et serein, fragilisé par les événements récents, mais confiant en l'avenir.

Ils ont parlé d'Iris, encore sous le choc de sa disparition, puis de Simon qui, enfermé seul chez lui avec son acouphène, entamait un long processus de deuil. Il lui a raconté son séjour dans le Verdon, son combat contre l'anonymat, s'est inventé des projets. Tout se déroulait parfaitement, malgré le contexte pesant. Le regard attendri, elle passait un bon moment, sans qu'il puisse dire si elle était sentimentalement sensible à sa présence ou simplement heureuse de renouer avec un ex qu'elle aimait bien.

Quand elle lui a demandé s'il voyait quelqu'un, il a perdu pied. Espérant lui prouver qu'il était un homme désirable, que les filles se battaient pour sortir avec lui, il a répondu cette phrase atroce : « Oh tu sais, entre les fans du groupe et les sites de rencontres, je ramasse pas mal. » Non seulement, il ne « ramassait » rien du tout – il avait failli coucher avec une amie de Gaspard, croisée lors d'un anniversaire, mais le moment venu, son sexe était resté mou, ses pensées focalisées sur combien Kahina lui manquait –, mais le terme « ramasser » rabaissait les femmes à de petites choses fragiles, attendant sur le bas-côté d'être cueillies par un homme. Craignant toujours la découverte d'un homme dans sa vie, il n'a pas osé lui retourner la question. En quelques secondes, il s'est ridiculisé, passant du statut d'ancien amant qui a tiré les leçons du passé à celui de connard arrogant qui ne s'intéresse qu'à lui.

Malgré cela, il a réussi à rester dans la conversation, à recentrer le sujet sur sa famille, son travail, leurs connaissances communes. Ils ont ri, bu plusieurs cafés, sans que jamais leurs mains ne se séparent. Il avait l'impression de la retrouver. Au moment de se quitter, il a tenté de l'embrasser, mais elle a détourné la tête, dessinant un « non » du bout des lèvres. Dans le métro, il lui a envoyé un texto : « Tu peux dire ce que tu veux, mais on passe de bons moments ensemble. » Elle a répondu quelques minutes plus tard : « Oui et ça continuera comme ça », sous-entendu, en tant qu'amis. C'était il y a un mois. Il n'a eu aucune nouvelle depuis.

*

Il doit se reprendre en main, décide d'être l'homme qu'il a décrit à Kahina lors de leur dernier rendez-vous, avec ses bons et ses mauvais côtés. Il réactive son profil sur Tinder, le met à jour avec des photos prises durant l'été, évitant de piocher dans les portraits stylisés du dossier de presse accompagnant leur dernier disque, sans pour autant taire son statut de star de l'underground musical français. Il ne craint pas que l'on reconnaisse en lui le musicien et la figure médiatique. Il n'a rien à cacher. Il plonge la tête la première dans le tourbillon de mal-être, de détestation de soi et de l'autre que produit la fréquentation des applications de rencontres. Le tout aggravé par le manque de Kahina, par le dégoût de coucher avec des filles qui lui rappellent combien il l'aime, combien sa peau lui manque, combien tous les autres corps lui paraissent fades, pour ne pas dire répugnants. Il lui arrive d'éjaculer hagard, déboussolé, en se demandant ce qu'il fout là, dans cet appartement inconnu, observant une femme qu'il connaît à peine, contrit par un acte sexuel qu'il regrette déjà, parce qu'une fois les fluides évacués, deux voies seulement s'ouvrent à lui : soit il veut revoir la fille et elle ne veut pas, soit elle s'entiche de lui et il fuit, conscient de son incapacité à se contenter d'une autre que Kahina. Il « ramasse ». Jamais n'émerge la possibilité de l'amour.

À l'automne, il réunit les membres de Significant Youth pour travailler sur de nouveaux titres. De son côté, Simon, terrassé par la mort d'Iris, s'enferme dans une relation malsaine avec son acouphène. Seule Manon arrive à le tempérer. Il dort mal, limite ses sorties au strict minimum, passe ses journées en télétravail devant son ordinateur, protégé par le ronronnement de celui-ci. Lui, qui comme Yvan avait toujours su entretenir son corps, se laisse aller physiquement, s'épaissit. Quand il dîne chez lui, Yvan voit les bouteilles de bière, que son frère ne prend plus la peine de cacher, s'entasser près des poubelles.

Un soir, Simon lui parle encore de Manon, de l'admiration qu'il éprouve pour son engagement. La meilleure amie d'Iris revient souvent dans les conversations, si bien qu'Yvan le suspecte d'avoir des sentiments pour elle. Alors qu'il s'apprête à le taquiner sur le sujet, une notification sur l'application du journal *Le Monde* attire leur attention : la police vient de déjouer un attentat fomenté par des incels contre une usine de Womanizer, célèbre marque de vibromasseurs. Interrogé sur les motivations des commanditaires, Sébastien Mille répond aux journalistes que les incels voulaient envoyer un message aux femmes qui s'imaginent pouvoir se passer des hommes. Yvan et Simon sont consternés.

Simon de Christo

Le plus beau des silences

Depuis l'accident, j'ai accru ma consommation d'alcool. Je vis dans un monde gris où l'acouphène est le seul point de repère. Seules les discussions avec mon frère et les instants passés avec Manon me permettent de survivre.

Lire dans les yeux de Manon la tristesse causée par la perte de sa meilleure amie a été l'un des moments les plus éprouvants. Je n'avais pas anticipé combien le monde serait peiné par la disparition d'Iris. À force de fréquenter Manon, de partager notre chagrin et le vide laissé par Iris, je me suis retrouvé bouleversé par sa mort, comme s'il s'agissait d'un événement subi et non d'une conséquence de mon action. Plus le temps passe, plus j'oublie que j'ai tué ma compagne, pour ne conserver que le poids de son absence. Un moyen comme un autre de m'ôter tout sentiment de culpabilité. Je n'ai pas de nouvelles de la police. Je passerai au tribunal correctionnel pour homicide involontaire, mais pas avant plusieurs mois. Selon mon père, je risque de la prison avec sursis et une amende. Malgré la conviction partagée qu'il s'agit d'un accident, le fait d'avoir conduit sous médicament constitue aux yeux de la loi un manquement manifeste aux obligations de sécurité et de prudence. Cela ne me fait rien. Nous avons de l'argent et je ne compte pas récidiver un jour. J'ai commis deux fois le crime parfait. Loin de la complexité des meurtres prémédités, saisir une opportunité pour se débarrasser d'une personne s'avère à la portée du premier venu. Avec Tristan et Iris, tout est allé très vite, la prise de décision et la concrétisation de celle-ci se produisant quasi simultanément, tel un geste impulsif et incontrôlé. Il ne faut pas grand-chose pour basculer de l'autre côté.

Comme Yvan, Manon trouve dans l'engagement politique via la lutte pour le peuple Sourd un moyen de mettre à distance son chagrin. Ses discours à l'Adile sont devenus des vidéos partagées massivement sur Facebook. Elle intervient régulièrement à la Sorbonne pour sensibiliser les élèves à l'intégration des Sourds et Sourdes. On l'invite à la télé, elle donne des conférences. Je prends exemple sur eux, poursuis mes travaux au sein de My French Réseau, accrois l'interopérabilité de la plateforme, anticipe la greffe de nouveaux composants, me projette dans un monde où notre solution serait le hub numérique de nos vies virtuelles.

Manon constitue à la fois un traitement de fond et un antidouleur de l'instant. Je fais des progrès en LSF, trouve ma place dans son univers, plaisante avec ses amis, sais rendre ma présence indispensable, au point de susciter un manque quand je ne suis pas là. J'arrive à convaincre Manon que je tiens à elle, pas seulement parce qu'elle est une excellente infirmière.

Pour son anniversaire, je l'invite à dîner chez Astrance, un restaurant étoilé. Malgré notre complicité grandissante, elle trouve le geste disproportionné, y voit un réflexe de gosse de riches, accepte néanmoins. À table, je suis mal à l'aise. Le lieu est calme, le service discret, les convives parlent doucement, chacun s'assurant de ne pas déranger son voisin. L'absence de brouhaha valorise les bruits de vaisselle et des corps qui se nourrissent. Je me focalise sur eux, parallèlement à mon obsession naturelle pour l'acouphène. Une migraine foudroyante électrise mon cerveau. Mon rapport au son est perverti à jamais.

– Tu préfères qu'on s'en aille ? demande Manon.

– À quoi bon. Ici ou ailleurs, c'est pareil. La même souffrance. Le silence est mort. Je n'ai nulle part où me réfugier.

– Le silence n'est pas mort, Simon. Il a changé de tonalité. Le silence désormais, c'est ton acouphène. Quand tu l'entends distinctement, une sensation de calme doit t'envahir.

– Le silence, c'est la pureté. C'est l'innocence. Rien à voir avec ce que j'entends.

– La perception de ce que tu entends changera. Je ne te dis pas d'oublier le silence tel que tu l'as connu. Chéris les souvenirs en sa compagnie. Ils sont précieux. Mais il est temps de passer à autre chose. La cohabitation avec l'acouphène est une réalité tangible. La preuve, tu viens de l'expérimenter ces derniers mois.

– C'est un cauchemar quotidien. Je ne pourrai bientôt plus le supporter.

– Tu te trompes. Ton cerveau va se reformater. Tu verras, on s'habitue à tout.

Comme toujours, les mots de Manon m'apaisent. Je prends sur moi, recentre mes pensées sur mon envie de coucher avec elle. Nous commandons une bouteille, puis une deuxième, pour accompagner des plats délicieux, dont le serveur me fait la description complexe, que je traduis ensuite à Manon. Je suis en train de devenir bilingue en LSF. Nous signons pendant tout le dîner, et à aucun moment je ne ressens une gêne pour m'exprimer.

Une fois dehors, Manon souhaite rentrer chez elle à vélo, pour rafraîchir son esprit, purger l'alcool de son sang. Passablement éméché, je propose de la raccompagner chez elle, enfourche à mon tour un vélo en libre-service. Nous voilà, traversant Paris de nuit, suivant des trajectoires obliques, Manon riant de ma conduite malhabile. À peine avons-nous quitté le 16e arrondissement que la police nous arrête, demande nos papiers d'identité. Emporté par l'ivresse, je leur réponds en signant, me fais passer pour un Sourd. Manon joue le jeu, agite également ses mains. « Laisse tomber, on perd notre temps », dit l'agent en retrait à son collègue, qui acquiesce, nous fait signe de rouler doucement, avant de retourner à sa voiture. Quand ils sont partis, Manon me dit que je fais désormais partie des leurs, que je suis un Sourd assimilé.

Il est une heure du matin quand nous rejoignons les Abbesses. Quand je lui dis au revoir en conservant mes distances, Manon me fusille du regard. D'un geste intense, elle me demande ce que je cherche à la fin. « La même chose que la première fois que je t'ai raccompagnée chez toi », dis-je sans la quitter des yeux. Elle se rapproche, pose ses lèvres sur les miennes. Nous n'échangeons plus un mot.

*

Il fait froid. Le petit chauffage électrique du studio de Manon peine à réchauffer la pièce. Privé de mon unité centrale, je crains de ne pas réussir à trouver le sommeil. Manon ferme les volets, éteint la lumière. Elle se glisse dans le lit et je sens son corps nu s'accoler au mien, comme s'il voulait en épouser les formes. Sa main gelée se pose sur mon sexe. Au lieu de rétrécir, celui-ci durcit, comme purifié par le froid. Elle roule sur moi, cambre son bassin, me fait entrer en elle. L'intensité du moment empêche l'acouphène d'abolir mon érection. Lorsque Manon pose sa main, toujours glacée, sur mes testicules, je jouis instantanément, presque par surprise. Nous n'avons pas mis de préservatif. Manon allume la lampe sur sa table de chevet, me dit de ne pas m'inquiéter, qu'elle prend la pilule. Entre ma monogamie et ses relations sporadiques protégées, la perspective d'attraper une MST ne nous effleure pas. Elle se cale contre mon torse. Je lui dis « je t'aime », sachant pertinemment qu'elle ne peut pas m'entendre. Alors que mes mots disparaissent dans le silence, elle me serre dans ses bras.

À partir de ce moment-là, nous faisons l'amour souvent, plusieurs fois par jour. Je bande comme je n'ai pas bandé depuis des années. Le Rivotril et l'acouphène n'arrivent pas à tuer mon désir. Manon mesure 1,65 mètre. Ses seins sont volumineux, ses hanches généreuses. Une frange adorable couvre une partie de son front. Ses yeux sont bleus, même si en réalité je les vois souvent gris. Ses pommettes se bombent lorsqu'elle sourit. Sa bouche est mise en relief par un rouge à lèvres grenat, seul produit de maquillage qu'elle utilise quotidiennement. Son apparence contraste avec le physique d'Iris, la seule femme que j'aie connue jusque-là, dont on évoquait souvent la silhouette de mannequin, sans que je sache s'il s'agissait d'un compliment ou d'une insulte, tout en prenant la mesure des convoitises qu'elle attirait. En comparaison, Manon ne correspond pas aux canons de beauté classique. Quand je la possède, j'ai l'impression qu'il s'agit d'une expérience intime et personnelle dont je suis le seul capable de profiter à sa juste valeur. Un peu comme lorsque que je me passionne pour un disque qui laisse indifférent le public, me faisant croire qu'il n'a été composé que pour moi, et qu'il s'agit d'un secret que je dois garder précieusement, pour ne pas voir son aura gâchée par l'amour des autres. Sortir avec Iris, c'était comme jouir d'un job prestigieux, bien payé, pas trop exigeant, le tout avec un paquet de congés payés. Une belle planque, un placard doré. Un travail dénué de sens, mais qui remplissait les critères de la réussite sociale. À l'inverse, fréquenter Manon, c'est se remettre chaque jour en question, prendre des risques, se battre pour une bonne raison. C'est donner du sens à sa vie.

Nous passons toutes nos soirées ensemble, nous rejoignant dès qu'elle sort du boulot. Nous parlons pendant des heures. Quand je me lance dans de longs monologues, elle enregistre ma voix, transcrite à l'écrit en temps réel par son téléphone. Je lui parle de la vision du futur que je développe avec Yvan. Elle aime le monde que je lui décris, un monde où le virtuel tiendrait tête au réel, où l'on communiquerait à distance, où l'écrit serait aussi important que l'oral, où elle pourrait en toutes circonstances s'appuyer sur Elision, service en ligne de traduction en langue des signes, où, via une plateforme de communication vidéo, un intermédiaire fait le pont entre les Sourds et les entendants. « Un monde où être sourd ne serait plus considéré comme un handicap », s'enthousiasme-t-elle.

Dans les premiers temps de notre relation, Manon souhaitait limiter les moments passés dans mon appartement. Elle avait l'impression de remplacer Iris, de lui voler son compagnon et son domicile. Mais elle s'est petit à petit mise à passer toutes les nuits de la semaine chez moi, ne se rendant dans son studio que pour y récupérer des vêtements et son courrier. En vivant avec elle au quotidien, je découvre une réalité inattendue, celle de l'environnement sonore propre à la vie avec les Sourds, où la soustraction des voix est compensée par la cacophonie provoquée par ces corps qui n'ont aucune conscience des bruits qu'ils génèrent : les objets s'entrechoquent, les portes claquent, les respirations deviennent des ronronnements. Avec elle, rien n'est discret, silencieux. L'appartement fourmille de sons où peut aller se cacher l'acouphène. Alors qu'Iris ne supportait pas les fonds sonores que je lui imposais, Manon se fiche bien de la musique que j'écoute ou des bruits blancs que je diffuse à fort volume quand je délaisse mon unité centrale, ce qui arrive de plus en plus souvent.

Manon n'arrive pas à faire le deuil d'Iris. Selon elle, je ne peux pas comprendre le lien qui les unissait. « Peut-être que je sors avec toi pour faire perdurer sa vie à travers moi », me dit-elle un soir après plusieurs verres. Elle me tuerait si elle savait que j'ai consciemment foncé dans l'arbre.

*

Chaque jour, je tâche de perdre mon sifflement dans l'environnement sonore, de me soustraire à ses effets. Je veux prouver à Manon que je suis un battant, que je sais me réinventer, prenant acte des nouvelles spécificités de mon être. Bientôt, je ne fais plus la différence entre les moments où je me force d'oublier l'acouphène et ceux où il s'efface naturellement. Mon cerveau ne traite plus systématiquement l'information « acouphène » comme une donnée essentielle, dont il faut sans cesse me notifier l'existence. Au fil des semaines, je deviens un collectionneur d'instants, détaillant à Manon ces minutes et ces heures où je me suis senti à nouveau moi-même.

Le dimanche 15 novembre est un tournant dans ma vie. Ce qui fait la valeur de cette journée est qu'à aucun moment de celle-ci je ne me suis rendu compte qu'elle avait une valeur inhabituelle. Au réveil, nous avons fait l'amour dans la chaleur du lit, sa chemise de nuit remontée sur son ventre. Malgré le froid qui s'abat sur la ville, des rayons de soleil éclaircissaient l'appartement. J'ai écouté le dernier album de Joanna Newsom en buvant un café, enfilé jogging et baskets, ai couru 20 kilomètres, à un rythme soutenu, sans douleur, sans souffrance. Je suis revenu avec de quoi bruncher, j'ai pris une longue douche, et nous avons déjeuné en musique, Manon mangeant bruyamment, remplie de joie de vivre. L'après-midi, nous avons marché dans Paris, emmitouflés dans nos doudounes, nous tenant par la main, gant contre gant, avant de nous réfugier dans un cinéma. Nous avons boycotté le premier film de Richard Farant, un réalisateur accusé par trois de ses ex de les avoir battues, lui avons préféré le nouveau James Gray. Le soir, nous avons rejoint des amis de Manon et ils m'ont accueilli comme un membre à part entière du peuple

Sourd. Mais ce n'est pas ce qu'il y a de marquant. Ce qui rend ce jour exceptionnel, c'est que j'ai oublié l'acouphène non pas quelques instants, non pas quelques heures, mais une journée entière. Je sais maintenant qu'avec du temps et de la volonté, je serais capable de vivre avec ce son. Manon a raison : on s'habitue à tout. Je pourrais même un jour retourner à des concerts. Redevenir un neo straight edge.

Progressivement, j'apprends à vivre avec cette présence. J'oublie d'où elle vient, les origines de son apparition, finis par l'aimer comme la chair de ma chair. L'acouphène devient une partie de moi et je l'estime comme telle. Je diminue le Rivotril. Telle une nouvelle compagne qui succède à un amour perdu, sans pour autant le remplacer, l'acouphène remplit peu à peu les fonctions du silence. Comme Manon l'avait prédit, lorsque j'entends l'acouphène et rien que l'acouphène, je sais que j'entends le silence, un silence plus riche, plus intense. Alors que le silence originel se manifestait quand tous les autres sons s'endormaient, le silence acouphénique existe, lui, en continu : quels que soient les bruits qui m'entourent, je peux à chaque instant m'y raccrocher. Un silence qui est toujours là pour moi, que je suis le seul à entendre. Peut-être le plus beau des silences.

Yvan Langalter

Les invisibles

Le lundi 8 décembre 2025, à l'occasion d'un colloque du Consortium international pour l'environnement, en visioconférence, Yvan passe la journée avec Clothilde Audouin, maire du 5e arrondissement de Paris et future tête de liste des Nouveaux écologistes aux prochaines élections présidentielles. Cela fait plusieurs années qu'Yvan fréquente Clothilde. Ils partagent de nombreuses convictions sur les changements de mode de vie qui devront accompagner la transition écologique. Elle est l'une des principales défenseuses de la votation d'initiative citoyenne, qui pourrait être rendue concrète par le déploiement de My French Réseau. La connexion à la plateforme imposant aux citoyens et citoyennes de s'authentifier avec leur véritable identité, il serait aisé d'en faire le cœur névralgique du vote démocratique. Simon a conçu l'architecture technique en ce sens. La réunion est intense. Les Canadiens mènent la discussion, orientent les débats. Clothilde explique comment la fin de l'anonymat permettrait d'identifier celles et ceux qui ne contribuent pas à l'effort écologique. Des lignes directrices apparaissent, s'entrelacent et se complètent pour proposer un nouveau système politique, une véritable alternative au capitalisme, faite de décroissance, de principes éthiques, de minimums vitaux, avec un objectif clair : contenir les impacts de l'apocalypse climatique sans aggraver la situation des plus démunis.

Il est 18 heures quand il quitte la mairie du 5e, située au 21, place du Panthéon. Il a besoin de s'aérer l'esprit, marche dans les rues de Paris, soi-disant sans but de précis, alors qu'instinctivement il se dirige vers le campus Pierre et Marie Curie, espérant tomber par hasard sur Kahina à sa sortie du travail. S'approchant du bâtiment, il la voit venir à contresens sur le trottoir d'en face. Elle n'est pas seule. Manon marche à ses côtés. Il les sait amies, mais s'agace que la nouvelle copine de son frère traîne avec celle qui lui a brisé le cœur. Il décide de ne pas s'arrêter, de ne pas leur faire signe. Cette balade en solitaire dans Paris était une mauvaise idée. Se dirigeant vers le métro le plus proche, il pense à Manon, invisible hier, aujourd'hui si présente.

Yvan a rencontré Manon il y a des années – Iris la lui a présentée dès les premiers mois de leur amitié –, mais il n'a jamais fait l'effort de dépasser son handicap, qui agissait comme une barrière infranchissable entre elle et lui. Yvan aime les conversations de fond, qu'elles soient intimes ou politiques. Il ne sait pas s'exprimer avec un vocabulaire simplifié, déteste sentir que son interlocuteur ne possède pas les outils linguistiques pour lui transmettre ce qu'il a sur le cœur. Bien qu'il chante en anglais, il refuse de donner des interviews dans une langue autre que le français. Il ne veut pas niveler ses idées par le bas, être trahi par les affres de la traduction. C'est la raison pour laquelle il n'a rien fait pour intégrer Manon à son cercle d'amis. Aujourd'hui, quand il passe une soirée avec Simon et Manon, ne sachant pas quoi faire de ses mains, c'est lui qui se sent en décalage.

Dans le métro, Yvan envoie un message à son frère : il aimerait apprendre la LSF.

Simon de Christo

Courants descendants

Chaque semaine apporte son lot d'amélioration. Ma complicité avec l'acouphène se renforce. J'arrive à me passer du Rivotril. Manon prend conscience de la pérennité de notre couple. Les premiers mois, elle avait peur que notre histoire soit pour moi un pis-aller, un moyen d'étouffer la tristesse, de trouver dans son corps un réconfort pour surmonter le deuil. De son côté, ses sentiments se sont rapidement manifestés. Elle n'a jamais connu l'amour. De ses relations précédentes, elle conserve un mauvais souvenir, surtout de celles avec les entendants, qui abusaient de leur position, voire prenaient plaisir à l'humilier. En comparaison, mon histoire avec Iris lui paraissait idyllique. Iris avait un esprit vif, une générosité à toute épreuve, un corps de rêve, un sourire de star de cinéma. Je sais qu'il n'est pas facile pour Manon de passer après elle, dont la présence, quand elle arrivait dans une pièce, éclipsait celle de toutes les autres femmes.

J'emmène Manon faire du shopping, lui offre des fringues luxueuses qui dopent son ego. Je fais tout pour qu'elle apprivoise son corps, apprenne à le mettre en valeur, à éclipser ses petits défauts, qu'elle ne se considère plus comme inférieure à Iris. Mes compliments la valorisent. Son complexe d'infériorité, qui l'empêchait dans les premiers temps de se tenir nue devant moi sans éteindre les lumières, se dissipe doucement.

Ses crises de jalousie se font moins vives. L'insécurité de Manon vis-à-vis de mes sentiments à son égard s'évanouit. Je moque gentiment la manière dont elle enregistre mes mots d'amour, pour les retranscrire et en garder une trace, la soupçonnant de les relire régulièrement, comme une ado. Mais dans le fond, ce côté fleur bleue, à mille lieues de la maturité d'Iris, me fait craquer.

Seule ombre au tableau : Iris me manque. Non pas comme compagne, mais en tant qu'être humain. La culpabilité a fait son nid. Je souffre de n'avoir personne à qui confier mon crime, quelqu'un qui pourrait comprendre mon geste, me donner l'absolution. Je dirais que c'était elle ou moi, et la personne en face me répondrait que c'était dégueulasse, mais que je n'avais pas le choix.

Nous passons les fêtes de Noël chez mes parents. Je suis touché par leurs efforts pour s'adapter à Manon et communiquer avec elle. Yvan, lui, maîtrise déjà les rudiments de la LSF, arrive à tenir des conversations, même si son vocabulaire reste limité. Pour le Nouvel An, une grande fête est organisée chez Gaspard et Nino, qui habitent un bel appartement à Pantin avec vue sur le canal de l'Ourcq. Manon vient avec son groupe d'amis. Les neo straight edge et le peuple Sourd se mélangent, font preuve d'inventivité pour communiquer, forment le temps d'une soirée une communauté unie. Manon et moi nous isolons régulièrement dans la salle de bains pour boire des bières, m'évitant toute justification. Je suis légèrement gai quand les applaudissements et les cris jaillissent de partout, de l'appartement comme de la rue. Nous sommes en 2026. Dans quelques mois, j'aurai vingt-neuf ans.

Je ne suis pas encore prêt à retourner en concert. Compte tenu de la surdité de Manon, ma vie culturelle tourne autour d'œuvres dont l'aspect auditif est inexistant ou substituable, dont nous pouvons profiter en couple, et sur lesquelles nous discutons ensuite autour d'un verre : films et pièces de théâtre sous-titrés, expositions de peinture et d'art contemporain, lectures, lovés sous la couette. Malgré la présence de l'acouphène, cette vie est plus calme que la précédente. Je me sens apaisé, aspirant à ce que les choses restent comme telles. J'ai perdu mon animosité envers le monde extérieur. Désormais, je resterai éloigné des ultra incels et des conflits, n'interviendrai qu'en cas d'extrême nécessité.

*

Fin février, le samedi 28, nous prenons le train pour la gare des Arcs, où nous louons une voiture pour rejoindre la maison de mes parents. Les premières semaines de 2026 ont été intenses en termes de travail, et nous avons décidé de passer une semaine au vert, profitant de l'absence de touristes dans la région à cette période de l'année. Durant le trajet, Manon semble anxieuse, a des bouffées de chaleur. J'y vois un présage de mauvais augure. Je ne suis pas retourné dans la nouvelle demeure familiale depuis l'accident de voiture et la mort d'Iris, je crains que la rivière du Verdon ait une sale influence sur moi, que son grondement attise la colère de l'acouphène. Je me projette dans une situation où mon amour pour Manon se transformerait en dégoût. Des visions sombres inondent mes pensées, des flashs où, emporté par la folie, je lui planterais un couteau de cuisine dans le cœur. Tenant le volant de la main gauche, je pose ma main droite sur la sienne, l'enserre pour lui dire combien je suis heureux de partir en vacances avec elle. J'entrevois un sourire se dessiner sur son visage, son corps se détendre, sa main serrer la mienne en retour. C'est ce que j'aime chez Manon, la manière dont ses gestes et ses postures génèrent des signaux qui suppriment en moi toutes idées noires.

Nous arrivons en début d'après-midi. L'hiver, l'environnement de la maison du Verdon se bat pour conserver sa prestance. La végétation luxuriante, se complaisant l'été dans l'opulence solaire, se dresse sur ses tiges, prend des postures combatives, lutte contre le froid, pour maintenir ses apparats de refuge paradisiaque, dominant la rivière agitée de courants violents, qui s'écrasent sur des rochers aiguisés. La demeure et son jardin deviennent un havre de paix surplombant une nature hostile, un cocon où s'enfermer, pour s'isoler du monde et des humains. « Un lieu où se confiner », comme dirait mon père.

J'ai prévenu Manon de l'indécence de la bâtisse, construction hors-norme, ayant nécessité de nombreux passe-droits et une somme d'argent colossale. Malgré ma mise en garde, elle est choquée comme je l'ai été moi-même à l'époque. Nous passons de pièce en pièce, puis nous installons dans la chambre que j'occupais l'été dernier avec Iris. Je garde cette précision pour moi. De la terrasse inférieure, Manon observe l'eau secouée par des rafales. Sur son mobile, elle a lu qu'on annonçait des conditions météorologiques extrêmes pour les jours à venir. Les activités nautiques dans la région seront interdites. Je me positionne derrière elle, l'enlace tendrement, plonge mon visage dans son cou. Elle contemple le paysage, ce grand vide dénué de traces humaines, ces parois abruptes où poussent fougères et campanulacées rares, ce ciel bleu-gris, aussi beau qu'angoissant, où seul un vautour fauve ose s'aventurer. De mon côté, les yeux clos, je me laisse bercer par les bruits, de mon acouphène au souffle du vent qui fait vibrer la flore, ponctué par les cris aigus d'un petit gibier qui doit se terrer non loin.

J'écris à Yvan et aux parents pour leur dire que nous sommes bien arrivés. Je me change, enfile mes baskets pour aller courir, me décrasser de notre long trajet. « Je prends les clefs au cas où », dis-je à Manon, après lui avoir montré où est le double si elle part se balader en mon absence. J'emprunte les mêmes chemins que nous arpentions l'été dernier avec Yvan et Iris, évitant les pincements au cœur comme les points de côté. Au bout de trente minutes, je suis saisi par le froid, décide de rentrer le plus vite possible. À part quelques cyclistes et une voiture de temps à autre, les routes sont désertes.

J'arrive un peu avant la tombée de la nuit. Manon n'a pas bougé. Affalée dans le canapé, elle lit l'actualité. Une fois douché, je lui propose d'ouvrir une bouteille de vin blanc, mais le voyage l'a épuisée. Nous dînons frugalement – de la soupe qui traînait dans un placard –, avant de nous coucher tôt, blottis l'un contre l'autre dans les draps frais, où nous faisons l'amour tendrement, quasi immobiles, si ce n'est les mouvements discrets de mon bassin.

*

Quand je me réveille, Manon n'est pas dans le lit. Je la vois arriver quelques minutes plus tard. Elle vient de vomir dans les toilettes, prétend que tout va bien, évoque une nausée passagère. Elle retourne sous la couette. À nouveau, j'imagine Manon mourir, non par ma faute cette fois, mais d'une terrible maladie – un cancer fulgurant, une attaque cérébrale – qui me laisserait esseulé, incapable de supporter le regard des autres, persuadés que je porte la poisse, que les femmes périssent à mes côtés. Je n'ai pas les idées claires. Ce lieu où Iris a passé ses derniers jours m'angoisse. Chaque pièce, chaque objet me rappelle mon crime, ma culpabilité et le châtiment à venir. Je respire profondément, applique les techniques que Manon m'a apprises pour combattre l'acouphène, et qui fonctionnent aussi quand les événements extérieurs accélèrent les battements de mon cœur ou me font tourner la tête.

Un soleil lumineux pénètre dans la chambre à travers les rideaux. Alors que Manon referme les yeux, je me lève sans contrôler mes mouvements – vivre avec une Sourde ne requiert nulle discrétion – et monte à l'étage préparer le petit déjeuner. Je glisse une baguette congelée dans le four, prépare du café, beurre deux tartines, mets le tout un sur un plateau, avec deux serviettes en papier. Un petit déjeuner sommaire – les placards et le frigo sont presque vides, nous irons faire les courses en fin de matinée. Quand je reviens, Manon est toujours au lit. Elle a du mal à émerger. Je dépose le plateau sur la table. J'enfile ma tenue de sport. Frustré par la brièveté de mon jogging de la veille, interrompu par le froid, je compte profiter du beau temps pour aller courir plus longuement une fois mon café avalé. Manon se redresse. Je l'embrasse sur le front et entrouvre les rideaux. « Le calme avant la tempête », signe Manon en regardant le ciel bleu, alors que la météo prévoit une nouvelle chute des températures. Elle propose de prendre le petit déjeuner sur la terrasse. Je m'installe dehors, pendant qu'elle remet ses vêtements de la veille. Assis dans les fauteuils en résine tressée, nous trempons nos lèvres dans le café en contemplant l'une des plus belles vues du monde, sous un soleil incongru.

Manon me fixe du regard. Je l'observe en retour. Elle a un sourire figé, à la fois sérieux et radieux, de ceux qui préfigurent les grandes nouvelles. « J'ai quelque chose à t'annoncer », signe-t-elle. Les bouffées de chaleur, la fatigue, les nausées matinales : je visualise son prochain geste avant qu'il ne se produise. Sa main part de son ventre et s'en éloigne, traduisant le gonflement qui transformera bientôt son corps. Manon est enceinte.

« Mais tu prends la pilule », dis-je, sachant pertinemment qu'il ne s'agit pas d'un contraceptif fiable à 100 %. Sur la défensive, je sous-entends que sa grossesse implique un mensonge de sa part, ou du moins une négligence, doublant mes gestes d'une parole acrimonieuse. Son visage se décompose.

– La pilule ne fonctionne pas dans un cas sur cent. Regarde les statistiques sur Internet. Et de toute façon, ça ne change rien à la situation.

– On n'a jamais abordé le sujet, dis-je. C'est hors de question. Je ne veux pas d'enfants.

Prononcer et signer ces mots me laisse paralysé. Je savais que le sujet arriverait sur la table un jour ou l'autre, mais je ne pensais pas me retrouver ainsi au pied du mur. L'annonce de Manon me noue les tripes, concrétisant un refus de la paternité qui soudain m'explose au visage. Devenir père est inconcevable depuis que j'ai pris la vie de Largile et d'Iris. Chaque jour, je porte un masque. Je nie mon statut de meurtrier, ressassant que ma vie prévaut sur celle d'autrui, que j'ai agi au mieux en préservant celle-ci. Mais cet équilibre précaire, qui me permet de garder la face, s'effondrerait si j'avais un enfant, un être à qui il faut transmettre des valeurs, rendre des comptes. La honte finirait par me dévorer. Je ne peux pas expliquer cela à Manon. Quand elle me demande « pourquoi ? », je lui sors la première justification entendable qui me vient à l'esprit.

– Je veux profiter de ma jeunesse, de cette vie à deux que nous venons d'entamer. J'ai des projets à mener, des ambitions professionnelles qui ne toléreraient pas la présence d'un bébé. Il faut régler le problème.

Manon est au bord des larmes.

– Simon, j'ai 30 ans. Je t'aime, je veux un enfant de toi. Après l'année écoulée, je crois qu'on mérite un peu de bonheur.

L'intensité de mon acouphène, devenu progressivement un allié, une constante qui m'aide à trouver ma place dans le monde, augmente d'un cran. Je ne connais pas la position de Manon sur l'avortement. J'ai peur qu'elle m'impose de garder cet enfant. Je cherche une porte de sortie. Préférant la muflerie à la franchise, je demande à Manon si elle est sûre qu'il est de moi. Ma question la choque, évidemment. Elle a envie de me frapper. Je n'attends que ça. Ce serait la meilleure conclusion à cette discussion. Mais elle se met à pleurer.

– Je n'aurais pas dû te demander ça. Je suis perturbé par l'annonce de ta grossesse. Je ne sais plus ce que je dis.

– Si tu m'aimais vraiment, tu ne réagirais pas comme ça.

– Je t'aime, Manon. Il n'y a aucun doute là-dessus.

– Mais alors quel est le souci ?

La puissance de mon acouphène franchit un nouveau palier. J'ai envie de tout dire à Manon, de mettre mes secrets entre ses mains en priant pour qu'elle me pardonne. Je veux qu'elle sache que je n'avais pas le choix. J'ai dû me débarrasser d'Iris pour sauver ma peau, et permettre à notre amour d'exister.

– Je ne veux pas avorter, dit-elle compte tenu de mon silence.

– Tu ne peux pas prendre cette décision seule.

L'avortement est la seule issue possible. Je dois prendre mon courage à deux mains. Il faut qu'elle comprenne pourquoi je ne veux pas d'un enfant.

– C'est mon corps. J'en fais ce que je veux. Tu n'as aucun droit sur le fœtus qui est en moi.

L'acouphène rugit dans mon oreille. Des pensées contradictoires embrument mon cerveau. Elle n'a pas le droit de décider à ma place. Une de nos serviettes en papier s'envole, danse légèrement dans l'air, et se pose à quelques pas de moi. « J'ai fait disparaître Tristan et Iris, je ne vais pas m'inquiéter pour un fœtus », dis-je en me levant pour attraper le carré de papier blanc. Quand je me rassois, elle me dévisage d'un air interrogateur. C'est maintenant. C'est très simple. Il faut que j'avoue avec les mains, ce que je viens de dire à l'oral. Je coince la serviette sous la coupelle de ma tasse. Je prends une profonde inspiration. Toute la tension du monde se concentre dans mes deux mains. Je les soulève légèrement, les observe. Il me semble qu'elles tremblent un peu. Je les repose sur mes genoux. Le bruit de mon acouphène sature le silence dans ma tête. Je suis trop lâche pour signer mes aveux.

– Je n'ai pas compris ta dernière phrase. Tu n'as pas signé.

– Je disais que j'étais désolé. C'est toi qui as raison. Je ne peux pas décider à ta place. Je t'aime. Je veux un enfant avec toi, mais pas tout de suite. Dans quelques années, quand Iris n'occupera plus nos pensées. Quand l'acouphène ne me fera plus souffrir. Tu en es à combien de semaines ?

– Huit semaines.

– On profite de notre semaine de vacances. On réfléchit chacun de notre côté et on prend la décision à notre retour à Paris ?

– C'est tout décidé de mon côté. Je vais prendre une douche. J'ai besoin d'être seule.

– D'accord. Je finis mon café, et après j'irai courir.

Manon quitte la terrasse, me laisse seul avec mes démons, chamboulé par notre discussion, inquiet de ses réactions futures. Je pense à cet enfant qui pourrait naître et j'ai un haut-le-cœur. Je n'ai plus envie de courir. Je n'ai plus de force, plus d'énergie. Je reste là, à contempler l'horizon en buvant mon café. Une vingtaine de minutes plus tard, saisi par la brise, je m'extrais de mes pensées. Les rideaux sont tirés. La baie coulissante est verrouillée. Manon a dû croire que j'étais parti courir.

Kahina Val

Deux poids, deux mesures

Kahina a passé tout son samedi derrière son ordinateur, à analyser des données. Avant de se coucher, seule, épuisée par le travail, mais heureuse de l'avancée de ses recherches, elle a écrit à Manon, pour savoir si elle avait annoncé la nouvelle à Simon. Elle n'a pas eu de réponse. Kahina a préféré ne rien dire à Manon, mais elle doute que la nouvelle le réjouisse. Elle a souvent entendu Simon dire qu'il ne voulait pas d'enfant, que c'était irresponsable compte tenu de l'apocalypse climatique à venir. Nombreux sont celles et ceux de leur génération à tenir un discours similaire. Même si en réalité, les jeunes continuent à se reproduire, au point que le gouvernement français a été obligé de supprimer les allocations familiales pour freiner la croissance démographique et limiter les consommations énergétiques. Peut-être que Simon changera d'avis devant le fait accompli – ce ne serait pas la première fois qu'il change radicalement d'avis sur un sujet. Manon, quant à elle, veut désespérément cet enfant. Kahina la soupçonne même d'avoir simulé un accident de pilule.

Elle reçoit un message de Manon en milieu de matinée.

– Ça ne s'est pas bien passé, écrit-elle. Son visage s'est assombri dès que je lui ai annoncé ma grossesse. Il m'a répondu qu'il ne voulait pas de cet enfant, que ce n'était pas négociable. J'étais au bord des larmes. Nous étions sur la terrasse et je suis rentrée à l'intérieur. Lui est resté là, planté comme un piquet. J'ai rassemblé mes affaires, déposé un mot sur la table de la salle à manger et je suis partie. J'ai marché le long de la route, le pouce levé, fait de l'auto-stop jusqu'à la gare des Arcs. Là j'attends le prochain train pour Paris sur le quai. J'ai très envie d'une cigarette, mais je me retiens, pour le bout de chou que j'ai en moi.

– Je suis désolée, Manon. J'aurais aimé que les choses se déroulent différemment pour vous. Qu'est-ce que tu lui as dit dans le mot ?

– Que je rentrais à Paris pour le laisser réfléchir, que je l'aimais.

– Je suis là pour toi. Ton train arrive à quelle heure ? Je t'attends sur le quai à la gare de Lyon. On ira se poser au Kriza.

Elles se donnent rendez-vous. Kahina pense aux frères de Christo, à leur soutien inconditionnel à la cause des femmes sur le plan politique, mais aussi à l'hypocrisie de cet engagement sur le plan personnel, tant ils s'avèrent incapables, consciemment ou malgré eux, de déconstruire leurs schémas de pensée. Yvan a beau se couper en quatre pour les femmes de sa vie, il exhibait Kahina comme un trophée, comme si l'avoir à son bras prouvait qu'il était un type génial, capable de séduire les plus belles femmes. Elle ne s'est jamais sentie aimée par Yvan pour ce qu'elle était, toujours rabaissée à ce qu'elle représentait, convaincue à la fin qu'il ne la méritait pas. Quant à Simon, c'est autre chose. Il se fiche bien des apparences, aime les femmes non pour leur capacité à le valoriser, mais à prendre soin de lui. Tout tourne autour de son bien-être, de l'adéquation entre son quotidien et sa vision du monde. Il se fiche des désirs des autres, plus particulièrement de ceux des femmes.

Simon de Christo

Survivre

Mon portable laissé sur la table de nuit, j'ai frappé à la vitre, comme si elle pouvait m'entendre. J'ai essayé d'ouvrir toutes les fenêtres, sans succès. Je colle à nouveau mon visage contre la vitre qui donne sur notre chambre, l'entoure de mes mains pour filtrer la luminosité, cherche à distinguer Manon, mais les rideaux m'empêchent de voir à l'intérieur. Je n'ai pas de montre. Impossible de savoir depuis combien de temps je suis enfermé sur cette terrasse. Je dirais deux heures. J'essaye de me rassurer. Manon a dû s'endormir sur le lit, elle m'ouvrira à son réveil. Ou alors, elle est allée se balader.

Je tourne en rond. Le vent se lève, fouette la peau de mon visage. J'essaye de m'abriter dans la cavité rocailleuse qui héberge un petit réfrigérateur et un gros coffre en bois. Mais des bourrasques d'air s'y logent, créant un tourbillon inhospitalier. Malgré ma tenue de sport hivernale – un jogging rouge en laine, un tee-shirt à manches longues synthétique, une veste coupe-vent imperméable, d'un noir qui absorbe les rares rayons de soleil –, le froid me glace jusqu'à l'os. Je reste actif, bouge mes membres pour pomper mon sang et réchauffer mon corps. Les températures vont continuer de chuter. Je ne pourrai pas survivre dehors quand la tempête s'abattra sur le Verdon.

À quoi joue Manon ? Cherche-t-elle à me faire peur ? A-t-elle pu volontairement fermer le loquet pour me punir ? On ne condamne pas quelqu'un à mourir de froid parce qu'il refuse d'avoir un enfant.

Les heures passent. Alors qu'une nouvelle rafale de vent me fouette le visage, je prends ma tasse de café, la jette contre la paroi de verre. Elle s'y fracasse sans laisser la moindre trace. Je réitère le même procédé avec la tasse de Manon. Une idée terrible germe en moi. Et si Manon avait enregistré ma confession ? Je la revois quitter la terrasse, son téléphone à la main. Si c'était le cas, elle saurait que j'ai assassiné sa meilleure amie. Elle pourrait vouloir se venger, me rendre la monnaie de ma pièce, faisant passer ma mort pour un accident.

Il est temps d'employer les grands moyens pour me sortir de là. Je saisis à deux mains un des bacs à fleurs en bois, empli de terre, et frappe de toutes mes forces, à plusieurs reprises, la vitre de la chambre de mes parents. La baie absorbe l'onde de choc. Le vitrage s'étoile, mais le verre reste en place. Il ressemble maintenant à une vitrine de magasin au lendemain d'une émeute : fissurée, mais ayant rempli sa fonction, celle d'empêcher les pilleurs de pénétrer à l'intérieur. Je repose le bac, prends de l'élan et, épaule en avant, me jette contre la paroi, qui reste immobile. Je repense à mon père vantant les propriétés de ces fenêtres isolantes. Je maudis la robustesse des matériaux écoresponsables.

Je dois m'organiser au cas où Manon ne revienne pas, survivre jusqu'à ce que ma famille, sans nouvelles, s'inquiète et envoie quelqu'un me chercher. Je fais un état des lieux de tous les objets et du matériel à ma disposition, ouvre le coffre en bois, récupère son contenu : un sac de terreau, quatre chaises pliantes, un arrosoir. Logé dans le renfoncement, abrité par la roche, je serai protégé des pluies violentes, tout en récupérant un peu d'eau via l'arrosoir. Je dois avant tout me préoccuper du vent et du froid. Je renverse la table en acacia massif, débranche le réfrigérateur, me sers du plateau de l'un et de la structure de l'autre pour créer une paroi, qui limitera la pénétration du vent dans la grotte, puis renforce mon abri de fortune avec un amas de fauteuils et de chaises longues.

Manon ne reviendra pas, j'en ai la certitude. La nuit tombe et j'ai de plus en plus froid. Je ramasse le plus tranchant des morceaux de faïence, résidu des tasses de café brisées, et entaille la toile des chaises pliantes, récupère la matière tissée, la glisse entre mon tee-shirt et ma veste. Je prends le sac de terreau, l'installe au fond de mon refuge, me recroqueville sur moi-même, chaque bras glissé dans la manche de l'autre. C'est ma première nuit en extérieur de toute mon existence, et je crains pour ma vie. Livrés à eux-mêmes, les sans-abris encaissent chaque jour la dureté du monde sans broncher. En comparaison, je suis un bourgeois pathétique, inapte à la survie. Je suis gelé, je redoute de ne jamais me réveiller si je m'endors.

*

Je suis réveillé par le lever du soleil. Le vent souffle toujours en rafales, avec un aplomb qui perturbe l'acouphène, peu habitué à être confronté à des compétiteurs de cet acabit. Mon corps est engourdi. J'ai mal à la tête et la gorge sèche. Je découvre avec effroi qu'il n'a pas plu, l'arrosoir est resté vide. Je sais que boire ma propre urine aurait pour conséquence d'aggraver le phénomène de déshydratation. Je prends conscience avec une acuité certaine que si personne ne vient me libérer dans les quarante-huit heures, je crèverai là comme un chien. Je ne sais pas quoi faire : remuer mon corps pour le réchauffer ou économiser mes forces et mes ressources pour tenir le plus longtemps possible. Je décide de rester allongé et de me frictionner le corps avec les mains.

Comment mes forces ont-elles pu m'abandonner si vite ? Le vent me harcèle. Il paralyse mes organes, embrume mon cerveau. Les heures passent, le calvaire se poursuit. Je finis par me lever. Je guette les nuages à l'horizon, espère qu'il va enfin pleuvoir pour que je puisse avaler quelques gouttes, mais le ciel reste désespérément gris, vide de toute aspérité. J'observe la rivière déchaînée, cette immensité d'eau, à la fois proche et inaccessible. J'ai peur de mourir. Peur que tout s'arrête là, alors que j'ai encore tant à accomplir. Peur de ne plus revoir mon frère, que ma mort laisserait anéanti. Peur, ironiquement, de ne plus revoir Manon, qui malgré son geste reste la femme que j'aime. Et en même temps, au fond de mes entrailles germe l'idée que je mérite d'y passer, que c'est le prix à payer pour les meurtres de Tristan et Iris.

La seconde nuit est pire que la première. Le vent ne s'arrête jamais. J'ai en tête un passage de *La Horde du Contrevent* d'Alain Damasio : « Il était une fois un pays de vaste étendue où rien ne tenait plus en place. Un vent féroce y soufflait tout le jour et la nuit, entêtant et unique, de l'est vers l'ouest, faiblissant certains soirs, mais ne cessant jamais. » Ces phrases tournent en boucle dans mon crâne, comme si j'espérais trouver en leur sein le courage de tenir bon, à l'instar des protagonistes du roman, face aux tourbillons d'air et aux violentes bourrasques.

Coincé sur cette maudite terrasse depuis deux jours, mes maux de tête s'aggravent. J'ai des crampes, je pisse un liquide brunâtre. Le scénario où personne ne vient me sauver et où je meurs de déshydratation se dessine peu à peu. Mes forces s'amenuisent. Refusant de me laisser mourir, je décide de tenter le tout pour le tout : monter sur la rambarde, me hisser à la terrasse du rez-de-chaussée, et de là grimper sur le toit de la maison pour fuir ce cauchemar. J'hésite à trancher ma peau au niveau de l'avant-bras, pour y faire couler le sang avec lequel j'écrirais sur la vitre que Manon est coupable. Mais je ne m'intéresse pas à l'après, focalise mes pensées sur les acrobaties qui pourraient me sauver la vie.

La vie et la mort se jouent à cet instant. Je n'ai jamais été confronté à une telle situation. J'aimerais ressentir l'énergie du désespoir, être saisi par un shoot d'adrénaline, mais seule la peur irrigue mes veines. Je dois agir sans réfléchir, avant que l'appréhension et le froid ne paralysent mes muscles. Je resserre mes baskets, positionne mains et jambes, et me dresse d'un coup sur la balustrade, prenant appui contre l'extrémité de la terrasse supérieure. La manœuvre est complexe : je dois me projeter légèrement en arrière, éviter que mon crâne se cogne, tout en agrippant l'un des poteaux du garde-corps, avant de me hisser à la force des bras. Je prends une grande respiration, m'élance. L'angle est le bon, ma main droite saisit l'acier, s'y agrippe, mais alors que je ramène ma main gauche, je n'arrive pas à consolider ma prise. Je glisse, sans réussir à me rattraper à la rambarde d'où j'ai sauté.

À cet instant, je crois encore au miracle. Je prie pour que la végétation amoindrisse le choc, j'espère survivre, même si mon corps se brise. Emporté par la chute, je n'entends plus l'acouphène siffler.

Jean-Louis Ruperti

La malédiction

Mardi 3 mars 2026, fin d'après-midi. Jean-Louis Ruperti raccroche le téléphone, enfile ses bottes et sa parka, fâché qu'on le pousse à sortir de chez lui par un temps si mauvais. Daniel de Christo vient de l'appeler, paniqué. Depuis quatre jours, avec sa femme et son autre fils, ils sont sans nouvelles de Simon, le cadet, parti en vacances dans la maison du Verdon. Il y est venu avec Manon, sa nouvelle compagne, qui est depuis rentrée à Paris à cause d'une dispute, dont Daniel de Christo ignore le motif – il a insisté là-dessus, comme pour anticiper d'éventuelles questions de Jean-Louis, qui se fiche bien de la vie amoureuse des enfants de son patron. Simon ne répond ni aux appels ni aux textos. Sa dernière connexion sur Whatsapp remonte à dimanche matin. Ils tombent désormais directement sur son répondeur, comme si son portable était déchargé. La dernière fois que Manon l'a vu, il s'apprêtait à aller courir. Laurence l'imagine déjà agonisant dans un ravin, après avoir été renversé par un chauffard. Alors Jean-Louis Ruperti a acquiescé. Il va aller faire un tour à la maison, persuadé d'y trouver le fiston affalé sur un canapé, désireux qu'on lui fiche la paix.

Jean-Louis Ruperti a commencé à travailler pour les de Christo avant même la fin des travaux. Il leur en veut pour deux raisons. D'abord parce qu'à l'image des gens du coin, il méprise ces bourgeois pleins aux as qui ont abusé de leur pouvoir pour obtenir le permis de construire une maison qui dénature le paysage des gorges. Et parce qu'en offrant une rémunération qu'un gars au chômage comme lui ne peut pas refuser, ils l'ont obligé à pactiser avec l'ennemi, à devenir un larbin des nantis, et dans le même mouvement la risée de ses compagnons du Rastègue, le bistrot où chaque soir il vide quelques ballons de rouge.

Quand il pénètre dans l'allée, la première chose que Jean-Louis Ruperti voit est la voiture de location, une berline noire, garée sur le gravier. Les arbustes et les haies, dont il prend le plus grand soin, plient sous les rafales de vent. L'air est glacial, l'ambiance apocalyptique. Un mauvais pressentiment s'empare de lui quand il pénètre dans la maison, silencieuse malgré la tempête. Il appelle Simon. Pas de réponse. Il craint désormais de trouver Simon de Christo pendu dans le salon ou agonisant dans une des baignoires après s'être tranché les veines. Un mot laissé sur la table de la salle à manger attire son attention. Il s'approche et, sans la toucher, lit la lettre.

Simon,

Je comprends tes craintes à l'idée d'avoir un enfant. Je les partage, à vrai dire. Mais je veux ce bébé. Et je veux que tu en sois le père. Je rentre à Paris. Prends la semaine pour réfléchir au futur, et donne-moi ta décision à ton retour. Un avenir radieux nous attend, j'en suis sûre. Je t'aime.

Manon

« Voilà l'énigme de la dispute résolue », pense-t-il. À part la feuille de papier, une brique de soupe dans la poubelle et un peu de vaisselle dans l'évier, rien n'indique une présence humaine récente. Jean-Louis Ruperti emprunte l'escalier qui mène à l'étage inférieur, avançant d'un pas lourd, appelant à nouveau Simon, avec l'espoir de tirer le jeune homme d'un profond sommeil. Il ouvre une à une les portes des premières chambres. Dans la troisième, il trouve la valise de Simon, les affaires éparpillées, le téléphone sur la table de nuit. Il ouvre les rideaux, découvre à travers la vitre le chantier sur la terrasse. Il pousse le loquet, fait glisser la baie coulissante. Un air glacé s'engouffre dans la chambre. Dehors, son regard se pose d'abord sur les bouts de toile déchirée qui jonchent le sol, puis sur les morceaux de tasses de café éclatées, et enfin sur la vitre que l'on a essayé d'exploser. Médusé, il comprend la tragédie qui s'est jouée ici. Face au vent, sans y croire, il hurle à nouveau le nom de Simon. Il longe la terrasse, dévoilant la table renversée, le réfrigérateur débranché, l'abri de fortune. Il s'approche du bord, pose ses deux mains sur la rambarde, avance son buste et se penche dans le vide. Il prie pour ne rien voir et dans un premier temps, effectivement, il ne voit rien. Mais en contrebas, tandis que ses yeux s'habituent à la pénombre tombante, une tache rouge se dessine sur le calcaire. En plissant les yeux, à sa grande horreur, Jean-Louis Ruperti distingue un corps.

Il inspire profondément. L'air glacé lui brûle les narines. La frayeur passée, alors qu'il se rappelle l'accident de voiture qui a coûté la vie à Iris Velba, il songe à une malédiction. La famille de Christo paye au prix fort son installation sur une terre qui ne voulait pas d'elle, pour cette parcelle dont ils se sont emparés par des voies contestables. Il ne se sent pas le courage d'annoncer la mort de son fils à Daniel de Christo. Il ne saurait pas quels mots employer. Sur son téléphone, il appuie sur le nom de sa cousine : l'inspectrice Élisa Ruperti.

Élisa Ruperti

Des enfants sans père

Quand son cousin l'a appelée, racontant en bégayant ce qu'il venait de voir, ses paroles parasitées par le bruit du vent, l'inspectrice Élisa Ruperti a eu du mal à le croire. Ce n'est que maintenant, tandis que les secours remontent le corps et qu'elle reconnaît Simon de Christo étendu sur le brancard, que le drame s'impose à elle. La lettre de Manon scellée dans un sachet plastique, elle pense à cette femme enceinte qui vient de perdre le père de son enfant.

De retour au poste de police, elle s'isole dans un bureau, fait le vide dans sa tête, se déconnecte de ses émotions. C'est la bête noire de tous les flics : annoncer un décès aux proches. Elle ne peut pas déléguer cette tâche au jeune Rémy, qui travaille à ses côtés depuis un an. Elle compose le numéro, Daniel de Christo décroche. Elle opte pour la franchise. Quand le père de famille fond en larmes, elle éloigne le téléphone de son oreille pour amoindrir la tristesse des pleurs. Elle ignore la bouffée d'empathie qui lui serre le cœur, pose les bonnes questions. L'homme brisé lui dit le peu qu'il sait.

– Manon l'a enfermé dehors, murmure-t-il à voix basse, comme s'il cherchait à se convaincre lui-même de la réalité des faits.

– Dans ce cas, il aurait dû frapper au carreau, voire hurler. Elle l'aurait entendu et serait venue lui ouvrir. Sauf si elle avait déjà quitté l'étage ou qu'elle a fermé le loquet en connaissance de cause.

– Elle ne pouvait pas l'entendre. Elle est sourde…

*

Le lendemain, les parents de Christo, leur fils Yvan et Manon Parvel arrivent dans le Verdon. Élisa Ruperti reste professionnelle, prend exemple sur Rémy, son jeune collègue, insensible au malheur de la famille. Elle réalise des interrogatoires séparés. Daniel, Laurence et Yvan sont au courant pour le bébé que porte Manon. Elle leur a tout expliqué durant le trajet, en leur donnant sa version des faits. Ils semblent soudés dans la douleur. Élisa Ruperti veut tout savoir de Manon Parvel et de sa relation avec Simon de Christo. Comment ils se sont rencontrés, comment Simon a réagi à l'annonce de la grossesse. Un traducteur français-LSF s'est rendu disponible.

– Nous étions sur la terrasse, signe Manon. J'étais perturbée par ce qu'il venait de me dire, par son refus d'avoir un enfant. J'étais en colère. Je lui ai dit que j'allais prendre une douche, lui m'a répondu qu'il allait courir. Quand je suis revenue dans la chambre, ses affaires de sport avaient disparu. Il n'était pas dans la maison. J'en ai déduit qu'il était parti faire son jogging. Ça s'était rafraîchi. Je me suis approchée de la baie vitrée, j'ai passé la tête dehors et hurlé son nom, avec ma voix que je n'utilise que rarement. Il ne s'est pas manifesté, j'ai fermé la fenêtre et baissé le loquet. Puis j'ai préparé ma valise, rabattu la couette sur le lit, tiré les rideaux, éteint les lumières. À l'étage, j'ai écrit le mot que vous avez trouvé, avant de quitter la maison en claquant la porte d'entrée derrière moi.

– Selon vous, Simon de Christo serait allé dans la chambre durant votre absence, aurait enfilé ses affaires de sport, puis serait retourné sur la terrasse, où vous l'avez enfermé par erreur ?

La jeune femme pleure. Elle sanglote qu'il a dû y retourner pour débarrasser les tasses de café, faire du rangement avant de partir courir, qu'il devait être au niveau du renfoncement dans la pierre, là où elle ne pouvait le voir. Le vent a dû masquer sa voix. « Ou alors, il m'en voulait, il a choisi de m'ignorer volontairement. »

– Qu'avez-vous fait après avoir quitté la maison ?

– J'ai fait du stop jusqu'à la gare. Sur le quai et dans le train, j'ai envoyé des messages à quelques amies pour leur expliquer la situation. Kahina Val, l'une d'entre elles, a proposé de m'attendre à l'arrivée. Je ne savais pas quoi faire. Je ne voulais ni avorter ni mettre un terme à ma relation avec Simon. J'étais en pleine confusion. On a passé le reste de la journée ensemble.

– Quelles étaient vos relations avec Iris Velba, la précédente conjointe du défunt ?

– Je la connaissais depuis le collège. Nous étions très proches.

– N'est-ce pas étrange de sortir avec le compagnon de sa meilleure amie décédée ?

– Au contraire. Iris et moi avions les mêmes goûts, les mêmes aspirations. J'avais confiance dans ses choix. Quand elle est morte, Simon et moi nous sommes naturellement rapprochés.

– Vous auriez pu en vouloir à Simon de Christo. Le tenir responsable de la mort de votre amie.

– Je ne serais jamais sorti avec lui si ça avait été le cas. Et même s'il avait été le pire des salauds, je n'aurais jamais volontairement mis sa vie en danger. C'est le père de mon enfant, signe-t-elle de ses mains tremblantes.

Élisa Ruperti observe cette jeune femme au bord de la crise de nerfs, ses gestes mal assurés. L'inspectrice pense à la mort de son propre mari, à l'inquiétude qui s'est emparée d'elle quand elle a réalisé qu'elle devrait élever seule leur fils. Élisa Ruperti fait signe au traducteur de mettre fin à l'entretien. Abattue, Manon Parvel ne bouge pas de sa chaise. « Il est mort par ma faute, signe-t-elle. Rien de cela ne serait arrivé si je n'étais pas sourde, si je l'avais entendu frapper au carreau pendant que je préparais ma valise. »

Les jours suivants, Élisa Ruperti procède à toutes les vérifications nécessaires. Les empreintes le prouvent, Simon de Christo est tombé dans le vide alors qu'il essayait de se hisser à l'étage supérieur. Avec son jeune collègue, ils ont analysé le téléphone de Manon Parvel, lu ses textos, contacté Kahina Val, recoupé tous les éléments. Tout concorde. Ils sont face à une mort aberrante. Une de plus.

Lors du déjeuner du dimanche, son cousin, Jean-Louis Ruperti, après avoir vidé son porto, dit voir dans les morts successives d'Iris et Simon un signe du destin. Une preuve que les de Christo ne sont pas les bienvenus dans la région. Élisa Ruperti a envie de le claquer et de le foutre dehors. Elle imagine Manon Parvel en pleine détresse, rongée par l'angoisse. Elle voudrait dire à son cousin qu'il n'a pas de cœur. Mais elle reste silencieuse, haussant tout juste les épaules, d'un air de dire : « Comment savoir si tout cela a un sens ? »

Manon Parvel

Consigner le réel

Les semaines suivant le décès de Simon, Manon a joué son rôle à la perfection : pleurs, regard vide, absences, symptômes dépressifs. Elle est restée immobile, ne transmettant aucune émotion qui aurait pu la trahir.

À plusieurs reprises, elle a failli tout raconter à Kahina. Elle avait besoin d'une confidente, quelqu'un avec qui partager son secret, quelqu'un qui aurait pu lui dire qu'elle avait bien agi, que Simon méritait son sort. Elle s'est retenue. Elle sait qu'elle aurait dû dénoncer Simon aux autorités pour qu'il paie, ne pas rendre justice elle-même. Elle se souvient de l'enchaînement de mauvaises décisions, de ces pensées précipitées qui ont brouillé son jugement. Avant d'annoncer sa grossesse à Simon, elle a discrètement activé le micro de son téléphone. Elle voulait enregistrer ce moment, ajouter les mots prononcés par le futur papa à sa collection de « petits moments d'amour » conservés sur son téléphone. Elle l'imaginait surpris, ému, heureux. Apeuré, peut-être, bousculé, ou même perplexe. Jamais elle n'aurait pensé qu'il lui opposerait un refus d'une telle violence. « Il faut régler le problème », a-t-il osé lui dire, comme si l'enfant qu'elle portait n'était qu'une excroissance gênante, entravant leur ascension sociale.

Il a réagi de la pire manière possible, l'accusant de ne pas avoir pris ses précautions, questionnant sa fidélité, convaincu de sa légitimité à exercer son droit sur son corps. Sidérée, elle n'a pas réussi à retenir ses larmes. Elle a eu envie de frapper, de lui jeter son café brûlant au visage. Manon a vu Simon s'empêtrer dans la discussion. Quand il s'est écarté pour ramasser la serviette envolée, il a continué de parler, mais sans signer. L'insécurité de Manon quant aux sentiments de Simon, endormie par quelques mois de bonheur, s'est réveillée d'un coup. Il était encore amoureux d'Iris. Sans doute étaient-ce là les mots qui avaient franchi ses lèvres tandis qu'il ramassait sa fichue serviette : « C'est d'Iris que je voulais un enfant, pas de toi… » Face à elle, il avait semblé sur le point de reformuler avec des signes les mots tout juste prononcés. Elle l'avait fixé tandis qu'il regardait ses mains tremblantes, prêtes à s'agiter. Mais il ne s'était rien passé. Quand elle l'avait questionné, il avait botté en touche. Il avait prétendu avoir formulé des excuses à l'oral, mais Manon savait qu'il y avait autre chose. Quand elle est rentrée à l'intérieur, elle a lancé son application de transcription. Perdre Simon serait d'une cruauté sans nom, mais elle était prête à encaisser. Comment avait-elle pu croire à la possibilité de créer une famille avec ce type parfait, hors de sa portée ? Elle serait une mère célibataire, trahie par ses rêves, une pauvre fille ridicule. Assise sur le lit, inspirant à fond, soufflant lentement pour se préparer au chagrin d'amour, elle a vu apparaître à l'écran l'hallucinant aveu de Simon de Christo. Dans l'épaisseur de son éternel silence, Manon a cru entendre le sol s'ouvrir sous ses pieds.

Le reste s'est passé à l'instinct, sous le choc de la découverte des meurtres commis par Simon. Les mains posées sur son ventre, elle s'est dirigée vers la baie coulissante et l'a fermée. Elle a enclenché le loquet et tiré les rideaux. Il lui fallait mettre de la distance entre eux, s'assurer qu'il ne puisse pas l'atteindre ou la toucher. Elle était gouvernée par une peur primaire, la terreur animale qu'il s'en prenne à elle et à son bébé, comme il s'en était pris à Tristan et Iris. Elle avait peur qu'il casse la vitre. Qu'il l'accuse de l'avoir volontairement enfermé dehors. Elle ne prenait pas encore pleinement la mesure de la révélation, mais ses mensonges et ses manipulations lui donnaient le vertige. Elle savait qu'elle aurait dû appeler la police, mais ses tripes lui ordonnaient de fuir.

Pour soulager sa conscience, elle essaye désormais de se convaincre qu'elle ne l'a pas tué. Elle a juste créé les circonstances propices à sa mort. Le hasard a décidé de son destin. Simon aurait pu réussir à briser une des fenêtres. Il aurait pu se hisser à l'étage supérieur. Le jardinier aurait pu arriver douze heures plus tôt, le trouvant affaibli, frigorifié, mais vivant.

Les soupçons de l'inspectrice qui l'a interrogée se sont vite estompés. Sourde et enceinte, Manon n'a rien de la coupable idéale. Elle taira son crime, l'empêchera de se matérialiser dans le monde. Qu'elle le subisse ou qu'elle le préserve, privilégiant le calme au bruit, les non-dits aux vérités néfastes, elle est une ouvrière du silence. Elle doit enfouir ce meurtre au plus profond d'elle-même, en oublier l'existence, aller de l'avant. Personne ne saura que Simon de Christo a tué Tristan Largile et Iris Velba. Personne ne saura qu'il a été puni pour ses crimes.

*

À l'annonce de la mort de Simon, Yvan s'est effondré. Malgré son chagrin, il n'a jamais accusé Manon d'être responsable du décès de son frère. Il l'a soutenue. C'est ce que Simon aurait voulu. De la même manière que Manon a surmonté la disparition d'Iris aux côtés de Simon, elle partage ainsi le deuil de Simon avec Yvan. Une à deux fois par semaine, ils marchent ensemble dans Paris, silencieux, contents de sortir, de profiter de la proximité d'une présence humaine. Yvan ressemble à un mort vivant. Il a maigri, se déplace lentement. Chaque geste lui coûte. Il décline toutes les sollicitations des médias. Il ne veut plus mener la guerre contre l'anonymat. C'est un combat qu'il partageait avec Simon – c'est trop douloureux de se battre sans son frère à ses côtés. Manon, quant à elle, reprend son activité professionnelle au motif d'occuper son esprit, travaillant exclusivement de chez elle pour ne pas écorner son image de compagne éplorée. La personnalité d'Yvan contraste avec celle de son frère. Rock-star moderne, figure politique, il fait preuve d'une humilité qui le rend chétif, soulignant une absence totale de confiance en soi et un persistant syndrome de l'imposteur. Simon défendait les opprimés parce qu'il se sentait fort et puissant, à même de protéger les faibles. Yvan, au contraire, se bat parce qu'il se considère lui-même comme un opprimé.

En dépit de son absence de prédispositions, Yvan progresse en LSF. Bientôt, ils précèdent leurs balades par des déjeuners, ou prolongent celles-ci avec des dîners, au restaurant, chez elle, chez lui. Lorsqu'elle passe les échographies, Yvan est là dans la salle d'attente. Il est le premier à qui elle dit qu'elle attend une fille. Après la mort de Simon, Manon avait songé à avorter. Elle portait l'enfant d'un psychopathe. Mais elle ne voulait pas lui concéder cette victoire.

Alors qu'elle ne traverse aucun processus de deuil, s'étonne de la facilité avec laquelle elle s'est débarrassée de Simon, Manon veut se sentir triste pour entretenir sa complicité nouvelle avec Yvan. Sa principale crainte est qu'il finisse par la rejeter, parce que désormais il l'associera toujours à la mort de son frère. Quand elle partage avec lui son appréhension, Yvan répond qu'il a peur aussi, peur qu'elle se lasse de sa présence, de son attitude de pauvre type dépressif qui n'arrive pas à remonter la pente. Et sans l'avoir prémédité, ni même imaginé, elle se retrouve à l'embrasser à pleine bouche, à s'accrocher à son corps comme si c'était la seule chose encore stable dans ce monde.

*

Pendant que la ville se prépare pour la prochaine canicule, le ventre de Manon grossit. Elle craint de passer juin et juillet à Paris, l'accouchement étant prévu pour les premiers jours de septembre. Yvan propose cette idée folle : s'installer dans la maison du Verdon, conçue pour lutter contre les fortes chaleurs et maintenir un air frais. « Il faut lever cette malédiction, signe-t-il, se réapproprier les lieux et notre histoire. » Manon accepte. Laurence et Daniel de Cristo ne comprennent pas qu'Yvan sorte avec l'ancienne petite amie de leur fils décédé. Ils trouvent cela malsain, tout en espérant que cela aidera la famille à se reconstruire. Eux ne descendront pas dans le Verdon. C'est trop tôt. La baie vitrée a beau avoir été changée, ils ne supporteraient pas de se retrouver là où Simon a vécu ses dernières heures, plongé dans une angoisse que personne ne peut imaginer.

Peu avant leur arrivée, Jean-Louis Ruperti a remis de l'ordre dans la maison laissée à l'abandon depuis février. Manon pensait ne jamais y revenir, encore moins quelques mois après la tragédie, accompagnée de l'autre frère. Que penserait Iris de tout ça ? La comprendrait-elle ? Yvan est aux petits soins. Il s'occupe des courses, cuisine, s'assure qu'elle ne fasse pas le moindre effort. « Il faut que tu reprennes des forces avant l'accouchement », affirme-t-il. Manon se sent bien, accepte avec bonheur les attentions d'Yvan, dont les préceptes de remise en forme s'appliquent aussi à lui-même. Il s'alimente correctement, sollicite son corps, fait du sport. Ses muscles, en hibernation sous sa peau, réapparaissent, sa silhouette s'aiguise. Son visage, creusé par la tristesse, retrouve ses contours. Manon le trouve beau, à la fois vigoureux et fragile. Ils font l'amour avec précaution et intensité. Ils s'aiment, ce qui ne les protège pas des rechutes. La tristesse saisit à nouveau Yvan à la gorge, quand il écoute tel ou tel disque. Manon devine sa douleur face à l'impossibilité de partager avec son frère sa passion pour la musique.

Par une succession de traits à main levée, un avenir se dessine au crayon. Rien d'indélébile, mais des lignes tangibles qui forment un cadre. « Dans quelque temps, si la société poursuit sa dématérialisation, on pourrait s'installer ici, dit Yvan. Tu travaillerais à distance, j'installerais un studio pour enregistrer mes parties vocales sans quitter la maison. On donnerait des conférences en visio. Je m'absenterais juste lors des tournées avec le groupe. » L'idée s'inscrit dans un coin de la tête de Manon.

Sébastien Mille

Ceux qui chassent en meute

Dimanche 30 août 2026. Sébastien Mille revient de Bretagne, où il a passé deux semaines à marcher seul le long de la mer, le cœur lourd à chaque fois qu'il croisait des familles, des grands-parents avec leurs petits-enfants et des couples. Pour la première fois de sa vie, Holly a préféré passer les deux dernières semaines d'août avec des amies de fac, dont l'une possède une villa de famille avec piscine dans le Vexin. Quand elle le lui a annoncé, il a fait mine d'être ravi. Il ne veut pas être ce genre de père qui fait peser sur ses enfants le poids de sa solitude, les culpabilisant à demi-mot pour espérer les convaincre de passer plus de temps avec lui. Ce n'est pas la faute d'Holly s'il n'a pas refait sa vie. Quand sa femme, Jolene, l'a quitté il y a six ans, il a d'abord pensé que c'était une passade, qu'il fallait lui laisser le temps de réaliser que la vie était moins bien sans lui. Mais Jolene s'est révélée dans le célibat, multipliant les activités, donnant un nouvel élan à sa carrière d'universitaire. Il a fallu se rendre à l'évidence : le quitter a été l'une des meilleures décisions de sa vie. Certaines personnes ne sont pas faites pour la vie à deux. Pour Sébastien, c'est l'inverse : il ne sait pas vivre seul. Il le supporte, mais ne tire de la solitude aucun plaisir, aucune satisfaction. Il a 51 ans. Encore de longues années à vivre, de longues semaines à se forcer à partir en vacances pour se donner l'illusion d'une vie normale.

« Que tu le veuilles ou non, il va falloir te mettre à la recherche d'une nouvelle compagne », se dit-il, traversant la place Pereire pour rejoindre Octave Malot, qu'il n'a pas croisé depuis des mois et qui lui a proposé un verre en terrasse. Malot est enjoué. Quelques minutes après son arrivée, il lui annonce que sa demande de mutation à Marseille, où réside sa famille, vient d'être acceptée. Sébastien Mille le félicite, mais ressent un pincement au cœur à l'idée de voir un confrère qu'il apprécie quitter son cercle social. Il ne lui dit pas qu'il déteste Marseille et qu'il lui souhaite bien du courage pour affronter les canicules à venir. Ils trinquent à ce nouveau départ. Malot veut savoir s'il traque toujours les incels. La réponse est non, de nouvelles priorités se sont imposées : il a consacré le premier semestre 2026 à cartographier les nouvelles cellules islamistes et à nouer des liens au sein de la communauté juive qui s'inquiète de la radicalisation des ultra-orthodoxes français, suite à l'arrivée au pouvoir en Israël d'Arie Golan, un extrémiste impatient de voir le peuple se consacrer à l'étude des textes sacrés.

– C'est toujours le même problème, lui dit Mille. Nous n'avons ni le budget ni le temps pour nous consacrer à tous les sujets qui en valent la peine. Je garde toujours un œil sur les incels, mais c'est plus de la veille qu'un suivi actif.

– Il paraît que Pierre Chambon part bientôt à la retraite et que tu serais en bonne position pour prendre sa place.

– C'est ce qu'il se dit. Ça ne m'emballe pas plus que ça. Je ne suis pas un carriériste. Mais au moins, je pourrai fixer mes propres priorités.

Le regard de Sébastien Mille se pose alors sur un trentenaire qui boit seul un café à la terrasse du bar d'à côté. Il est persuadé de le connaître, sans réussir à mettre un nom sur son visage. Octave Malot, percevant son trouble, lui dit qu'il s'agit d'Yvan Langalter, le chanteur de Significant Youth. Bien qu'il le suive sur les réseaux, Mille ne l'a jamais rencontré. Il n'était pas présent lorsque la police l'a interrogé.

– Tu es au courant qu'il a perdu son frère en début d'année ? lui demande Malot.

– Oui. J'ai lu le dossier. Une sale histoire.

– J'ai du mal à imaginer ce que Simon de Christo a pu ressentir à ce moment-là. Sa compagne lui annonce qu'elle est enceinte de lui, il lui répond qu'il ne veut pas de l'enfant, et dans l'heure il se retrouve enfermé dehors sans aucun moyen de survivre.

– J'imagine qu'il est mort persuadé qu'elle l'avait volontairement condamné. Mais l'enquête a été correctement menée. La jeune femme est sourde, croyait que de Christo était parti courir, l'a enfermé par inadvertance. Tout concorde parfaitement.

– Er dire que la fille était la meilleure amie d'Iris Velba…

– J'imagine que c'est par ce biais que Christo l'avait rencontrée.

– J'ai souvent repensé à ta théorie, comme quoi Simon de Christo serait l'assassin de Tristan Largile, et qu'il aurait tué ensuite Iris Velba, parce qu'elle avait été témoin de son crime.

– Je vois où tu veux en venir, Octave. Sa nouvelle compagne aurait découvert qu'il avait volontairement provoqué l'accident dans lequel Iris est morte, et elle se serait vengée. Ça m'a travaillé aussi, mais il ne faut pas confondre flair et paranoïa. Je crois sincèrement que Simon de Christo était innocent. Il n'y a pas de réactions en chaîne. Juste les malheurs de la vie.

Octave Malot aimerait prolonger la discussion, mais sa femme l'attend. Sébastien Mille le salue chaleureusement. Il va profiter des derniers rayons du soleil. Quand Malot quitte son champ de vision, il règle les consommations et se dirige vers Yvan Langalter.

– Je ne sais pas si vous me reconnaissez, je suis Sébastien Mille. Je faisais partie de l'équipe qui a mené l'enquête suite à l'attentat de l'Absolute Club.

– Je sais parfaitement qui vous êtes. Vous avez été la première personne à avoir pris nos inquiétudes au sérieux.

– Je peux me joindre à vous ?

– Je vous en prie.

Sébastien Mille lui présente ses condoléances pour la mort de son frère. Yvan raconte qu'il n'a jamais rien affronté d'aussi douloureux, mais que, contre toute attente, il a réussi à remonter la pente.

– La fille de mon frère va naître dans quelques heures, il va falloir que je me montre à la hauteur.

Manon Parvel, l'ancienne amie de Simon de Christo, se trouve à l'instant même à la clinique Sainte-Thérèse, à deux pas du café où ils sont installés. Sébastien Mille se réjouit de voir Yvan Langalter sur pied, alors qu'il craignait de se retrouver face à un homme détruit.

– Comment va la future maman ?

– Elle s'accroche, après la terrible année qu'elle a vécue. Elle est rongée par la culpabilité. Difficile de vivre avec l'idée d'avoir condamné à mort le père de son enfant. Sans parler de la perte d'Iris Velba, qui était comme une sœur pour elle.

Alors qu'il vient de dire à Octave qu'il ne faut pas confondre flair et paranoïa, Sébastien Mille, entendant Yvan Langalter souligner l'intensité du lien qui unissait les deux femmes, visualise à nouveau Simon de Christo en assassin, démasqué par Manon Parvel, qui l'aurait volontairement enfermé sur la terrasse pour venger la mort d'Iris Velba. Mais à l'instant même où cette idée se concrétise dans sa tête, Sébastien Mille sait également qu'elle n'engendrera aucune réaction de sa part. Il ne s'imagine pas, des mois après le drame, interroger Manon Parvel, la soupçonnant d'un acte perfide, alors qu'elle tiendra dans ses bras un nouveau-né. Dans le pire des cas, si ses accusations étaient fondées, Manon Parvel n'aurait fait que rendre justice, débarrassant le monde d'un dangereux psychopathe. Concentrant son regard sur Yvan Langalter, qui n'a rien perçu de son trouble, Sébastien Mille enferme ces pensées dans un coin de son esprit où il n'ira jamais plus les chercher.

– On me demande sans arrêt si, malgré nos pertes, j'ai l'impression d'avoir gagné la guerre contre les ultra incels, lui dit Yvan. Comme si nous avions affronté une armée et que j'avais mené les troupes à la bataille. Rétrospectivement, je me demande si tout cela n'était pas un épiphénomène. On parlait de milliers d'ultra incels, de hordes de harceleurs sur les réseaux sociaux. Mais dans le monde réel, on n'a jamais croisé plus d'une cinquantaine de personnes. Si ça se trouve, nous avions affaire à quelques salauds, gérant chacun des dizaines de faux profils.

– C'est une idée qui m'a traversé l'esprit, lui avoue Sébastien. J'ai longtemps été sur la piste de KenKillER. Quand Tristan Largile est mort et qu'il a disparu des réseaux, je me suis demandé si ce n'était pas lui qui était derrière le pseudonyme que je traquais, avant de réaliser que je faisais fausse route.

– Après l'attentat de l'Absolute Club, de nombreux comptes incels ont disparu des radars. Au sein des neo straight edge, on a mis ça sur le compte d'une prise de conscience générale, mais peut-être que c'était seulement l'un deux, à la tête de plusieurs comptes, qui avait pris peur. Je ne serais pas surpris si KenKillER était derrière tout ça. C'est probablement la personne la plus toxique que j'aie jamais croisée.

– À l'époque, nous avons fait des comparaisons stylistiques pour identifier des récurrences dans les propos de plusieurs comptes, voir si on pouvait en attribuer plusieurs à la même personne, mais ça n'avait rien donné.

– L'anonymat est une plaie. Il suffit d'être malin et rigoureux pour se fondre dans le monde virtuel. Des logiciels permettent même de modifier automatiquement ses propos, d'en changer la syntaxe, d'y ajouter ou d'en enlever des fautes, pour brouiller les pistes. Sans modification du cadre légal, on sera à jamais démuni face aux trolls.

– Le jour où l'anonymat disparaîtra, je n'aurai plus de travail, observe Mille, pensif.

Un texto de Manon Parvel les interrompt. Yvan Langalter doit courir à la clinique. Ils échangent leurs numéros. Ils se reverront.

*

Le lendemain Sébastien Mille repense à ce que lui a dit Yvan Langalter. Recourir à un logiciel pour modifier sa syntaxe requiert de la rigueur. Mais un type comme KenKillER aurait-il poussé le vice jusqu'à utiliser un tel outil dans le cadre d'échanges privés et chiffrés ? Il appelle Lucie Marque, lui demande si elle avait lancé des analyses sémantiques, non pas sur les messages récupérés sur les forums, mais sur les conversations privées issues de la boîte mail de Tristan Largile. Elle répond par la négative.

– Est-ce que vous pourriez vérifier qu'il n'y a rien de ce côté-là ?

– Je suis désolée Sébastien, mais je suis sous l'eau. À moins que ce ne soit un ordre hiérarchique, je ne peux rien faire pour vous avant la semaine prochaine.

Il raccroche, ne tient pas en place. Il n'y a pas d'urgence, mais il veut savoir. Il appelle Yveline Brassart, la directrice de l'UCLAT, pour qu'elle autorise Lucie Marque à travailler pour lui quelques heures. La machine est lancée. Il attend.

Lucie Marque le rappelle vers 14 heures. Elle a trouvé quelque chose, un taux de compatibilité sémantique à 92 % entre les messages de deux interlocuteurs de Tristan Largile : KenKillER et Willburg. Sébastien Mille s'en mord les lèvres. Amaury Bloch est KenKillER. Il tenait ce salaud, s'est entretenu plus d'une heure avec lui après l'attentat de l'Absolute Club, sans se douter de rien. Ça a trop duré. Il veut le confronter maintenant. Il repense à ce jeune homme, toxique en ligne, inoffensif et presque niais dans la réalité, décide de se rendre seul chez lui, retrouve son adresse dans ses dossiers : 6 rue des Thermopyles dans le 14e arrondissement.

Il arrive devant une belle résidence, protégée de la rue par une grille barreaudée, pénètre dans l'immeuble, est stoppé net par le gardien, qui, méfiant, l'interroge sur sa présence. Il montre sa carte de police. « Amaury Bloch, je me souviens bien de lui, dit le gardien. Un jeune homme adorable, un brun timide, mais toujours poli. Il a déménagé il y a plus d'un an. L'appartement appartient à sa famille. Il est inoccupé depuis son départ. J'ai encore le double des clefs. »

Sébastien Mille pénètre dans l'appartement, un grand studio meublé aux placards et aux armoires vides, dénué de bibelots, de tableaux ou de quoi que ce soit qui puisse trahir la personnalité de son ancien occupant. Un objet confère cependant au lieu une certaine étrangeté : au centre de la table, où Amaury Bloch devait prendre seul ses repas, trône un ordinateur portable. Interloqué, Mille se rapproche de la machine, enfile des gants pour ne pas compromettre ce qui pourrait être une pièce à conviction, et d'une légère pression démarre le PC, une antiquité, dont le disque dur s'allume péniblement. Un vrombissement progressif confirme que, malgré sa longue hibernation, l'appareil est toujours en état de marche. Le logo Windows s'affiche à l'écran, précédant l'apparition du bureau, dont le fond noir n'est perturbé que par une seule icône, un document Word intitulé « À l'attention de

Striker4life ». Sébastien Mille, nerveux, reconnaît le pseudonyme qu'Amaury Bloch avait choisi pour lui quand il lui avait créé un compte sur Overluces. Il clique sur le fichier. Un mot de passe est exigé. Il prend sa respiration, tape « 13062025 », la date de l'attentat. Un texte, qui lui est adressé, se déploie sous ses yeux.

« Cher Sébastien Mille,

Si vous lisez ce texte, c'est que vous avez réussi à découvrir ma véritable identité et que, pour ma part, j'ai quitté la France. Quand vous m'avez interrogé sur KenKillER, je suis tombé des nues. Je ne pensais pas que les autorités accordaient autant d'importance à mon alias. Quelques semaines plus tard, vous m'avez appris qu'il y avait des plaintes contre moi. Au même moment, sur les réseaux sociaux, on me soupçonnait d'avoir orchestré en sous-main l'attentat de l'Absolute Club. J'ai préféré partir, abandonner ce pays, prêt à me flageller sur la place publique pour des blagues et des positions, relevant de ma liberté d'expression, et pour lesquelles j'ai présenté mes excuses.

Des années durant, j'ai endossé en ligne des dizaines de personnalités. KenKillER était la principale, Willburg en était une autre. Ce que je vous ai dit lors de notre rencontre est la vérité : j'étais un homme seul, frustré de ne pas trouver l'amour malgré mes succès professionnels. Plus je gagnais de l'argent, plus le rejet des femmes me pesait. Même riche, je ne les attirais pas. Je n'étais pas assez beau. Alors je les insultais en ligne. Je voulais dénoncer leur superficialité, la violence des discours féministes, extérioriser mes frustrations. J'étais corrosif. Ma méchanceté faisait mouche. Je faisais rire. Et d'un point de vue idéologique, des hommes se retrouvaient dans mes propos. Sans préméditation de ma part, KenKillER est devenu une figure des incels français. On m'écoutait, on me suivait, on m'admirait. Je voulais fédérer le mouvement, lui fournir des outils et des forums. Je possédais le savoir-faire nécessaire et les compétences techniques. J'ai utilisé de fausses identités pour souscrire à des hébergements chez des sociétés étrangères qui acceptaient les paiements en *bitcoins*. Mes connexions passaient systématiquement par des réseaux décentralisés, où mon adresse IP restait masquée. J'ai monté plusieurs plateformes, dont Une voix pour les hommes et Intralluces, pour citer celles qui ont fait les gros titres de la presse. Je n'ai jamais été responsable des contenus qui y étaient publiés. J'étais seulement l'hébergeur de l'outil.

Quand l'autorité de KenKillER était contestée, j'inventais de nouveaux personnages. Des alliés, mais aussi parfois des contradicteurs que KenKillER pouvait facilement humilier pour imposer le respect. Je me baladais sur les forums et sur Twitter sous différentes identités, m'assurant qu'on ne pourrait jamais faire le lien entre elles. Au fil des mois, ma force de frappe grandissait. Je n'avais pas d'objectifs. Je m'amusais, je passais le temps, j'oubliais ma solitude.

Avec la bande qui me prenait pour son leader, on se foutait de la gueule de tout le monde, on était intouchables. Puis, il y a eu le suicide de Juliette Gosset. J'ai vu ce que RedFrog essayait de faire. Je me suis mis en retrait dès les limites de la méchanceté franchies. Quand j'ai compris ce que Juliette Gosset allait faire, j'ai immédiatement prévenu la police.

En parallèle, les neo straight edge ont débarqué, tentant de nous faire passer pour de dangereux malades, alors que nous étions des idiots puérils. Ils étaient insultants, méprisants, nous accusaient injustement de tous les malheurs du monde. Je les ai tout de suite détestés. Sous le nom de Willburg, j'ai participé à une action montée par les ultra incels, où il s'agissait de leur faire peur en débarquant à l'un de leurs concerts. On a détalé avant l'arrivée de la police. C'était pathétique, mais on s'est bien marrés. C'est à cette occasion que j'ai rencontré Striker, un gars bas-du-front et impulsif, qui m'a dévoilé tout de suite sa véritable identité. Plus tard, je l'ai accompagné peindre des insanités sur la porte d'Iris Velba et Simon de Christo. Je voulais montrer à ces donneurs de leçons qu'ils n'avaient pas le monopole de la calomnie. Quand Striker a commencé à tripoter Iris Velba, je me suis demandé ce que je foutais là. Sans moi, il l'aurait violée. Je ne me considère pas comme un héros. Je veux juste souligner combien c'était un sale type, dont je condamne les actions. Cet épisode m'a calmé. Je pensais dès lors rester sagement derrière mon ordinateur. Mais j'étais curieux de voir les ultra incels manifester dans l'Absolute Club, saccager la prestation aseptisée de Significant Youth. Je suis venu en tant qu'observateur, sans volonté de grossir les rangs incels. À l'intérieur, je suis tombé sur ce taré de Striker, qui s'est empressé de me montrer son arme, fier comme un paon. La suite, vous la connaissez. Jamais je n'ai incité Striker à faire quoi que ce soit. Je ne savais rien de ce qu'il avait planifié.

L'attentat de l'Absolute Club a été un point de non-retour. Ce soir-là, j'ai coupé les ponts avec la majorité des personnages que j'avais incarnés sur Internet. Le lundi suivant, j'ai vidé les bases de données de tous les sites et forums sous ma responsabilité, et me suis rendu à la police pour partager ce que je savais des événements. Vous m'avez reçu et j'ai compris qu'à vos yeux, KenKillER était un dangereux criminel. Dans la semaine, j'ai détruit tous mes projets : Overluces, Une voix pour les hommes, Équilibre et convergence, La Vérité nue. Ce qui était à la base des espaces de discussion avait pris des proportions démesurées. On avait dépassé les bornes. J'étais allé trop loin.

J'ai voulu me racheter une conduite en dénonçant les incels les plus nuisibles que j'avais fréquentés. Mais c'était trop tard. Le monde avait décidé que j'étais l'ennemi.

Amaury Bloch n'existe plus. Je vais passer ma vie à me faire oublier. Je ne présente aucun danger. J'espère que cette lettre éclairera mon parcours, que vous me laisserez remettre les compteurs à zéro. »

Sébastien Mille referme l'ordinateur, écœuré. Amaury Bloch relativise la portée de ses actions, omet d'évoquer comment il a contribué à pousser des femmes à bout, les plongeant dans la dépression et la peur. Il se présente comme un hébergeur de contenus, alors qu'il dirigeait une organisation qui propageait la haine. Il croit à tort que ses excuses annuleront ses crimes. Sébastien Mille ne va pas le lâcher. Yvan Langalter a raison. Il faut en finir avec l'anonymat.

Yvan de Christo

Une nouvelle ère

Sarah Parvel est née le 30 août 2026. C'est à la fois la nièce et la fille d'Yvan. Simon a été déclaré comme le père à la mairie, mais il enclenchera bientôt une procédure d'adoption. C'est un bébé adorable, et pour lui, qui n'avait jamais tenu un nouveau-né dans ses bras, une source d'émerveillement intarissable. En l'espace de six mois, il a tout perdu : la femme de sa vie, une de ses meilleures amies, son frère. Il ne pensait pas pouvoir continuer sans Kahina, Iris et Simon. Pourtant, un avenir semble à nouveau possible aux côtés de Sarah et Manon. Avec cette dernière, il développe une relation vraie, fondée sur la confiance, le souci de la vérité, loin des faux-semblants, des signaux hermétiques et des émotions contraires qui émanaient de Kahina.

Il a beau consacrer sa vie à la musique et à la politique – deux aspects de son existence qui le valorisent, lui donnent l'impression de s'extraire de la masse –, il découvre dans la vie de famille une plénitude qui donne du sens au reste. Le psy qu'il voit une fois par semaine l'aide à avancer, à ne plus fantasmer sa relation avec Kahina, à relativiser sa perfection physique. Il ne juge plus le corps de Manon, ne le compare plus à celui de Kahina. Il se détache des apparences, accepte mieux sa propre carcasse. Quand il va mal, quand les flashs du passé gangrènent ses méninges, compressent son cœur, il se détache de ses émotions, et répète en boucle : « Ferme ta gueule Yvan, et prends soin de ta fille et de ta femme. »

Aller de l'avant ne signifie pas renier son passé. La vision du futur qu'ils partageaient avec Simon ne s'est pas évaporée. Depuis qu'il va mieux, il a repris son combat contre l'anonymat. Avec Gaspard et les sœurs Cixin, ils peaufinent le prochain album de Significant Youth, prévu pour le printemps 2027. Ils ne cherchent ni à se dépasser, ni à se renouveler. Ils veulent jouer vite et fort, avec un seul mot d'ordre : maintenir leur engagement.

En octobre, eux qui pensaient ne jamais remonter sur scène donnent leur premier concert depuis l'attentat à l'Absolute Club. L'événement, annoncé sur les réseaux quelques heures avant, afin d'éviter les débordements et la présence de la presse, se déroule à la Ted Baker Station, salle appartenant à la marque de prêt-à-porter anglaise. Dès la première chanson, Yvan se rappelle combien il se sent à sa place sur scène. Les membres phares de la scène néo straight edge sont là. Ils rendent hommage à Iris et Simon. Face au public immobile, droit comme un i, Yvan pleure sans retenue.

*

Le 12 novembre 2026 se déroule le colloque du Consortium international pour l'environnement, à Paris. Ce qui était un groupe de travail est devenu un centre de pouvoir. Des décideurs de chaque pays sont présents pour définir des trajectoires. À 17 heures, Yvan monte sur l'estrade sous son vrai nom, Yvan de Christo. Il veut mettre un terme aux alias, aux cachotteries, à la duplicité. Il abandonne définitivement son nom de scène. Yvan Langalter n'existe plus. Il se place derrière le pupitre. L'auditorium est plein à craquer. Le visage doux, déployant une force de persuasion similaire à celle abordée lors des shows de Significant Youth, il revient sur la nécessité d'abolir l'anonymat, d'authentifier les internautes avec leur véritable identité, de réguler la vie virtuelle, tout en accroissant les libertés dans la vie réelle. « Au lieu de juger les gens sur leurs revenus et leur classe sociale, leurs croyances et leur ethnie, leurs préférences sexuelles et leur genre, nous devrons les valoriser en fonction de leurs engagements citoyens, de leurs actions environnementales, de leur production intellectuelle. » Des applaudissements retentissent.

À la pause, un type proche de la quarantaine s'approche de lui et le félicite pour sa présentation. C'est Luc Bortes, le politicien qui défendait les incels. Il ne prend pas ombrage de la mine renfrognée d'Yvan, comme s'il n'existait aucune animosité entre eux. Si Simon était là, il lui casserait la gueule. Luc Bortes encense sa vision : permettre à chaque homme d'être jugé pour ce qu'il vaut, il ne demande rien de plus. Yvan retourne s'asseoir dans les gradins, affecté par cet échange, inquiet de voir ses propositions approuvées par l'ennemi, craignant qu'il s'agisse d'un mauvais présage.

À 21 heures, Karen Hallnay, représentante du Parti libéral canadien et proche du Premier ministre, déroule le plan d'action qui sera soumis aux gouvernements[1]. Elle martèle que l'on doit en finir avec les mensonges, la bêtise et l'irresponsabilité, aussi bien chez le peuple qu'à la tête des grandes entreprises et des États. Elle rappelle les initiatives sur lesquelles le monde de demain pourra s'appuyer, mentionne le travail de la France sur My French Réseau. La manière dont elle synthétise les enjeux et les propositions impressionne. Une vague d'enthousiasme saisit l'assemblée composée de personnalités politiques de tous bords, majoritairement dévouées à la cause

1. Un mémo reprenant les objectifs et les chantiers prioritaires est disponible en annexe 3.

écologique, désireuses d'inventer un nouveau système, de prendre une nouvelle voie.

Yvan quitte l'auditorium du Louvre revigoré, confiant dans l'avenir. L'ère de la transparence va enfin débuter. Il rentre chez lui sur la pointe des pieds. Manon et Sarah dorment à poings fermés.

Amaury Bloch

Épilogue

Recherché par la police, dénué d'attaches professionnelles et d'amis sur lesquels compter, Amaury Bloch a décidé de fuir la France, après que Sébastien Mille l'a incité à se rendre. Ses parents, qui ne lui adressaient plus la parole, vivaient en Suisse. Ses aïeuls étaient décédés. Rien ne l'obligeait à rester. Au cas où Sébastien Mille finirait par découvrir l'identité de KenKillER, Amaury a laissé une lettre à son attention sur son ordinateur. Le cas échéant, il espère qu'elle le convaincra de ne pas se lancer à sa poursuite.

Il a converti tout son argent en crypto-monnaie. Grâce à son réseau dans les sphères sombres du web, il s'est procuré un faux passeport, réalisé à partir d'un document volé, où son visage est désormais associé au nom de Stanislas Klein. Il a vidé son appartement, s'est débarrassé de tous ces objets qui n'avaient jamais vraiment compté pour lui. Il a dit au revoir au gardien de son immeuble, la personne avec qui il avait le plus d'interactions sociales. Un taxi l'a emmené à l'aéroport d'Orly, où il a pris un billet pour le Viêt Nam, pays où l'utilisation du *bitcoin* s'était généralisée, avant de déposer dans la soute une grande valise qui contenait toute sa vie.

Il s'est installé à Biên Hòa, au sud du pays, une ville d'un million d'habitants où personne n'aurait l'idée de venir le chercher, où il pourrait disparaître, tout en conservant une certaine qualité de vie et un accès illimité à la technologie. Dans un bel appartement de 80 m² au dernier étage d'une tour, il s'est complu les premiers mois dans l'oisiveté, ses ressources financières l'autorisant à se passer de réveil, à rêvasser toute la journée ou à épuiser le catalogue Netflix. Il s'était créé un nouveau compte anonyme sur Twitter, suivait de loin l'existence de ses anciens frères d'armes. Parfois, il apercevait un camarade incel empêtré dans une joute verbale. Il ne pouvait alors pas s'empêcher d'intervenir, lançait en souvenir du bon vieux temps une phrase assassine, à même de prendre la défense du mâle triste. Mais le plus souvent, il restait silencieux, prenant garde à ne harceler personne.

Les premiers mois de 2027, il a suivi l'évolution de la situation mondiale. Un vent de folie soufflait sur les institutions. Le Consortium international pour l'environnement était devenu le Consortium international tout court. On disait déjà qu'il remplacerait à terme l'ONU. Son mot d'ordre était la transparence. Plusieurs pays s'embarquaient sur un chemin sinueux, multipliant les lois liberticides. La France, la première, voulait imposer à ses citoyens d'utiliser leur véritable identité pour se connecter en ligne. Il s'agissait de contrôler les flux financiers, de superviser les consommations des gens, de domestiquer le peuple. Ce salaud d'Yvan Langalter, celui qui avait fait des ultra incels des parias, était devenu le gourou de la lutte contre le secret, et aspirait à la mise en lumière de tout ce qui était caché. Bientôt, personne n'aurait le droit d'exprimer publiquement une pensée sans qu'elle soit associée pour l'éternité à son patronyme réel. L'anonymat, fondement de la liberté d'expression, était conspué. Amaury n'en revenait pas. À l'été, Twitter a imposé à ses utilisateurs de s'authentifier avec leur véritable identité numérique, préalablement certifiée par les gouvernements. Amaury n'y a jamais remis les pieds.

Le Canada, les États-Unis, la Chine, la Russie, l'Allemagne, l'Estonie, les pays nordiques, tous voyaient le salut dans la transparence. Bien que le Viêt Nam soit resté préservé de cette lubie, Amaury s'inquiétait pour l'avenir. Peu à peu se dessinait l'image d'un monde numérisé, où les faits et gestes seraient fichés, consolidés, analysés, archivés pour déterminer la contribution de chacun à l'effort collectif. Pas seulement ceux des êtres, mais aussi ceux des gouvernements et des entreprises. Les hommes et les femmes se surveilleraient les uns les autres, s'assurant que nul ne tire l'humanité vers le bas, selon des critères définis par les élites.

Quelques mois plus tard, a été lancé le Réseau, une plateforme unique regroupant au même endroit tous les services dont une personne avait besoin, un réseau social sur lequel se greffaient des modules bancaires et médicaux, des outils collaboratifs. Un centre névralgique regroupant toute l'information, toutes les démarches, auquel on ne pouvait avoir accès qu'en utilisant sa véritable identité. Une belle saloperie dystopique selon Amaury Bloch, à laquelle le Viêt Nam était alors insensible. Le Consortium international voulait centraliser toutes les données, que celles-ci deviennent un bien commun, accessible aux populations et aux gouvernements. La France avait développé un outil qui répondait parfaitement aux besoins. Tout est allé très vite. Fin 2027, le Réseau était déjà opérationnel dans deux pays pilotes, la France et le Canada.

Plus tard, Amaury est tombé sur un reportage sur la naissance du Réseau. Béatrice Carnot, la directrice de My French Réseau, l'initiative française sur laquelle s'était construit le Réseau, y racontait la naissance du projet. Amaury a recraché son café quand celle-ci a expliqué que l'architecture du système avait été créée par un brillant ingénieur français, décédé aujourd'hui : Simon de Christo. Jusqu'au bout, les deux frères auront contribué à l'anéantissement du monde d'avant.

*

Un soir, Amaury apprend à la télé que le Viêt Nam envisage de rejoindre le Réseau en 2031. Dans l'attente, le pays souhaite faire un premier pas vers la transparence. Première conséquence : l'obligation de s'authentifier sous sa véritable identité pour toute transaction financière. Une décision impliquant la fin des crypto-monnaies sous pseudonyme. Face à un personnel mal formé, Amaury Bloch arrive à obtenir une identité numérique vietnamienne au nom de Stanislas Klein. Mais il ne peut plus utiliser ses *bitcoins*, ni les verser sur son nouveau compte en banque, au risque d'attirer l'attention sur cet argent sorti de l'ombre.

Il fait ce qu'il aurait dû faire depuis longtemps : chercher un nouveau travail. Il est embauché dans une agence web débordée par les transformations numériques qu'engendre la trajectoire vers la transparence. Il retrouve le plaisir de coder, d'appartenir à une équipe. Il s'entend bien avec les Vietnamiens. Mauvais en anglais, ses silences passent pour un problème de langue, et non pour une difficulté à s'exprimer en société. Sa cheffe s'appelle Cao Minh Dao. Elle est mignonne et, pour une raison qu'il ignore, elle l'aime bien. Un jour, en sortant de réunion, elle lui propose d'aller se balader le dimanche suivant. Il accepte, troublé. Le simple fait qu'elle s'intéresse à lui la rend désirable. Mais il n'y croit pas. Il a tiré un trait sur l'amour, persuadé de ne pas en être digne, que son passé d'incel et les immondices qu'il a répandues sur Internet lui interdisent d'espérer mieux que la solitude. Pourtant, alors qu'ils marchent le long de la rivière Dong Nai, Cao Minh Dao lui prend la main. Il s'arrête. Son cœur bat. Il est paralysé. Elle l'embrasse et il se laisse faire.

Bientôt, elle emménage chez lui. Ils partagent le loyer. Ils ont des projets et une vie sexuelle. Cao Minh Dao souhaiterait même qu'ils aient des enfants. Amaury ne sait pas comment le dire autrement : il est heureux.

Parfois, après qu'ils ont fait l'amour et que Cao Minh Dao s'est endormie, il se relève et se connecte à Mastodon, un réseau social qui fonctionne indépendamment du Réseau. Là, il identifie une proie parmi les filles qui se la ramènent et occupent l'espace. Il partage son profil avec les types qu'il a identifiés comme sensibles à la cause masculine, fait monter la sauce, et sa cible devient l'ennemie d'une vingtaine de personnes. Il retrouve ces sensations. Le sentiment de toute-puissance qui l'animait à la grande époque de Twitter.

*

Amaury Bloch se lève, lance la machine à café. Il n'a plus accès à la presse française depuis que celle-ci est intégrée au Réseau, pour lequel il n'a pas de compte. Il s'informe essentiellement par *Vietweek*, la version anglaise du journal *Thanh Niên*. Sur le site, un article annonce une révolution : sous l'impulsion du Consortium international, toutes les caméras du monde peuvent désormais déverser leurs images dans une base de données commune, affiliée à une puissante technologie de reconnaissance faciale. L'un des objectifs affichés est de faciliter la traque des criminels en fuite. Amaury est inquiet. Il essaye de se raisonner. Il fait partie du menu fretin. Il n'est pas recherché par Interpol. Il n'a rien à craindre.

Les jours suivants, il consulte les listes de meurtriers, de prédateurs sexuels et de délinquants financiers arrêtés chaque jour. Les opérations se multiplient partout dans le monde. Amaury a peur. Cao Minh Dao le sent et l'interroge. Il ne peut rien lui dire. Il se renseigne, prend connaissance des pays qui ne livrent pas les données de surveillance de leurs caméras. Il pourrait fuir, aller dans un pays où la fracture numérique est grande, comme le Niger. Mais Cao Minh Dao accepterait-elle de le suivre ? Probablement pas. Il a passé toute sa vie à attendre une fille comme elle. Ce n'est pas pour la perdre maintenant.

Le 11 septembre 2030, un mois après le début de la vague d'arrestations, on frappe à leur porte. Cao Minh Dao dort encore. Amaury émerge doucement. C'est sûrement un voisin ou un livreur. Il se lève, observe sa compagne allongée sur le lit, écoute sa respiration calme. Doucement, sans faire de bruit, il se dirige vers l'entrée. Il ouvre la porte. Entouré de deux policiers locaux, Sébastien Mille se tient face à lui.

ANNEXE I

Extrait du discours d'Yvan Langalter, prononcé au sein du Consortium international pour l'environnement, le 8 mars 2023

Quatre freins, brandis successivement par les gouvernements, les entreprises et les humains, empêchent le monde de s'engager à bras-le-corps contre le réchauffement climatique : le manque de concertation entre les États, rendant impossible la mise en place de politiques communes ; les débats scientifiques et les difficultés à imposer un consensus incontestable sur les catastrophes à venir ; les coûts à supporter pour financer la transition écologique ; et l'incompatibilité du combat avec la croissance économique, moteur de nos sociétés capitalistes. Il s'agit d'excuses pour ne rien faire. Concernant les trois premiers cas, le CIPLE est déjà en train d'apporter des réponses et de lever les doutes. Le vrai obstacle, celui sur lequel nous butons, est lié à la nature même du système capitaliste.

Le capitalisme, qui se fonde sur la liberté d'entreprendre et de s'enrichir, devrait lutter de toutes ses forces contre les catastrophes naturelles à même d'enrayer son fonctionnement. C'est l'inverse qui se produit pourtant. Le capitalisme se focalise sur l'idée que les cataclysmes qui nous guettent ne détruiront pas la Terre, mais seulement une partie de ses habitants, laissant les survivants les plus riches soucieux de leur protection, et les survivants les plus pauvres en quête de marchandises nécessaires à la perpétuation de la vie. Dans les deux cas, de nouvelles opportunités commerciales émergeront. Au fond d'eux, certains sont convaincus que la disparition d'un tiers de la population mondiale, étouffée par la sécheresse, terrassée par la famine, noyée sous des tsunamis, carbonisée dans des incendies, serait une aubaine politique et économique, une sorte d'assainissement naturel de la planète, une élimination des parasites. Les parasites qui, dans leur esprit malade, ne sont pas les puissants, qui ont convoité et exploité les ressources terriennes jusqu'à la moelle, mais les plus démunis, celles et ceux qui n'ont jamais rien eu, et qui aujourd'hui ont l'outrecuidance de réclamer une petite part du gâteau, à peine de quoi survivre.

La croyance contre laquelle il faut lutter n'est pas celle promue par les climatosceptiques, dépassés par les événements, mais celle du capitalisme, persuadé de pouvoir exploiter les tragédies et s'en relever plus fort. Car si cette croyance perdure, les acteurs – gouvernements, entreprises, mais aussi citoyens et citoyennes – consacreront leur énergie à se faire une place dans le monde d'après, au lieu de combattre par tous les moyens le réchauffement climatique. Le capitalisme a généré tellement d'inégalités qu'au point où nous en sommes, celles et ceux qui n'ont rien, qui sont surendettés, au bord du précipice, voient également dans l'effondrement une opportunité de tout recommencer à zéro. Par cynisme d'un côté, par nécessité de l'autre, nantis et démunis attendent la même chose.

Notre ennemi, c'est l'idée que l'on puisse s'adapter à la catastrophe écologique. Ce sont les personnes qui voient dans les désastres à venir le cours naturel de l'évolution, convaincues que seuls les plus forts survivront. Ces gens-là abordent la crise écologique comme un PDG désireux d'accroître les parts de marché de sa compagnie, ajustant son *business model* pour anticiper les évolutions dans son secteur. À leurs yeux, la crise écologique n'est qu'un paramètre à prendre en compte dans leur stratégie commerciale.

Comment affaiblir cet ennemi pour qui la croissance est un objectif à poursuivre, quel que soit l'état du monde ? On ne peut pas faire changer le capitalisme. Le capitalisme vert et bienveillant est une utopie, car le capitalisme a déjà intégré la crise écologique comme une composante de sa perpétuation. Le capitalisme ne freine pas, ne contourne pas les problèmes : il les intègre, en fait un carburant. Les guerres, qui pourtant nuisent à l'économie, n'ont jamais été évitées : les pays ont préféré anticiper l'économie de guerre, en faire une opportunité. Le capitalisme ne veut pas éviter la crise écologique, il veut s'en nourrir. Peu importe les signaux envoyés pour rassurer les peuples, il n'endiguera pas la crise. C'est à peine s'il fera mine de ralentir pour tromper ses opposants.

La logique incoercible du capitalisme, que ni les guerres, ni les krachs boursiers, ni les épidémies n'ont pu remettre en cause, possède cependant un point faible. La prise de conscience écologique est la seule arme à même de détruire le capitalisme. En réfutant son acceptation des tragédies à venir, c'est le capitalisme lui-même que l'on rejette. Il faut combattre le pessimisme, ce « foutu pour foutu » que l'on essaye de nous faire gober, cette impuissance feinte censée justifier l'inaction. Il ne faut pas baisser les bras, mais garder en tête qu'on peut sauver la planète, qu'il existe des solutions scientifiques et politiques. Il faut proposer un nouveau système politique où la recherche d'un bien-être durable remplace le désir d'une croissance économique infinie, se faisant au prix de la destruction écologique, masquant les inégalités et les malheurs, laissant croire que le monde va bien, que la situation s'améliore, alors que nous sommes en train de sombrer.

ANNEXE 2

Significant Youth – *The Fall Of The Blind Wall*
(Bad Bones, 2026)

Par Ben Legof
note : 8,3/10

D'aussi loin que je me souvienne, je me suis toujours méfié des chansons qui changent la vie. Les chansons qui touchent, les chansons qui émeuvent, les chansons qui éclairent, j'en ai connu et continue d'en chercher coûte que coûte. Mais les chansons qui vous guident et vous changent, je m'en suis toujours méfié comme de la peste. Comment quelques mots scandés au milieu d'un déluge de guitare pourraient significativement influer sur la vie ? Découvrir une manière d'habiter le monde dans une chanson, là où l'on n'a rien trouvé dans des centaines de livres, me paraît inconcevable. J'ai toujours trouvé suspects celles et ceux qui se ralliaient autour d'une unique chanson, comme s'il s'agissait d'un porte-étendard.

Pourtant, il serait malhonnête de nier combien une chanson comme « Neo Straight Edge » du groupe français Significant Youth, présente sur *The Betrayal Of Images*, leur premier album, publié en 2021, m'a influencé. Yvan Langalter, le chanteur, y hurle par-dessus les instruments : « Ne fume pas, ne bois pas, ne recherche pas la jouissance asentimentale. Dessine des lignes, que l'on suit, que l'on franchit, que l'on respecte. Tiens tête au patriarcat, aux règles qui attisent la haine. Sauve-toi, sauve-nous. Enferme-toi, enferme-nous. Relève la tête d'un geste brusque. Purifie l'air d'un geste sûr. Empreinte le nouveau chemin. » Ces paroles prolongent celles du groupe Minor Threat sur la chanson « Out of Step » (1983) : « Ne fume pas, ne bois pas, ne baise pas, au moins je peux penser putain. » Elles en sont une version moderne, puissante, qui donneront à elles seules naissance à un mouvement : le neo straight-edge. Le morceau, à la fois violent et mélodique, ne dure que 56 secondes, comme si c'était le maximum de temps que l'on pouvait consacrer aux constats, plutôt qu'à l'action.

Ces quelques mots, qui ne peuvent pas prétendre synthétiser une philosophie de vie, m'ont pris à la gorge. Brandis comme un cri de ralliement, ils ont fait naître en moi l'envie d'appartenir à un mouvement plus grand que moi. Peu importe le point de vue sur la drogue, l'alcool et le sexe, le message est ailleurs. Il s'agit de faire face au monde. De faire du combat contre les injustices son leitmotiv, d'être toujours prêt à attaquer frontalement les problèmes, dans l'optique de devenir meilleur pour soi, et pour les autres.

Yvan Langalter donne des pistes, partage ses conceptions, mais n'ordonne jamais. Il ne prêche pas. De manière paradoxale pour une musique si punk, être neo straight-edge, c'est refuser l'autodestruction, le no-future et l'absence de valeurs. C'est ne conserver du punk que le meilleur : l'engagement social, les prises de position politiques et la musique sans concession. Les chansons de Significant Youth sont des points d'accroche à partir desquels chacun peut interroger son rapport au monde, à la morale et à l'éthique.

Grâce à cette chanson, Significant Youth s'est imposé en seulement cinq ans comme un groupe d'envergure internationale, à même de faire vibrer l'underground hardcore et de susciter des vocations. Aujourd'hui, deux ans après l'abrasif

The Truth Behind The Truth, le quatuor parisien revient avec *The Fall Of The Blind Wall*, un troisième album sans concession, dans lequel rien ne dépasse, dans lequel chaque accord, chaque cri, chaque break semble indispensable, comme si chaque morceau avait été gratté jusqu'à l'os pour produire un album squelettique, exempt de viscères et de chairs, concentré sur l'essentiel. Un disque à la structure souple et robuste, à l'image de la société rêvée par Yvan Langalter et dont il ne cesse de définir les contours.

On pourra reprocher à Significant Youth de ne pas dépasser son propre mythe, de préférer consolider les bases du neo straight-edge plutôt que d'en repousser les limites. Mais là est l'intelligence des membres du groupe : ils se moquent des évolutions esthétiques, restent focalisés sur ce qu'ils savent faire de mieux, s'efforcent de tenir leur place contre vents et marrées. Il y a chez eux une âpreté austère, l'idée noble qu'il ne sert à rien de briguer de nouvelles positions, de nourrir sa musique d'ambitions démesurées. Significant Youth lutte contre la surenchère musicale, voire aspire à la décroissance musicale. Tout au long du disque, Yvan Langalter s'en prend à l'ordre social, dénonce le manque d'empathie des puissants, réfute le pessimisme des oiseaux de malheur qui clament la fin des temps. Il partage son cheminement personnel, son ascèse de vie, sa volonté de prendre soin de la planète, de ses proches, mais aussi de lui-même.

Durant ses 25 minutes et 11 titres, *The Fall Of The Blind Wall* ne relâche jamais la pression, convoque la violence de la scène punk hardcore, teinte ses chansons de riffs métalliques (« Forgotten Forests »), ose des cris gutturaux à la lisière du death metal (« You Belong With Us ») et s'autorise une courte plage d'accalmie avec « Landscapes Of My Childhood », un titre étrange, quasi expérimental, où la guitariste Xiu Cixin, supportée par la basse de sa sœur Mei, multiplie les effets de distorsion pour créer des sonorités simultanément inquiétantes et apaisantes. Mais le groupe n'oublie jamais d'offrir à son public des points d'ancrage, des mélodies obsédantes, parfois noyées sous les déflagrations électriques, mais qui servent toujours de fil rouge. Placé à la huitième piste, « Domestic Violence » est un moment de bravoure d'une puissance sonore extrême, presque malsaine, qui constitue le climax du disque. L'influence de Fury, groupe hardcore californien, plane toujours sur Significant Youth. La chanson « Incandenza », le dernier titre de l'album, rappelle d'ailleurs « Lost In The Funhouse » sur *Failed Entertainment*, le second album de Fury – un lien amplifié par le fait que « Failed Entertainment » était le titre de travail de *L'Infinie Comédie*, le roman culte de David Foster Wallace, dont un des arcs narratifs est consacré à la famille Incandenza.

Compact et dense, impétueux et frénétique, *The Fall Of The Blind Wall* possède tout ce que l'on peut attendre d'un grand disque de neo straight-edge, permettant à Significant Youth de rester le groupe phare du genre.

ANNEXE 3

Colloque du Consortium international pour l'environnement du 12 novembre 2026.

Mémo sur la transparence comme système politique

5 objectifs

1. Limiter le réchauffement climatique
2. Réduire les inégalités sociales
3. Mettre un terme aux discriminations et aux violences à l'égard des minorités
4. Contenir la propagation des virus
5. Endiguer le terrorisme

5 chantiers prioritaires

- Réaffirmer la puissance de l'État (contribution aux objectifs 1 et 2)
  - Nationaliser les secteurs clefs
  - Rééquilibrer les rapports de force avec les GAFA
  - Légiférer sur le climat et imposer les décisions aux entreprises
  - Coordonner la recherche scientifique et les développements technologiques au niveau médical et écologique
  - Maîtriser la croissance démographique

- Mettre en place un nouvel équilibre économique (contribution aux objectifs 2 et 5)
    - o Instaurer le revenu universel
    - o Abandonner la croissance économique comme horizon
    - o Taxer les richesses improductives
    - o Supprimer l'argent liquide et tracer l'intégralité des échanges financiers pour les personnes, les entreprises et les institutions

- Exposer les données (contribution aux objectifs 3 et 5)
    - o Interdire l'anonymat en ligne
    - o Imposer aux personnes la publication des données nécessaires à une meilleure compréhension de leurs besoins et de leurs attentes.
    - o Imposer aux entreprises la publication des données ayant un impact sur la société et la politique.
    - o Rendre publiques les données des institutions.
    - o Déployer un système de notation où les gens seront jugés sur ce qu'ils sont et non sur ce qu'ils ont.

- Superviser les données (contribution aux objectifs 1, 2, 3, 4 et 5)
    - o Contrôler les consommations énergétiques des personnes, des entreprises et des institutions
    - o Centraliser les données de santé des personnes
    - o Évaluer la citoyenneté des personnes
    - o Identifier les personnes et les organisations néfastes
    - o Ne plus gouverner sur la base d'indicateurs obsolètes comme le PIB (produit intérieur brut), mais via des indicateurs représentatifs du bien-être durable.

- Réduire les déplacements (contribution aux objectifs 1 et 4)
  - o Généraliser le télétravail
  - o Conditionner les déplacements en avion
  - o Soutenir les évolutions technologiques favorisant l'isolation physique
  - o Limiter les flux logistiques

LEXIQUE

Chemtrails : Contraction de « *chemical trails* », soit « traînées de produits chimiques ». Il s'agit d'une théorie conspirationniste affirmant que les traces de condensation laissées par les avions permettent secrètement à des agences gouvernementales de répandre dans le ciel des substances toxiques afin de réguler la population, de modifier la météo ou encore de tester des armes chimiques.

Crédit social chinois : Lancé en 2014 sous forme d'expérimentation, le système de crédit social chinois attribue aux citoyens une note calculée à partir des données consolidées via les systèmes d'information étatiques et les outils de surveillance de masse, afin de déterminer leur statut économique et social, ainsi que leur réputation. Si l'objectif initial était de vérifier la solvabilité des citoyens, la prise en compte de critères moraux dans la notation tend à en faire un outil de notation plus complexe, avec de nouvelles forces et faiblesses.

Fintech : La *Fintech*, pour technologies financières, regroupe l'ensemble des services en entreprises œuvrant dans le domaine des outils technologiques destinés à optimiser les rendements financiers.

Grand prix Lamonica de neurologie : Créé en 2009, il s'agit d'un prix annuel récompensant les travaux en neurologie d'un scientifique ou d'une scientifique, travaillant dans un laboratoire français. Le prix est doté de cent mille euros. Dix mille euros sont destinés au lauréat ou à la lauréate, les quatre-vingt-dix restants contribuent à financer un post-doctorat.

Tech Lead : Le *tech lead* prend les décisions techniques relatives à la solution, et s'assure de la cohérence des développements réalisés au sein de son équipe.

Men Go Their Own Way (MGTOW) : Mouvement masculiniste pacifique, qui regroupe notamment d'anciens incels. Face à la société moderne, qu'ils considèrent féministe et désavantageuse pour les hommes, aussi bien du point de vue économique que sentimental, ces hétérosexuels ont décidé de vivre à l'écart des femmes et de se focaliser sur leur travail. Concernant les relations sexuelles, ils valorisent la prostitution et les services rémunérés à toute autre forme d'interactions.

Men's Rights Movement (MRM) : Association qui prétend identifier les discriminations subies par les hommes sur des domaines sociaux et légaux. Ils fustigent les inégalités lors des divorces et l'attribution de la garde des enfants, se plaignent du pourcentage d'hommes dans les métiers physiques et militaires, publient des statistiques montrant que les hommes sont les premiers touchés par les meurtres et le suicide.

National Coalition for Men (MCFM) : Organisation dont l'objectif est de démontrer les effets des discriminations sexuelles entre les hommes et les femmes. Ils dénoncent par exemple les « fausses victimes de viols » sur les campus américains.

***Virtual Private Network* (VPN)** : Un VPN est un serveur permettant d'isoler les échanges entre deux ordinateurs distants. Lors d'un accès au réseau extérieur, le VPN permet de changer son adresse IP.

Sina Weibo : Réseau social chinois, fondé par Sina Corporation, dont les fonctionnalités évoquent un mélange entre Facebook et Twitter.

RÉFÉRENCES

Alain Damasio, *La Horde du Contrevent*, La Volte, 2004.

Alexandra Schwartzbrod, *Les Lumières de Tel-Aviv*, Rivages, 2020.

Éloi Laurent, *Sortir de la croissance, mode d'emploi*, Les Liens qui Libèrent, 2019.

Gabriel Kuhn, *Sober Living for the Revolution : Hardcore Punk, Straight Edge, and Radical Politics*, PM Press, 2010.

Mark Alizart, *Le Coup d'État climatique*, PUF, 2020.

Michel Houellebecq, *La Poursuite du bonheur*, Éditions de la Différence, 1991.

Patrick Belissen, *Paroles de Sourds : À la découverte d'une autre culture*, Éditions La Découverte, 2018.

Je ne saurais écrire un livre sans ma compagne, Elise Lépine, qui m'aide à dire un maximum de choses en un minimum de mots, mon frère, Alexis Fogel, qui traque les incohérences, et mon éditrice, Jeanne Guyon, qui renforce les fondations et permet à l'ensemble de tenir debout. Un immense merci à eux.

Remerciements également à Hervé Delouche, chasseur émérite de coquilles, et à toute l'équipe Rivages.

pca
cmb
édition pré-presse
livres numériques

44400 Rezé

Achevé d'imprimer en mars 2021
sur les presses de Normandie Roto Impression s.a.s.
à Lonrai (Orne)
pour le compte des Éditions Payot & Rivages
60/62, avenue de Saxe -75015 Paris
N° d'impression : 2101391
Dépôt légal : mars 2021

Imprimé en France

IMPRIM'VERT
Votre imprimeur agit pour l'environnement